VERWICKLUNGEN ELSÄSSER ART

AF204621

Suzanne Crayon – ein deutsches Autorenduo – kennt, liebt und bereist das Elsass seit mehr als drei Jahrzehnten. Sie wird von manchen Störchen im Elsass bereits klappernd begrüßt und könnte für »Grumbeerkiechle« mit einem Gläschen Pinot Blanc glatt einen Mord begehen.

Dieses Buch ist ein Roman. Handlungen und Personen sind frei erfunden. Ähnlichkeiten mit lebenden oder toten Personen sind nicht gewollt und rein zufällig.

SUZANNE CRAYON

VERWICKLUNGEN ELSÄSSER ART

Kriminalroman

emons:

Bibliografische Information der Deutschen Nationalbibliothek
Die Deutsche Nationalbibliothek verzeichnet diese Publikation
in der Deutschen Nationalbibliografie; detaillierte bibliografische
Daten sind im Internet über http://dnb.d-nb.de abrufbar.

© Emons Verlag GmbH
Alle Rechte vorbehalten
Umschlagmotiv: shutterstock.com/Zdenek Matyas Photography
Umschlaggestaltung: Nina Schäfer
Gestaltung Innenteil: DÜDE Satz und Grafik, Odenthal
Lektorat: Christiane Geldmacher, Textsyndikat, Bremberg
Druck und Bindung: CPI – Clausen & Bosse, Leck
Printed in Germany 2022
ISBN 978-3-7408-1287-4
Originalausgabe

Unser Newsletter informiert Sie
regelmäßig über Neues von emons:
Kostenlos bestellen unter
www.emons-verlag.de

Wir machen uns Feinde.
Aber hatten wir denn Freunde?

Jules Renard,
»Ideen, in Tinte getaucht«

La Forêt de Pfaffenhoffen
Donnerstag, 23. September, früher Abend

Laurent Wendling spürte keinen Schmerz. Der Schlag hatte ihn an der Schläfe getroffen, er sackte zusammen und sank langsam auf die Knie. Sein Kopf, in dem er nur noch ein dumpfes Rauschen fühlte, glitt nach hinten, von einer unsichtbaren Macht zum Nacken hingezogen. Sodass sein Blick wie selbstverständlich, auf fast natürliche Weise, nach oben gelenkt wurde, hinauf zum flimmernden Himmelsblau. Zarte weiße und graue Wolkenfäden spannten sich darüber. Oder darunter? Und dieser winzige blutrote Fleck, der dort schwebte, hoch, hoch über ihm, war das ein Paraglider? Oder ein Insekt, direkt vor seinen erlöschenden Augen?

Er zwang sich mit geradezu übermenschlicher Kraft, den Kopf wieder nach vorn zu richten. Sein flackernder Blick ruckelte über das Feld reifer sattgrüner Kohlköpfe, auf dessen Erde er kraftlos kniete. Ein letztes Mal erfasste er mit den brechenden Augen das Dorf wie am Ende eines endlos langen Tunnels. Ein idyllisches Ensemble sandsteinfarbener Häuser mit roten Ziegeldächern vor der gigantischen waldgrünen Kulisse der Vogesen.

Er meinte sogar, seinen Hof zu erkennen. Der seine Zukunft hätte werden sollen und der jetzt vielleicht das Letzte war, was er in seinem Leben sehen sollte.

Das Bild erlosch. Stattdessen stieg in seinem Innern die Vorstellung von einem Meer aus riesigen schneeweißen Kugeln auf. Jede einzelne zentnerschwer, von der äußeren grünen Hülle befreit, weiß, leuchtend wie Lampions.

Tausende Messer schossen plötzlich heran, lang wie Degen, scharf wie Schwerter. Sie säbelten und metzelten, hackten und schnitten. Aber nicht zartweiße Fäden waren das Resultat, sondern labbrige Fetzen wie nasses Herbstlaub, zu nichts zu gebrauchen.

Die Anstrengung war zu groß. Wieder glitt sein Kopf in den Nacken. Sein Blick war endgültig blind geworden, doch in das Rauschen in seinem Kopf drangen noch immer die Vogelstimmen aus dem Wald in seinem Rücken. Sie schwollen an zu einem einzigen klanghellen, überirdisch schönen Ton, der seinen ganzen Körper erfasste und ihn ausfüllte wie eine Hymne auf das Leben.

Dann traf ihn der zweite Schlag an der Schläfe. Und im selben Moment erstarb die Hymne.

Laurent Wendling lag seitlich hingestreckt auf dem Feld, den blutigen Kopf zwischen den Kohlköpfen, die bald geerntet werden mussten. Um wenigstens sie zu retten.

EINS

Freitag, 24. September, früher Abend

Es war bereits kurz nach sieben, als Jean Paul Rapp bei Burn-
haupt-le-Bas, auf halber Strecke zwischen Belfort und Mulhouse, auf die Route nationale abbog. Nach knapp sieben-
stündiger Fahrt von Paris lagen nun nur noch gut zwanzig
Kilometer bis Pfaffenhoffen vor ihm.

»Bald zu Hause, Honoré«, versprach er mit einem Blick
in den Rückspiegel seinem Hund, der zusammengekringelt
wie eine Lyoner Wurst auf dem Rücksitz des Wagens lag und
als Antwort nur müde eine Augenbraue anhob. Hund und
Auto waren beide nicht mehr die Jüngsten. Rapp hatte den
Eindruck, dass Honoré, sein inzwischen fünfzehn Jahre alter
schwarz-weiß-braun gefleckter Terrier-Rüde, und sein 2CV,
eine rot-schwarz lackierte Charleston-Ente, die Ruhepausen
an den Aires de service, den Raststätten der Autobahn, die er
während der Fahrt eingelegt hatte, beide gleichermaßen gebraucht hatten. So wie er selbst.

Er konzentrierte sich wieder auf den Verkehr. Nicht, weil
um diese Uhrzeit noch viele Fahrzeuge unterwegs gewesen
wären, das Gegenteil war der Fall. Sondern weil er nachtblind war, und die Dämmerung hatte längst eingesetzt. Die
Route nationale schlängelte sich als graues Band entlang der
Weinhänge im Westen, deren Übergang zu den bewaldeten,
kühleren Zonen in den höheren Lagen er kaum noch erkennen
konnte. Am Himmel flimmerte ein weiches, diffuses Abend-
licht, reflektiert von einer matt leuchtenden Wolkendecke
über der flachen, fruchtbaren Landschaft des Rheintals. Weiter hinten im Osten streckten die Spitzen des Schwarzwalds
ihre Häupter, als wollten sie noch die letzten Sonnenstrahlen
trinken, ehe sich die Nachtschwärze auf sie herabsenkte.

Rapps Gedanken wanderten zurück zu seinem Aufenthalt in Paris bei seinem Sohn Edgar und dessen Mann Julien, und vor allem zu Maëlle, seiner kleinen, knapp einjährigen Enkelin. Ihm ging buchstäblich das Herz auf, wenn er an sie dachte.

Edgar und Julien führten schon seit einigen Jahren sehr erfolgreich ein Restaurant, das Petite Cigogne in der Rue de la Bourgeoisie, ganz in der Nähe der Place Jean Gabin am Montmartre. Und vor einem Jahr etwa waren sie Väter geworden. Rapp hatte inzwischen auch Maëlles leibliche Mutter kennengelernt, Maélys. Sie hatte zwar den Wunsch nach einem Kind gehabt, doch als Restaurant- und Hoteltesterin für den Guide Michelin musste sie ständig unterwegs sein; ein Baby zu versorgen, schien ihr daher unmöglich. Julien und Edgar hatten das Mädchen adoptiert. Einer von beiden, Julien oder Edgar, war auch der biologische Vater, schwer zu sagen, wer, denn die kleine Maëlle glich irgendwie beiden, fand Rapp. Wie ihre Mutter und wie ihre beiden Väter hatte sie brünette Haare und nussbraune Augen. »Und wie ihre beiden Väter hat sie wunderschöne O-Beine«, hatte Rapp gescherzt. Was man inzwischen auch beim Laufen bewundern konnte. Die Kleine hatte kürzlich die ersten eigenen Schritte gewagt.

Rapp hatte die knappe Woche genossen, die er mit Edgar, Julien und Maëlle in Paris hatte verbringen dürfen. Er war erstaunt und erleichtert, wie wunderbar die beiden Männer das neue Familienleben mit Maëlle hinbekamen. Sicherlich trug nicht zuletzt die Tatsache dazu bei, dass Julien, Chefkoch im Petite Cigogne, ein Jahr Auszeit vom Restaurant genommen hatte und sich von einem Kollegen vertreten ließ. Zum Ausgleich hatte Julien neben Maëlle auch Rapp, solange er zu Besuch war, bekocht. Überhaupt nutzte er die berufliche Auszeit, um zu Hause an neuen Choucroute-Rezepten zu basteln, »die das Traditionelle mit dem Verwegenen kreuzen« sollten, wie er sich ausdrückte. Unter anderem hatte Rapp Choucroute au loup de mer probieren dürfen – Sauerkraut an Seewolf, einfach köstlich. In der knappen Woche hatte er sicher anderthalb bis zwei Kilo zugelegt. Sylvie, die für so etwas ein Auge hatte, würde das sicher sofort auffallen, wenn sie sich demnächst trafen.

Thann und Cernay waren die nächsten Städtchen, an denen er vorbeifuhr.

Sylvie Printemps war nun schon seit zwei Jahren Rapps Nachbarin in Pfaffenhoffen. Und seitdem waren sie sich peu à peu nähergekommen. Und doch – Rapp konnte nicht sagen, woran es lag – waren sie noch immer kein Paar. An Rapp konnte das nicht liegen (fand Rapp). Auf die eine oder andere Weise war immer etwas dazwischengeraten, ehe sie wirklich hätten zusammenkommen können. Momentan war Sylvie schlicht noch verreist. Sie besuchte eine Freundin in Basel und wollte am Samstag oder Sonntag zurück sein.

Inzwischen war die Sonne so tief hinter dem Horizont abgetaucht, dass nicht mal mehr die Bäuche der Wolken von ihr angestrahlt wurden. Der nachtblinde Rapp war daher froh, dass er gleich hinter Rouffach die Ausfahrt nach Pfaffenhoffen nehmen und über die Rue du Fossé und die Rue Grand Cru das Maison Michelberger ansteuern konnte.

Er parkte den Charleston in dem Carport auf der Rückseite des Hauses und sog die herbstfrische Luft ein, die von den Vogesen herab ins Rheintal strömte. Honoré stand zwar ebenfalls wieder auf allen vieren, ließ sich aber von Rapp aus dem Wagen tragen, da seine alten Hundeknochen den Sprung hinaus nicht mehr schmerzfrei schafften. Rapp setzte ihn behutsam auf dem Boden ab, streckte sich auch selbst, nahm den Koffer in die Hand und ging, gefolgt vom Hund, zum Hintereingang des Hauses.

Das Maison Michelberger war ein schöner alter, vollständig restaurierter Weinbauernhof aus traditionellem Elsässer Fachwerk, in dem Rapp eine gemütliche Wohnung auf der Vorderseite hatte. Die Wohnung der Michelbergers, seiner Vermieter, in einem modernen Anbau auf der Rückseite des Hauses war unbeleuchtet. Monsieur und Madame Michelberger waren für ein paar Tage verreist. Irène Michelberger hatte vor einem Jahr eine Schilddrüsenerkrankung überstanden, seitdem gönnte sie sich hin und wieder ein Wellnesswochenende, drüben auf deutscher Seite, in einem Spa im Schwarzwald. Martin, ihr Mann, begleitete sie, wenn er die Zeit dazu fand.

Rapp machte Licht in der Halle, die früher einmal ein Speicherraum gewesen sein mochte, durchquerte sie mit dem braven Honoré an seiner Seite, trat auf der Hofseite wieder hinaus und öffnete die Tür, die über eine Sandsteintreppe hinauf zu seiner Maisonettewohnung im ersten und zweiten Stock führte. Die Stufen waren tückisch und hoch. Er ließ den Koffer zunächst unten stehen, klemmte sich Honoré unter den Arm und hangelte sich mit Hilfe des dicken Taus an der Wand, das als Geländer diente, hinauf.

Als er seine Wohnungstür erreichte, haftete in Augenhöhe ein Zettel daran. Im funzligen Flurlicht erkannte er zu seinem Erstaunen den Briefkopf der Gendarmerie Rouffach. Pfaffenhoffen, ein Fünfhundert-Seelen-Ort, besaß keinen eigenen Gendarmerieposten.

Rapp setzte den Hund ab, nahm den Zettel von der Tür, der nur leicht angeklebt war, um ihn in der Wohnung zu lesen. Doch als er versuchte, die Tür zu öffnen, passte der Schlüssel nicht.

»Alors?«

Er versuchte es erneut. Vergeblich.

»Was ist das?«

Honoré sah ratlos zu ihm auf.

Jetzt las Rapp den Text, der offenbar standardmäßig auf den Zettel gedruckt worden war: Seine Wohnung habe leider von der Feuerwehr gewaltsam geöffnet werden müssen. Da weder er selbst noch eine andere verantwortliche Person auffindbar gewesen sei, habe ohne seine Einwilligung ein neuer Schlosszylinder eingebaut werden müssen. Die Wohnung sei unter Aufsicht der hinzugerufenen Gendarmerie wieder verschlossen worden. Den Schlüssel dazu könne er sich jederzeit in der Gendarmerie Rouffach, Rue Rettig 57, abholen. In Klammern die Telefonnummer der örtlichen Gendarmerie.

Rapp nahm sofort sein Mobiltelefon zur Hand und rief an. Besetzt.

»Man sperrt mich aus! Was zum Teufel soll das?«

Honoré, der ungeduldig zu ihm aufblickte, schien Herrchens Empörung zu teilen. Trotz all ihrer Lebenserfahrungen hatten sie beide so etwas noch nie erlebt.

Rapp probierte erneut anzurufen. »Immer noch besetzt. Herrgott!«

Kurzerhand klemmte er sich Honoré wieder unter den Arm, stakste, so schnell es ging, die Stufen hinunter, ließ den neben der Haustür abgestellten Koffer stehen, schloss von außen ab und fuhr mit Honoré zur Gendarmerie in Rouffach.

Über die kleine Nebenstraße parallel zur Route nationale waren es nur zwei Kilometer bis nach Rouffach, die Gendarmerie in der Rue Rettig befand sich ein paar Steinwürfe hinter dem Intermarché am Ortseingang. Dennoch erforderte die schmale Spur der Straße Rapps volle Konzentration, und er fuhr beinahe im Schritttempo, um nicht nachtblind auf dem Gemüseacker von Michel Courent zu landen, einem jungen Landwirt, der als Junge mit Edgar befreundet gewesen war.

Alles ging gut. Er parkte den Wagen vor dem modernen Flachbau der Gendarmerie und betrat mit Honoré das fast leere Entree des Gebäudes. Nur einer der Schreibtische hinter dem hüfthohen Empfangstresen war noch besetzt. Eine blonde Polizistin in der hellblauen Uniformbluse der Gendarmerie saß daran. Sie blätterte in irgendwelchen Papieren und hörte nebenbei Radio über den Bildschirmlautsprecher des Computers auf ihrem Tisch. Rapp erkannte die Beamtin – und sie ihn –, als sie ihm ihr Gesicht zuwandte, aufstand und an den Tresen trat.

»Monsieur Rapp«, grüßte sie ihn verhalten.

»Madame Haller, salut.«

Rapp war überrascht. Er hatte Fabienne Haller letztes Jahr im Zusammenhang mit der Aufklärung des Mordes an Alain Kieffer, Rouffachs früherem Museumsdirektor, kennengelernt. Damals hatte sie zeitweise im Team seines ehemaligen Assistenten Rimbout gearbeitet, der nach Rapps Ausscheiden aus dem Dienst sein Nachfolger als leitender Commissaire geworden war. Danach hatte er Fabienne wieder aus den Augen verloren.

»Sie sind zurück in der Gendarmerie?«, fragte er.

»Zurück zu den Wurzeln, wie man so sagt.« Sie lächelte. »Man hat mir die Leitung angeboten.«

»Meinen Glückwunsch!« Rapp erinnerte sich, dass Fabienne Haller ihm erzählt hatte, sie habe als junge Polizistin zuerst bei der Gendarmerie angeheuert. Nun war sie deren Chefin in Rouffach.

Fabienne bückte sich und holte aus einem Fach unterhalb des Tresens eine kleine Plastikschale hervor, in der sich ein Schlüssel befand. »Sie kommen natürlich wegen der Nachricht an Ihrer Wohnungstür.«

»Allerdings.« Rapp war bereits im Begriff, den Zettel, den er in seine Jacketttasche gesteckt hatte, herauszuholen, unterließ es jetzt aber. »Ihr habt mein Schloss ausgetauscht. Warum?« Manchmal, wenn er wieder mit der Polizei zu tun hatte, fiel er unversehens in das kollegiale Du seiner aktiven Dienstzeit.

Fabienne Haller schob ihm den Schlüssel aus der Plastikwanne zu und legte ein Formular zum Unterschreiben dazu.

»Die Sache ging von der Feuerwehr aus«, erklärte sie.

»Das habe ich gelesen. Aber wieso war das nötig? War Feuer in der Wohnung ausgebrochen?« Von außen hatte er keinen Schaden gesehen. Nicht mal Brandgeruch hatte er wahrgenommen.

»Die Feuerwehr hat heute früh einen Notruf von Mietern einer Touristenwohnung in Ihrem Haus erhalten. Sie hatten den Alarm von Rauchmeldern in Ihrer Wohnung gehört. Nichts passiert«, beruhigte ihn Fabienne Haller sogleich. »War ein Fehlalarm. Aber um sicherzugehen, musste die Feuerwehr die Wohnung aufbrechen, da Sie nicht zu Hause und auch Ihre Vermieter nicht zu erreichen waren.«

»Ich war verreist. Meine Vermieter ebenfalls.«

»Der Rauchmelder ist defekt, hat die Feuerwehr festgestellt. Sie müssen dringend einen neuen anbringen lassen, Monsieur Rapp. Vorschrift.«

Rapp seufzte. Er hatte noch vor seiner Paris-Reise Martin Michelberger, seinen Vermieter, darauf hingewiesen, dass der Rauchmelder in der Küche praktisch auf alles reagiere. »Er schlägt sogar Alarm, wenn ich die Kühlschranktür öffne«, hatte er Michelberger erklärt. Also hatte Martin Michelberger umgehend die für die Wartung zuständige Firma beauftragt. Und die hatte ihm versichert, der Schaden sei behoben. »Nur die Batterie«, hatte ein Techniker behauptet. Wahrscheinlich reagierten die Dinger auf Temperaturveränderungen jeglicher Art.

Rapp nahm den Schlüssel an sich und quittierte den Erhalt.

Als er sich von Fabienne bereits mit einem Dank verabschieden wollte, auch Honoré machte schon den Ansatz zur Kehrtwende, bemerkte Rapp einen besonderen Blick in ihren Augen. Er zögerte.

»Alors, Monsieur Rapp«, sagte sie, »was halten Sie von der Sache, die am Forêt passiert ist?« Sie sah ihn interessiert an.

Rapp stutzte. »Welche Sache an welchem Forêt?«

»Pardon, Sie waren ja verreist. Wirklich nichts davon gehört, dass Laurent Wendling drüben am Forêt de Pfaffenhoffen erschlagen wurde?«

»Laurent Wendling? Erschlagen, sagen Sie?«

Rapp war fassungslos. Er kannte den jungen Landwirt. Laurent war der Sohn des alten Schàngi Wendling, dessen Hof sich am östlichen Rand von Pfaffenhoffen befand. Rapp kaufte dort frische Eier und Milch, wenn er die Zeit dazu fand. Vor allem aber Choucroute, das die Wendlings noch selbst herstellten. Sie besaßen einen Streifen Ackerland, der sich vom Bauernhof bis zu dem ausgedehnten Waldstück hinzog, das in und um Pfaffenhoffen schlicht »La Forêt« genannt wurde.

»Wann ist das passiert?«, wollte Rapp wissen.

»Gestern Abend, wie es aussieht. Spaziergänger haben Laurent gefunden. Er lag mit einer klaffenden Wunde am Kopf auf seinem Acker, neben den Kohlfeldern direkt am Waldrand.«

Rapp fiel Laurents Vater ein. Und seine Frau. »Armer Schàngi. Arme Sandrine«, sagte er.

Fabienne schüttelte nachdenklich den Kopf. »Was die Sache noch trauriger macht, ist, dass auch Sandrine schwer verletzt ist. Sie liegt im Krankenhaus auf der Intensivstation.«

»Was sagen Sie da?« Rapp starrte Fabienne Haller ungläubig an.

»So ist mein Stand. Wir von der Gendarmerie hatten wie üblich den Tatort und die Unfallstelle zu sichern. Sandrines Wagen lag im Graben, ganz in der Nähe der Stelle, wo man Laurent entdeckt hat. Was nach Meinung von Commissaire Rimbout auch der Tatort zu sein scheint. Ich hatte Gelegenheit, kurz mit ihm zu sprechen.«

»Und wie geht es Sandrine jetzt?«

»Sie liegt im Koma. Die Folge ihrer schweren Kopfverletzungen, dazu vermutlich starker Blutverlust. Die Notärzte waren spontan sehr skeptisch, ob sie überlebt. Und wenn ja, ob sie je das Bewusstsein wiedererlangt.«

Rapp musste tief durchatmen, um diese Nachrichten zu verdauen. Das Ganze war schrecklich. Und merkwürdig zugleich, schien ihm. »Seltsames Zusammentreffen«, sagte er halblaut, mehr zu sich als zu Fabienne. »Laurent Wendling wird erschlagen. Und Sandrine verunglückt in der Nähe.«

»Commissaire Rimbout vermutet einen Zusammenhang«, sagte Fabienne.

»Natürlich. Aber in welcher Weise?«

»Das hat er mir nicht genau erklärt, Monsieur Rapp. War auch keine Zeit dazu. Vielleicht fragen Sie ihn einmal selbst? Sie kennen ihn ja gut.« Sie sah ihn schelmisch an.

Rapp schloss daraus, dass sie sich noch gut an seine *mehr* als unterstützende Rolle bei der Aufklärung des Alain-Kieffer-Falls aus dem letzten Jahr erinnerte.

»Vielleicht sollte ich das tun, ja«, antwortete er leichthin, verabschiedete sich endgültig von ihr, schnalzte mit der Zunge als Zeichen für Honoré, dass es hinausging, und verließ mit ihm das Gebäude.

Draußen entschloss er sich, wegen seiner Nachtblindheit den Charleston auf dem Parkplatz der Gendarmerie stehen zu lassen und zu Fuß nach Hause zu gehen. Das würde Honoré den Spaziergang verschaffen, den er sich nach der langen Autofahrt verdient hatte – und ihm auch. Morgen war auch noch ein Tag, um das Auto abzuholen.

Während er nun gemächlich mit dem Hund durch die laue Nacht spazierte, denselben Weg neben der Route nationale zurück, den er zuvor hergefahren war, gingen ihm die schockierenden Neuigkeiten durch den Kopf, mit denen ihn Fabienne Haller so unverhofft konfrontiert hatte.

Laurent und Sandrine Wendling.

Er tot. Sie lebensgefährlich verletzt und im Koma.

Beide am Rande des Forêt aufgefunden.

Ja, er würde auf jeden Fall mit Rimbout darüber sprechen, was der davon hielt.

Als er eine halbe Stunde später seine Wohnung erreichte, steckte er gespannt den Schlüssel, den er von Fabienne erhalten hatte, in das neu eingebaute Schloss. Er funktionierte.

Seltsamerweise waren bis auf ein paar Dreckspuren auf den Fliesen in der Küche keinerlei Anzeichen zu erkennen, dass sich während seiner Abwesenheit überhaupt jemand in der Wohnung befunden hatte. Dann bemerkte er die leere Stelle an der Decke, wo sich vorher der Rauchmelder befunden hatte. Jemand von der Feuerwehr hatte ihn anscheinend vorsorglich abmontiert und zusammen mit einer schriftlichen Belehrung, dass er unverzüglich einen neuen anzubringen habe, auf den Küchentisch gelegt.

Rapp räumte das defekte Teil fort und brachte es in die Kammer neben dem Bad. Dann füllte er Honorés Schale mit Wasser und stellte ihm ein paar frische Brocken Futter dazu. Antiallergen, weil Honorés Reizmagen nichts anderes vertrug.

Der Anrufbeantworter blinkte. Vier Anrufe. Zweimal hatte Isabelle, seine Ex-Frau, angerufen, um Kommentare zu hinterlassen, irgendwo zwischen Enttäuschung und Vorwurf, dass er nicht abnahm (ihre Handynummern hatten sie einander wohlweislich nie gegeben). Ein Anruf wurde ohne Nachricht beendet. Und der letzte kam von Edgar, der vom Petite Cigogne aus angerufen hatte, um sich zu erkundigen, ob Rapp wieder wohlbehalten zu Hause angekommen sei.

»Braver Junge.« Auch mit Mitte dreißig noch. Leider kein Anrufversuch von Sylvie.

Rapp versuchte, sich seine leichte Enttäuschung darüber nicht einzugestehen, und rief Edgar zurück, der jedoch bereits voll im Stress des Abendbetriebs seines Restaurants war, er klang gehetzt. Rapp ersparte ihm die neuen schlechten Nachrichten aus Pfaffenhoffen. Er war nicht sicher, wie gut sich Edgar an Laurent und Sandrine Wendling erinnerte, bedankte sich daher nur für die schönen Tage in Paris und ließ Julien »und natürlich die kleine Maëlle« grüßen.

Seit Maëlle auf der Welt war, dachte Rapp zufrieden, nachdem er aufgelegt hatte, verstand er sich mit seinem Sohn so gut wie schon seit Jahren nicht mehr.

Anschließend aß er den Rest des riesigen Gourmetsandwichs mit Rinderfilet und Avocadocreme, das Julien für ihn vor der Rückreise mit geübter Hand bereitet hatte – »Damit du mir unterwegs nicht vom Fette fällst, mein Lieber, haha!« –, und trank einen herben Riesling dazu.

Laurent und Sandrine Wendling, ging es ihm durch den Kopf, was war da geschehen? Er würde dem Schàngi einen Kondolenzbesuch abstatten. Das war er dem alten Mann schuldig, dessen guter Kunde und quasi Nachbar er seit Jahren war. In den nächsten Tagen, vielleicht schon morgen.

ZWEI

Samstag, 25. September

Jeannettes Boulangerie öffnete auch an den Samstagen schon um sieben in der Früh (schloss dafür bereits um zwölf). Rapp verband daher seinen gewohnten Morgenspaziergang mit Honoré am Fuß des Weinbergs oberhalb von Pfaffenhoffen mit einem Abstecher in die Bäckerei. Praktischerweise befand sich neben dem Eingang ein kleiner Eisenring, an dem er die Hundeleine festmachen konnte.

Jeannette, sonst von sprudelnder Munterkeit, bediente gerade wortlos Schàmpatiss Leduc, und der alte Mann mit dem struppigen Kinn strich ebenso stumm das Wechselgeld für seine Flûte, die Baguettestange, ein. Mit einem Nicken verließ er den kleinen Laden und streichelte, wie Rapp durch das Schaufenster sehen konnte, Honoré liebevoll über die Schnauze, ehe er langsam über die Rue de la Liberté davonging.

Jeannette legte Rapp die Papiertüte mit seinen zwei Samstags-Brioches auf die Glastheke. »Noch eine Flûte, Jean Paul?«

»Nein danke, Jeannette. Heute nicht.« Er klatschte sich mit der Zeitung, die er aus dem Ständer neben der Tür genommen hatte, gegen den in Paris gemästeten Bauch.

An anderen Tagen hätte Jeannette einen Scherz darauf gemacht. Aber heute tippte sie nur den zusätzlichen Betrag für den Courant Alsacien ein, nahm mit bedrückter Miene seinen Geldschein an, legte ihn in die Ladenkasse und schloss sie.

Rapp sah sie überrascht und etwas verlegen an.

Plötzlich begriff sie. »Excuse-moi! Wo habe ich nur meine Gedanken?« Sie öffnete rasch wieder die Kasse und gab ihm sein Wechselgeld heraus. »Entschuldige nochmals, Jean Paul!

Der Mord an Laurent Wendling, Sandrines Unfall, du hast natürlich davon gehört, ich kann es nicht fassen. Es bringt mich ganz durcheinander. Uns alle hier im Ort.«
»Ich habe erst gestern Abend davon erfahren«, antwortete Rapp. »War bei Edgar in Paris.«
»Ah, verstehe. Wie geht es dem Jungen?«
Jeannette war etwa im gleichen Alter wie Rapp und kannte Edgar schon von klein auf. Lange her.
Sie redeten noch eine Weile über die alten Zeiten und Edgars Restaurant am Montmartre; als Geschäftsfrau interessierte sich Jeannette auch dafür sehr.
Dann nahm sie den Mord an Laurent Wendling wieder auf: »Was für eine Katastrophe für den alten Schàngi. Der Sohn tot. Und die Schwiegertochter lebensgefährlich verletzt im Krankenhaus. Wie soll ein Vater das überleben? Wie soll man begreifen, was da passiert ist?« Plötzlich wechselte der Ausdruck in ihrem Gesicht: »Die Wendlings sind Pfaffenhoffener, du bist Pfaffenhoffener, Jean Paul. Ich finde, du solltest der Polizei zur Hand gehen.« Sie weitete die Augen, um ihrer unverblümten Forderung Nachdruck zu verleihen.
»Zur Hand gehen?« Rapp unterdrückte ein Lachen. »Ich bin nicht mehr Commissaire, Jeannette, mein Nachfolger heißt Rimbout, wie du weißt.«
Sie verdrehte die Augen. »So ein Quatsch. Commissaire bleibt man ein Leben lang. Hast du selbst gesagt, mein Lieber.«
»Im Ernst? Kann mich nicht erinnern.«
»Aber ich.«
Zwei junge Frauen in Jogginganzügen betraten mit verschwitzten Gesichtern den Laden. Rapp kannte sie nicht. Vielleicht Touristinnen.
»Bonjour, Mesdames!«, grüßte Jeannette wie immer formvollendet, aber dennoch nicht so gelöst wie sonst.
Während die Kundinnen ihre Wahl trafen, wandte sie sich erneut an Rapp. »Alors, Jean Paul, hilf der Polizei ein wenig«, sagte sie augenzwinkernd. »Damit wir in Pfaffenhoffen wieder ruhig schlafen können.«

Rapp stieß einen Seufzer aus und hob zum Abschied die Tüte mit den Brioches.

»Salut, Jeannette.«

»Salut, mein Lieber.«

Zum Frühstück trank er wie üblich seinen Café noir, eine große Schale, schwarz, stark, ohne Zucker, und schlug die Zeitung auf. Und zwar wie üblich hinten, bei den Nachrichten aus der Region:

Touristen aus China, las er, entdeckten zunehmend das Elsass. In Rouffach veranstalteten junge Landwirte aus dem Dreiländereck Frankreich, Schweiz und Deutschland eine Art Nutzpflanzenausstellung. In Basel war ein Buch erschienen mit »Gschicht' uff Baselditsch«. Dies nutzte die Samstagskolumne »Sproochkischt« des Courant Alsacien für einen kleinen Seitenhieb, um zu illustrieren, »wie schlaacht bhàndelt d'Regionalsproche in Frànkrich« werde.

Neben ein paar Konzert- und Kulturhinweisen, unter anderem auf die neue Ausstellung im Stadtmuseum Rouffach über »Geschichte und Gegenwart des Elsässer Wassers«, gab es viel regionalen Sport. *Vor allem* regionalen Sport.

Über den Mord an Laurent Wendling fand Rapp nur einen einzigen Artikel. Der aber füllte die halbe Seite »Sud-Alsace« des Courant. Die Autorin war, wie konnte es anders sein, Aimée Polignac.

Rapp und Aimée waren sich vor gut zwei Jahren das erste Mal über den Weg gelaufen. Aus unterschiedlichen Motiven hatten sie sich beide für den Mord an dem damaligen Bürgermeister Leroux aus Winzenheim interessiert. Und beide nicht ganz unwesentlich zu seiner Aufklärung beigetragen.

Rapp las den Artikel daher mit gesteigertem Interesse. Aimée fasste darin kurz den Stand der Dinge zusammen, wie Rapp ihn bereits am Vorabend durch Fabienne Haller in der Gendarmerie Rouffach erhalten hatte: Laurents Leiche auf seinem Acker, unmittelbar am Forêt de Pfaffenhoffen, entdeckt von abendlichen Spaziergängern. Und ganz in der Nähe des

Tatorts die schwer verletzte, bewusstlose Sandrine Wendling, verunglückt mit ihrem Auto.

Es folgten überaus betroffene und geschockte Stimmen aus der Pfaffenhoffener Bevölkerung. Eine Tragödie für die Familie natürlich. Und wie schrecklich und beunruhigend eine solche Tat für alle im Ort sei. Schon aus diesem Grund, gaben sich die Leute überzeugt, komme nur ein Auswärtiger oder allenfalls ein Zugezogener aus dem Ort als Täter in Frage.

Commissaire Rimbout, schrieb Aimée weiter, habe in seinem kurzen Statement für die Presse bereits durchblicken lassen, dass es seiner Einschätzung nach »eine recht einfache Erklärung« für den Fall geben könne. Der für Laien freilich auf den ersten Blick komplizierter erscheine, als er es tatsächlich sei. In Kürze erfahre die Öffentlichkeit mehr dazu von der Polizei.

Rapp hoffte für seinen alten Freund Rimbout, dass es sich wirklich so verhielt, und faltete die Zeitung zusammen. Er warf einen Blick durch das Küchenfenster, sah den strahlend blauen Himmel und weckte Honoré, der in seinem Korb neben der Heizung gedöst hatte.

Kurz darauf spazierten sie nach Rouffach. Rapp wählte einen Umweg, die Strecke unterhalb der Weinberge, in denen die diesjährige Ernte bereits die letzte Phase erreicht hatte. Wegen der großen Hitze im Sommer hatte die Lese schon Mitte August begonnen. Mit den Trauben für den Crémant d'Alsace, den Elsässer Schaumwein, war der Anfang gemacht worden. Doch auch die Sorten für die »stillen Weine« waren in diesem Jahr früh, schon ab Anfang September, geerntet worden.

Bei den Michelbergers, wusste Rapp, war die Weinlese so weit gediehen, dass sie sich nach der Plackerei im Wingert endlich wieder ein gemeinsames Erholungswochenende im Schwarzwald gönnen konnten.

Er ließ sich viel Zeit auf dem Spaziergang, Rapp mit seinem Hund. Genoss die milde morgendliche Septembersonne. Atmete die klare Luft, die heute einen Blick nach Süden bis zu den Alpen zuließ. Und nahm schließlich den Abzweig nach

Osten, der zum Ortseingang von Rouffach führte. Von dort war es nur noch ein Katzensprung (bildlich gesprochen) bis zu dem Parkplatz neben dem Flachbau der Gendarmerie, wo Rapps Charleston stand.

Er hätte gern Fabienne Haller kurz Bonjour gesagt, doch von der Eingangstür aus bemerkte er, dass heute zwei Kolleginnen von ihr Dienst in der Gendarmerie schoben. So machte er kehrt und stieg in den Wagen, nachdem er Honoré auf der Rückbank platziert hatte.

Als er den Motor anließ, glaubte er, ein seltsames Klackern zu hören, das jedoch nach gut hundert Metern Fahrt wieder verschwand. Er überlegte, wann er den Charleston zuletzt zur Generalinspektion in Güschtis Garage gebracht hatte, konnte sich nicht genau erinnern und beschloss daher, dass es wieder mal an der Zeit wäre. Güschtis göttliche Mechanikerhände waren vermutlich nicht für raffinierte Zärtlichkeiten gemacht, wie Paulette, seine Frau und zugleich Chefsekretärin des kleinen Reparaturbetriebs, mitunter seufzend andeutete. Aber auf französische Oldtimer wie Rapps »Geschoss« (O-Ton Paulette) hatten Güschtis öl- und schweißgetränkte Pranken heilende Wirkung.

Am Intermarché in der Rue de Pfaffenhoffen stellte er den Wagen auf dem riesigen Parkplatz unter zwei jungen Bäumchen ab, die einen mageren Schatten warfen. Er ließ Honoré auf dem Rücksitz dösen und kaufte in dem riesigen Supermarkt das Nötige für das Wochenende. Er fand auch einen guten Crémant, den er hoffte mit Sylvie köpfen zu können, wenn sie hoffentlich heute oder morgen aus Basel zurückkehrte.

Auf der Rückfahrt über die Route nationale kam ihm kurz vor der Ausfahrt Pfaffenhoffen der Einfall, statt nach Hause zu fahren noch einen kleinen Abstecher in östliche Richtung zu machen: über einen Wirtschaftsweg entlang der von Wendling bestellten Felder. Bis zum Waldrand des Forêt, wo man Laurents Leiche gefunden hatte, war es nur ein knapper Kilometer.

Der Weg war asphaltiert, dennoch musste der Charleston über so manches Schlagloch hinwegtanzen. Links und rechts lagen Kohlfelder, flankiert von Blühstreifen hüfthoher Pflanzen, die blau und lila in der Mittagssonne leuchteten. Weiter hinten wechselten sich Raps- und Maisfelder bis zum Waldrand hin ab.

Am Ende des Wegs befand sich rechts eine kleine schotterige Parkbucht. Ein schmaler, unbefestigter Abzweig führte von dort entlang des Forêt Richtung Süden. Rapp parkte den Wagen und leinte Honoré vorsorglich an. Für den Fall, dass der alte Terrier-Instinkt in ihm erwachte und er Hasen oder Kaninchen wittern sollte. Dann ging er mit ihm ein Stück parallel zum Feldrand. Sein Blick wanderte über die langen Reihen medizinballgroßer Kohlköpfe mit ihren teils den »Apfel« noch bedeckenden, teils ausladenden grünen Blättern. Er kannte sich kein bisschen aus mit dem Anbau von Weißkohl, der zum traditionellen Elsässer Choucroute verarbeitet wurde. Aber die Größe der Köpfe auf diesen Feldern schien ihm doch darauf hinzudeuten, dass ihre Ernte unmittelbar bevorstehen musste.

Nachdem Honoré genussvoll in den Sand gepinkelt hatte, folgte Rapp dem Feldweg noch etwas weiter bis zu einem unbestellten Stück Ackerland von etwa einer halben Fußballfeldgröße. An dessen Ende schloss sich bereits wieder ein neues Weißkohlfeld an, das bis zum Dorfrand von Pfaffenhoffen reichte. Weit hinten meinte Rapp denn auch die Silhouette des Wendling-Hofs zu erkennen, doch er war nicht ganz sicher.

Er betrat die Ackerbrache und wandte sich nach rechts, einer Stelle im angrenzenden Kohlfeld zu. Dort waren deutlich sichtbar einige Pflanzen beschädigt, und als Rapp neben Honoré in die Hocke ging, entdeckte er dunkle Stellen an manchen der Blätter. Auch Honoré, der die Schnauze nach ihnen reckte, schien sich dafür zu interessieren. Reste von Blutspuren vermutlich, die die Forensik sicher jetzt auswertete.

Rapp richtete sich wieder auf, ging ein paar Schritte zurück und betrachtete von dort die Situation. Der Boden war zu fest, um beurteilen zu können, ob ein Kampf stattgefunden hatte. Falls ja, ließen sich vielleicht DNA-Spuren des Täters an der Leiche nachweisen. Rapp wandte sich um und kehrte mit dem Hund auf den Weg zurück. Er entschied sich, noch ein Stück weiterzugehen. Nach gut einem halben Kilometer erreichte er einen unbefestigten Waldweg, der tief in den Forêt hineinzuführen schien. »Zutritt verboten« stand auf einem verwitterten Schild. Vermutlich benutzten hauptsächlich Jäger oder Pächter des Walds den Weg.

Rapp kehrte um und ging zurück bis zu der schotterigen Parkbucht am Rand des Kohlfelds. Er blickte sich um und sah schräg gegenüber einen weiteren Waldweg, wesentlich breiter als sein Pendant weiter südlich, frei zugänglich und sogar asphaltiert. Er entschloss sich, ihm zu folgen.

Nach etwa fünfhundert Metern entdeckte er Spuren von starkem Reifenabrieb. Das Fahrzeug schien ins Schlingern geraten und seitlich gegen einen Baum gerast zu sein. Der massive Stamm der Buche sah deutlich beschädigt aus.

Rapp ließ das Ganze auf sich wirken. Die würzige Waldluft, das Hämmern eines Schwarzspechts im Geäst einer Baumkrone, das leise Rauschen des Windes in den Wipfeln hoch über ihm – die Idylle wirkte in diesem Augenblick gespenstisch angesichts der Vorstellung, dass vermutlich an dieser Stelle Sandrine Wendling mit ihrem Wagen von der Straße abgekommen und verunglückt war. Während ihr Mann womöglich schon zu diesem Zeitpunkt erschlagen am Rand des Ackers lag, wenige Steinwürfe entfernt.

Nach dem Spaziergang fuhr er nach Hause und setzte sich als Erstes mit dem Handy an seinen Küchentisch, um Sylvie eine SMS zu schreiben. Die er dann doch nicht abschickte. Sie waren kein Paar – noch immer nicht –, es stand ihm nicht zu, sie zu fragen, ob sie heute oder morgen von Basel zurück sei. Und seine unbeholfenen Versuche, ihr den Crémant schmackhaft zu machen, brach er nach dem dritten Anlauf ab, um den Text endgültig zu löschen. Stattdessen stieg er vorsichtig die glatte Holztreppe hinauf in die obere Etage seiner Maisonettewohnung. Dort setzte er sich an den kleinen Schreibtisch, auf dem der Laptop stand. Nachdem er noch eine Weile etwas missmutig (wegen Sylvie und der nicht abgeschickten Textnachricht) über die Stallungen des Maison Michelberger hinweg zu den im Hintergrund sanft ansteigenden Weinbergen geschaut hatte, klappte er den Deckel des Computers auf und gab unter Maps »Forêt de Pfaffenhoffen« ein.

Den Fundort der Leiche, zugleich, wie es aussah, auch der Tatort, hatte er schnell ausgemacht. Aus der Vogelperspektive des Satellitenbilds, das den Angaben zufolge etwa ein Jahr alt war, erschien er gleichmäßig grün, es war keine Lücke in der Bepflanzung zu erkennen. Kein Unterschied also beim Vergleich des Abschnitts, der heute Brache war, mit den anderen Feldern.

Wie war es dazu gekommen, dass Laurent Wendling hier auf seinen Mörder getroffen war? Schwer vorstellbar, dass sich ihm der Täter unbemerkt hatte nähern können. Entweder war er dem Opfer bekannt gewesen oder ihm ungefährlich erschienen.

Und Sandrine, Laurents Frau? Der asphaltierte Waldweg, auf dem sie verunglückt war, wurde auf dem Satellitenausschnitt nur durch einen schmalen Strich gekennzeichnet, der – Rapp verfolgte ihn mit seinem Finger – in nordöstlicher Richtung aus dem Forêt hinaus und via Schnellstraße nach Colmar führte. In südlicher Richtung war die Straße gesperrt, dort befand sich momentan eine Baustelle, wie Rapp erst kürzlich festgestellt hatte, als er von Strasbourg kommend östlich an Colmar vorbeigefahren war, um noch einen Abstecher nach Rouffach zu machen.

In welcher Absicht also war Sandrine Wendling mit dem Wagen nach Nordosten gerast? Vom kleinen Schotterparkplatz aus hätte sie in die entgegengesetzte Richtung fahren müssen, um nach Hause zu kommen. Wollte sie nach Colmar? Nach

Strasbourg? Nach Deutschland? Und war sie vor oder nach dem Tod ihres Mannes davongefahren?

Rapp klappte den Laptop zu und stieg, noch vorsichtiger, als er hinaufgegangen war, wieder hinunter in die untere Etage. Er nahm sein Festnetztelefon und wählte die Nummer des Commissariat Colmar-Rouffach.

»Salut, Jean Paul! Ça va?« Rimbout schien bester Laune.

»Merci, François, mir geht's gut. Und dir? Was macht die Familie?«

»Danke, prächtig, prächtig. Alle wohlauf. Marianne arbeitet wieder halbtags im Büro, bei einer Weinfirma in Thann. Und Jeanne und Richard freuen sich auf das Wochenende bei ihrer Tante Bernadette in Winzenheim. Mariannes Schwester hat ihnen ein buntes Programm versprochen. Ich bin sehr froh darüber. So können die zwei gar nicht erst auf dumme Gedanken kommen, du verstehst.«

Rapp musste lachen. Er erinnerte sich, dass Jeanne und Richard, die Zwillinge, ihre Eltern letztes Jahr in ziemliche Verlegenheit gebracht hatten, weil sie draußen vor einem Getränkehandel einen ganzen Kasten Crémant »gefunden« hatten, der angeblich »herumgestanden« hatte. Um ein Haar wäre es sogar zur Anzeige gekommen, was glücklich hatte abgewendet werden können.

»Du arbeitest an einem neuen Mordfall, habe ich in der Zeitung gelesen«, wechselte Rapp auf einmal forsch das Thema. »Laurent Wendling.«

»Ah, ich dachte mir schon, dass dich das interessiert, Jean Paul.«

»Der Mord geschah immerhin fast vor meiner Haustür. Die Wendlings leben hier im Ort«, gab Rapp etwas humorlos zurück.

»Bien sûr. Schon klar.«

»Merkwürdiger Fall, scheint mir. Laurent erschlagen auf seinem Feld und seine Frau unweit davon verunglückt.«

»Das mag so scheinen, wenn man es in der Zeitung liest. Aber die Sache ist im Grunde kein Rätsel.«

»Nicht?«

»Nein.«

»Darf man fragen, wieso nicht?«

»Du darfst. Kurz gesagt, und vorerst noch unter uns, steckt wohl eine Familiensache dahinter.«

»Eine Ehekrise, meinst du?«

»In der Tendenz, ja. Aber da ist noch mehr.«

»Du klingst wie ein Orakel, François.«

Rimbout lachte. »Bon, ich schreibe gerade meine Einschätzung für die Zentrale in Colmar, darin fasse ich mich weniger kurz. Aber ohne in die Details zu gehen, die ich dir natürlich nicht nennen darf ...«

»Natürlich nicht.« Obwohl es Rimbout damit in der Vergangenheit durchaus nicht so genau genommen hatte, wenn er selbst nicht weitergekommen war.

»Alors, die Tatumstände deuten sämtlich darauf hin, dass Laurent Wendling von seiner Frau getötet worden ist. Nachdem sie ihn, vielleicht im Affekt, erschlagen hat, fuhr sie in Panik davon und verunglückte.«

Sehr gut möglich, dachte Rapp. »Und ihr Motiv?«

»Spannungen zwischen ihr und Laurent. Und zwischen ihr und dem Schwiegervater. Sie sah sich isoliert, war zutiefst frustriert und so weiter. Eine Impulshandlung. Kommt vor, wie du weißt.«

»Schon. Aber du erwähntest ihren Schwiegervater, den alten Schàngi. Was hat der damit zu tun?«

»Eine Menge, mein Lieber!«, entgegnete Rimbout mit einem Schuss Überheblichkeit in der Stimme. »Schon die ersten Zeugen, die wir befragen konnten, hauptsächlich benachbarte Landwirte, die die Wendlings gut zu kennen scheinen, haben uns darauf gestoßen, dass das Verhältnis zwischen Sandrine und Laurent Wendling seit geraumer Zeit reichlich abgekühlt wirkte. Es ging anscheinend um die Zukunft des Hofs. Der alte Schàngi sei ja bekannt für seinen Starrsinn. Dafür, dass er so ziemlich jede Neuerung ablehne. Im Gegensatz vor allem zu Sandrine, die bereits manches angestoßen haben soll. Laurent wurde dagegen so eingeschätzt, dass er sich nicht vollends gegen seinen Vater stellen wollte. Infolgedessen hätte es eben auch zwischen dem jungen Ehepaar geknirscht.«

»Wissen oder glauben deine Zeugen?«, fragte Rapp spitz.

»Es sind ihre Beobachtungen. Die Schlüsse müssen wir natürlich selbst daraus ziehen, wie du sicher noch weißt.« Rimbout klang beleidigt.

»Bon«, sagte Rapp fast ganz ohne ironischen Unterton, »dann möchte ich auch etwas zu deinen Einschätzungen beisteuern, François. Ich kenne ihn nämlich ganz gut, den alten Schàngi. Hole manchmal Eier und Milch und vor allem frisches Choucroute von den Wendlings.«

»Ah, direkt vom Erzeuger, verstehe. Dazu ökologisch, wie man hört.«

»Richtig. Das junge ökologische Ehepaar, Laurent und Sandrine, hatte zwar fast immer irgendwo auf den Feldern oder im Büro zu tun. Aber mit Schàngi habe ich oft ein Schwätzchen gehalten. Starrsinnig kam er mir eigentlich nicht vor, François.« Wenn auch politisch arg konservativ eingestellt.

»Ja, man täuscht sich eben oft in diesen alten, knorrigen Elsässern, nicht wahr?« Rimbout lachte, und es war klar, wen er mit demjenigen meinte, der sich hier täuschte.

»Bon.« Rapp stieß ein Seufzen aus. »Dann wünsche ich dir viel Erfolg mit dem Fall, François.«

»Den werde ich haben. Bin schon beim ersten Bericht, wie gesagt.«

»Übrigens war ich vorhin am Tatort«, schob Rapp unvermittelt nach.

»Ah ja?« Rimbout hörte sich wenig amüsiert an.

»Ja. Und ich habe mich gefragt, womit der arme Laurent eigentlich erschlagen wurde.«

»Einem Feldstein vermutlich. Meint die Forensik.«

»Und wo ist dieser Stein? Habt ihr ihn gefunden?«

»N-nein, leider noch nicht.«

»Merkwürdig.«

»Was ist merkwürdig, Jean Paul?« Rimbout hörte sich zunehmend genervt an. Beunruhigt sogar.

»Wenn Sandrine, wie du glaubst, ihren Mann erschlagen hat, kann sie das Tatwerkzeug, den Stein, nur auf dem Feld oder in seiner unmittelbaren Nähe entsorgt haben. Andernfalls bliebe nur noch ihr Auto, mit dem sie ja nicht weit gekommen ist.«

»Alors, manche Details sind eben noch nicht geklärt, du kennst das ja.«

Rimbout lenkte ab.

»Ihr habt den Stein, das Tatwerkzeug, also nicht gefunden?«, bohrte Rapp weiter. »Weder auf dem Feld noch in der Nähe noch in Sandrines Wagen?«

»N-nein. Nein.«

»Ihr wollt die Suche aber fortsetzen?«

»Nun, der Fall liegt ja klar. Und dann der Personalmangel. Du weißt selbst, dass es die Suche nach der Nadel im Heuhaufen wäre.«

Ein Feldstein, blutverschmiert und groß genug, um als Mordinstrument zu taugen, war nicht gerade mit einer Nadel vergleichbar. Aber Rapp wollte nicht rechthaberisch sein.

»Was ich mich übrigens ebenfalls frage«, fügte er stattdessen hinzu, »ist, warum sich die beiden ausgerechnet dort getroffen haben. An dieser seltsamen Brache neben den Kohlfeldern.«

»Das kann ich dir sagen«, antwortete Rimbout, und er klang geradezu erleichtert, weil er sich offenbar wieder auf sicherem Terrain bewegte. »Die Brache, wie du sagst, ist Bauland. Genauer gesagt: Bau-Erwartungsland. Dort sollte eine neue Produktionshalle entstehen. Eine Art Manufaktur für die Herstellung von Choucroute. Ein ehrgeiziges Projekt, heißt es. Wahrscheinlich war das der Zankapfel zwischen den Eheleuten. Und dem alten Schàngi.«

»Denkst du?«

»Aufgrund der Zeugenaussagen bisher, ja. Voilà.« Rimbout ließ ein unmissverständliches Räuspern vernehmen. »Entschuldige, Jean Paul, aber wie ich schon sagte, der Bericht an die Zentrale wartet.«

»Natürlich.« Rapp wünschte ihm alles Gute für den Fall. Hatte aber das ungute Gefühl, dass Rimbouts Annahmen zwar nicht unbegründet, nur leider bislang vollkommen unbewiesen waren. Nicht einmal das Tatwerkzeug war gefunden worden. Kaum vorstellbar, dass ihm die Chefetage in Colmar das durchgehen ließ.

Mit dem vagen Wunsch, sich bald mal wieder zum Essen zu treffen, verabschiedeten sie sich voneinander. Rapp schaute auf die Küchenuhr. Es war jetzt halb zwei. Nicht die schlechteste Zeit für eine Radtour, schien ihm. Und um Schàngi sein Beileid auszusprechen. Denn er mochte den Alten.

DREI

Eigentlich befand sich der Wendling-Hof, die Ferme Wendling, bereits jenseits der Ortsgrenze von Pfaffenhoffen. Haus und Hofgebäude lagen östlich der Route nationale, die als wichtige Nord-Süd-Verbindung entlang der Weinberge auch als Route des Vins d'Alsace bezeichnet wurde. Durch die Untertunnelung der Route war die Anbindung der Ferme Wendling an Pfaffenhoffen jedoch ebenso gewährleistet wie die der benachbarten Bauernhöfe bis zum Forêt. Die Landwirte waren von Rimbout offenbar wie Leumundszeugen befragt worden. Doch genau genommen, dachte Rapp, waren sie nicht nur Nachbarn, sondern wirtschaftlich gesehen auch Konkurrenten am Markt.

Mit seinem alten, aber immer noch schnittigen fünfgängigen Peugeot-Rad erreichte Rapp schon nach wenigen Minuten den Bauernhof, dessen Wohnhaus und Stallungen schwanweiß gestrichen waren. Zusammen mit der brusthohen Mauer zur Straße hin bildeten sie einen großen Innenhof, der mit groben Natursteinen gepflastert war.

Das breite Gatter stand offen, sodass Rapp sein Rad ohne Weiteres hineinschieben konnte, um es neben ein paar mannshohen Sonnenblumen an die Mauer zu lehnen, damit es niemandem im Weg stand. Denn trotz der Tragödie, die die Familie getroffen hatte, schien die Ernte nun doch begonnen zu haben. Vor dem Längsgebäude auf der linken Seite befand sich ein Anhänger, von dem zwei Erntehelfer riesige Kohlköpfe entluden und auf ein Förderband legten. In der Halle wurden, wie Rapp wusste, die »Äpfel«, das Innere der Kohlköpfe, von den äußeren grünen Blättern und dem Strunk in der Mitte befreit, dann in dünne Streifen geschnitten und nach der Zugabe von Meersalz in große Gärbehälter gegeben. Mehr brauchte es nicht, damit daraus durch Fermentierung das Choucroute mit dem milden, im Elsass typischen Geschmack entstand.

Rapp sah sich um, die Tür zu dem winzigen Verkaufsladen am Kopfende des Hofs, in dem man Schàngi gewöhnlich finden konnte, war geschlossen. Wenigstens ein Teil der Ernte musste jetzt also eingebracht werden, damit sie nicht verdarb, aber der Verkauf wurde wegen des Todesfalls offenbar ausgesetzt.

Rapp erkundigte sich bei den Arbeitern auf dem Anhänger nach Schàngi, und sie deuteten mit einer traurigen kleinen Geste zum Wohnhaus gegenüber. Er überquerte den Hof, ließ sich von einer Schar Hühner ignorieren und von zwei riesigen Gänsen mit gereckten Hälsen aufmerksam beobachten, dann trat er wie üblich durch eine massive Eichentür in den Hausflur, der rechter Hand zur Küche führte.

Das traditionelle Wohnhaus war vor einigen Jahren, nachdem Sandrine und Laurent Wendling geheiratet hatten, komplett saniert worden. Deshalb betrat Rapp nach dem Anklopfen eine modern eingerichtete, geräumige Küche. Nur die alten holzgerahmten Schwarz-Weiß-Fotografien an der Wand hinter dem Küchentisch erinnerten daran, dass man sich in einem vor Jahrhunderten errichteten Gebäude befand. Eine größere Aufnahme zeigte den noch jungen Schàngi, wie er stolz, in hohen Stiefeln, einen breitkrempigen Hut auf dem Kopf, neben den mächtigen Kaltblütern herlief, die einen Leiterwagen voll mit frisch geernteten, hoch gestapelten Kohlköpfen zogen.

Der alte Bauer saß an dem runden Tisch aus massiver Buche und starrte todtraurig auf eine leere Kaffeetasse, die vor ihm stand. Er wandte den Kopf zur Tür, als Rapp eintrat.

Schàngi war ein großer, drahtiger Mann Anfang achtzig, der, wenn man es nicht besser wüsste, aussah wie ein Althippie. Er hatte lange, fadendünne silbergraue Haare, deren Spitzen ihm über der Stirn bis zu den Brauen hinunter und im Nacken bis auf die Schultern reichten. Seine Nase war lang und spitz wie die von Cyrano de Bergerac, die blassblauen Augen standen in gewissem Kontrast zu dem krebsroten, stets schlecht rasierten, knochigen Gesicht.

Schàngi trug wie üblich einen schwarzen Overall über dem karierten Hemd, obwohl er wegen eines Bandscheibenschadens schon seit Jahren keine schwere Arbeit mehr verrichten konnte. Nachdem vor gut zehn Jahren Cathérine, seine Frau, an einem Hirntumor gestorben war, kümmerte sich Schàngi um den Hofladen und »um das Federvieh«, wie er sich Rapp gegenüber einmal ausgedrückt hatte. Das hieß, er versorgte die Hühner und Gänse und half bei dem Verkauf von Eiern, Kartoffeln, Rüben, Dinkel und natürlich »Sürkrüt«, Choucroute in Eimern verschiedener Größe.

Der Bauer verzog die Mundwinkel zu einem kleinen Lächeln. »Jean Paul«, sagte er zur Begrüßung und deutete ein Nicken an.

Rapp ging mit einem beklommenen Gefühl auf den traurigen alten Mann zu und drückte ihm – steif und unbeholfen, wie er sich vorkam – sein Mitgefühl aus.

»Ich danke dir, Jean Paul«, sagte Schàngi mit dünner, hoher Stimme. »Bitte hol dir eine Tasse aus dem Schrank, auf dem Herd steht der Kaffee.« Schàngi deutete vage mit der Hand in die Richtung.

Rapp kannte sich aus, er hatte schon viele Male die Tassen für sie beide aus dem Schrank geholt, während Schàngi Kaffee bereitet hatte. Der Bauer hatte die Eigenart, ihn in einem emaillierten Topf mit traditionellem Elsässer Blumenmotiv zu kochen, das Pulver durch mehrmaliges Umschütten herauszusieben und bei Bedarf den Rest später wieder aufzukochen. Der Kaffee wurde dadurch so stark, dass man sich wunderte, warum der Kaffeelöffel nicht aufrecht darin stehen blieb.

Rapp holte eine Tasse für sich aus dem Schrank und stellte sie neben Schàngis auf den Tisch, ging zum Herd, brachte den Kaffee im Topf noch einmal kurz zum Sieden und goss anschließend Schàngi und sich ein.

Er setzte sich neben ihn. Sie schlürften das heiße schwarze Getränk, dessen höllisch bitterer Geschmack zur Stimmung passte, und schwiegen lange zusammen.

Bis Schàngi schließlich den Kopf hob und Rapp verloren

anblickte. »Sie haben mir meinen Jungen genommen, Jean Paul.«

»Ja«, sagte Rapp.

»Und vielleicht überlebt auch Sandrine nicht. Wie soll ich das alles nur Claudine erklären, ihrer Mutter?« Er hob die Brauen. »Momentan kann ich sie nicht mal erreichen. Sie lebt heute in Portugal, irgendwo auf dem Land, mit ihrem zweiten Mann zusammen. Aber wo? Sandrine hat sich nach dem Tod ihres Vaters vor vielen Jahren mit der Mutter zerstritten und seitdem kaum Kontakt zu ihr gehalten. Ich fand das falsch, seine Eltern soll man nicht verleugnen, schon gar nicht, wenn man das einzige Kind ist. Aber Sandrine kann sehr starrköpfig sein.«

Rapp sah ihn nur an.

Schàngis Blick verdüsterte sich. »Ich schätze, die Polizei glaubt, dass Sandrine meinen Laurent getötet hat. Erschlagen, mon dieu.«

»Woraus schließt du das, Schàngi?«

»Der Kommissar, dein früherer Assistent …«

»Rimbout.«

»Er hat Fragen gestellt. Sie gingen in die Richtung. Ob es stimmt, was die Leute im Ort sagten, wollte er wissen. Dass Sandrine und Laurent sich in letzter Zeit öfter gestritten hätten.«

»Haben sie?«

»Na und? Cathérine und ich haben uns ein Leben lang gestritten. Jeden Tag. Hat sie mich deshalb erschlagen? Obwohl ich es manchmal sicher verdient gehabt hätte.«

Rapp lächelte traurig.

»Und was denkst du? Über Sandrine und Laurent, meine ich?«

Schàngi verzog das Gesicht. »Mag sein, dass zwischen den beiden in letzter Zeit der Wurm drin war. Aber das hätte sich geändert, wenn sie ein Kind bekommen hätten. Nachwuchs für den Hof, verstehst du?«

Rapp verstand jedenfalls, was für Schàngi das Wichtigste an einem Enkelkind zu sein schien.

»Sandrine wollte noch ein, zwei Jahre damit warten, bis das Gröbste hinter ihnen läge.«

»Das Gröbste? Was meinst du?«

Schàngi sah ihn erstaunt an, als wunderte er sich, dass Rapp keine Ahnung hatte. »Na, die neue Halle für die Choucroute-Produktion.«

Rapp zog nur unbestimmt die Brauen hoch. Und ließ sich von Schàngi erklären, was Rimbout bereits angedeutet hatte: Nach den Plänen von Laurent und Sandrine sollte unmittelbar vor dem Forêt eine neue, moderne Choucroute-Manufaktur entstehen.

»Du meinst, genau dort, wo man Laurent ...«

»Wo man ihn gefunden hat, ja.« Schàngi nahm einen Schluck aus seiner Tasse und verzog bitter das Gesicht. »Dort sollte die neue Halle gebaut werden. Aber jetzt, wo Laurent tot ist. Und Sandrine ...«

»Entschuldige, Schàngi, wenn ich nachfrage. Aber ihr habt doch bereits eine Produktionshalle. Hier auf dem Hof. Wozu eine neue?«

»Alors, das Ganze war ursprünglich Sandrines Idee. Eine Art Manufaktur für eine Genossenschaft der Produzenten von Quintal d'Alsace.«

»Pardon, von was?«

»Quintal d'Alsace. Das ist die Kohlsorte für unser Choucroute. Das auch du hin und wieder kaufst.«

Ohne dass du dir bisher darüber im Klaren warst, wie es aussieht, sagte Schàngis leicht missbilligender Blick, den Rapp sehr wohl registrierte.

»Quintal d'Alsace, verstehe.« Was so viel bedeutete wie »der Zentnerschwere aus dem Elsass«.

»Die traditionelle elsässische Sorte, sehr robust, sehr schmackhaft, ideal für Choucroute.«

»Allerdings.« Rapp konnte dem nur zustimmen. »Und Sandrine hatte die Idee dazu?«

»Ja. Sie ist in der Bretagne aufgewachsen, dort haben die Bauern das schon vor vielen Jahren praktiziert. In der neuen

Halle sollten gleich mehrere Bauern ihren Kohl für das Choucroute abliefern können.«

»Eine Genossenschaft, die ausschließlich Quintal d'Alsace
anbaut?«

»Richtig. Für das Saatgut und die Jungpflanzen sollte dann
Epona sorgen.«

»Epona?«

»Ein Betrieb ganz in der Nähe, bei Schœnwiller. Lauter
junge Leute, hat Sandrine gemeint. Die aber so arbeiten wie
wir früher.« Schàngi setzte eine undurchdringliche Miene auf.

»Und nun?«, fragte Rapp. »Was soll werden, Schàngi? Was
hast du vor?«

»Schau mich an, Jean Paul.« Schàngi deutete leicht zitternd
auf sich. »Ich werde nächstes Jahr dreiundachtzig. Laurent
ist ... nicht mehr. So ein Projekt ist zu groß für mich. Die anderen Quintal-Bauern werden natürlich enttäuscht sein, auch
die Leute von Epona natürlich und der Sella sowieso.«

»Der Sella?« Der Name war die Elsässer Variante von Marcel.

»Sella Duboc. Guter Freund von Laurent. Junger Bauunternehmer, er sollte die Halle bauen. Herber Verlust für ihn, wenn
es jetzt nicht dazu kommt. Aber ... Nein, ich kann das nicht.«

Rapp ging gedanklich noch mal einen Schritt zurück zu
Laurent. »Und dein Sohn? Wollte denn Laurent die neue
Halle, das ganze neue Projekt genauso wie Sandrine?«

»Bien sûr. Sandrine kann sehr ... überzeugend sein.« Ein
leichtes Knurren in Schàngis Stimme war nicht zu überhören.

»Und du, Schàngi? Was hieltest du von der Sache?« Rapp
kannte den Alten als einen Bauern, der nie aufgehört hatte,
traditionelle Anbaumethoden zu praktizieren. Aber in einer
Genossenschaft, das wäre dann doch etwas anderes.

Umso überraschter war Rapp, als Schàngi versicherte: »Ich
war dafür!« Um sogleich zu ergänzen: »Aber ich war auch
skeptisch.«

»Inwiefern?«

»Wegen CAB.«

»CAB? Was ist das? – Excuse-moi!« Rapp musste plötzlich über sich selbst den Kopf schütteln. »Entschuldige, Schàngi. Da frage ich dich aus, als wäre nichts geschehen, und –«

»Nein, nichts zu entschuldigen, Jean Paul. Es tut mir gut, zu reden. Lenkt mich ab, weißt du. Und da es dich interessiert: CAB ist ein großer Saatguthersteller. Ein Riese in der Branche, um genau zu sein. Mit Sitz in Strasbourg und Freiburg.«

»Ein Konsortium?«

»Voilà. CAB Allemagne erzeugt das künstliche Saatgut und die Jungpflanzen und verkauft es an die Boches in Deutschland und an unsere Bauern. CAB France übernimmt die Weiterverarbeitung zu Choucroute hier im Elsass und vermarktet es weltweit.«

»Eine Herstellung in großen Anlagen, nehme ich an?«

»Riesenfabriken.«

»Das heißt, CAB wäre eure unmittelbare Konkurrenz?«

»Und wir wären *deren* Konkurrenz, Jean Paul!« Schàngi sah Rapp eindringlich an. »Extrem unwillkommen, wenn gleich ein Stall voll Bauern mitmacht.«

»Schàngi«, sagte Rapp, plötzlich wie angestachelt, »wer hat deinem Jungen das angetan? Könnte CAB damit zu tun haben?«

Der alte Mann schob die spröden, rissigen Lippen vor. »Ich weiß es nicht. Bin kein Polizist, nicht wahr?«

Rapp nickte verständnisvoll. Das hieß, Schàngi mochte es auch nicht ausschließen.

Sie tranken ihren Kaffee und schwiegen eine Weile.

»Weißt du, was ich mich frage, Jean Paul?«, sagte Schàngi schließlich.

Rapp sah ihn gespannt an.

»Warum hat mich Sandrine am Donnerstagabend, um die Zeit, als es passiert sein muss, das mit Laurent, meine ich …«

»Ja?«

»Warum hat sie noch versucht, mich hier mit ihrem Handy anzurufen?« Schàngi deutete mit dem Kinn auf das Festnetztelefon, das auf der Konsole neben dem Küchenfenster stand.

Es hatte nach wie vor das mit Goldfäden durchzogene blaue Häkelkleid, das Cathérine einst dafür gemacht hatte. »Ich war leider, als Sandrine noch versucht hat anzurufen, wie üblich draußen bei den Hühnern. Aber ich habe später ihre Handynummer auf dem Display gelesen.«

»Hast du das auch der Polizei berichtet?«

»Bien sûr.«

»Sind die beiden zusammen zum Forêt gefahren?«, fragte Rapp, dem auffiel, dass Rimbout dazu nichts gesagt hatte.

»Nein.« Er kniff die Brauen zusammen. »Laurents Wagen stand ja noch hinten am Forêt, als die Leute ihn später am Abend gefunden haben. Er und Sandrine waren am Nachmittag noch beide hier im Haus, Sandrine im Laden, Laurent im Büro. Ich habe dann ein Nickerchen gehalten. Als ich aufgewacht und zu den Hühnern raus bin, waren beide Autos fort.«

»Hast du dir Sorgen gemacht, als sie am Abend nicht zurückkamen?«

Er wiegte nachdenklich den Kopf. »Nein, habe ich nicht. Sie waren oft beide unterwegs. War keine Seltenheit, dass sie bis zum Abend fort waren. Außerdem hatte die Kohlernte schon begonnen.«

»Auch auf den Feldern hinten am Forêt?«

»Nein. Die sind erst im Oktober dran.«

»Verstehe«, sagte Rapp.

Was nicht stimmte, er verstand es eben *nicht*. Er fragte sich ebenso wie Schàngi, warum Sandrine ihn an dem Abend noch hatte anrufen wollen. Ein loser Faden, der ihm zumindest erklärungsbedürftig schien.

Er bedankte sich für den Café und verabschiedete sich von Schàngi. Der alte Mann bestand darauf, ihn bis zur Haustür zu begleiten.

Draußen wärmte die Septembersonne den Hühnern und Gänsen die Federn und ließ die Erntehelfer zusätzlich schwitzen. Schàngi sah zu ihnen hinüber, als wäre es das erste Mal in seinem Leben. Oder das letzte Mal.

Jenseits der Hofmauer hörten sie ein Auto halten. Wenige Sekunden später kam ein Mann in einem dunklen Anzug um die Ecke und schritt über den Hof auf sie zu. Er war um die vierzig, groß und schlank, hatte dunkles, welliges, ein wenig zerzaustes Haar und eine ausgeprägt lange Nase. Er grüßte Rapp mit einem Kopfnicken und drückte Schàngi fest die Hand. »Es hat mir keine Ruhe gelassen, Monsieur Wendling. Wir haben ja schon am Telefon ... Aber ich möchte Ihnen doch persönlich mein aufrichtiges Beileid sagen. Es ist ... einfach schrecklich.«

»Ja, das ist es, Sella«, sagte Schàngi mit brechender Stimme. »Danke für dein Mitgefühl.« Dann stellte er die Männer einander vor. »Sella Duboc aus Winzenheim, Freund von Laurent. Sella, das ist Monsieur Rapp, ein guter alter Kunde von uns.«

Duboc reichte Rapp die Hand. Beide wandten sich mit besorgten Blicken dem alten Bauern zu, der plötzlich wie nach einer großen Anstrengung den Kopf sinken ließ und sich offensichtlich ins Haus zurückziehen wollte.

»Ich fürchte, ich muss mich ausruhen. Entschuldige, Sella, dass ich dich nicht bewirten kann. Ein andermal. Danke, dass du ... dass du vorbeigekommen bist.« Der trauernde Mann war den Tränen nah.

Duboc sah ihn tief betroffen an. »Sind Sie sicher, dass Sie keine Hilfe brauchen, Monsieur Wendling? Ich könnte ...«

»Nicht nötig, Sella, merci beaucoup.« Schàngi hob zum Abschied von beiden die Hand und schloss die Tür zum Hausflur.

Sella Duboc schaute Rapp unschlüssig an. »Ich weiß nicht, ob ich nicht doch besser hineingehe und nach ihm schaue?«

Rapp sah sich nicht in der Position, ihm einen Ratschlag zu erteilen. Tat es dann aber doch: »Vermutlich möchte Schàngi im Moment nur seine Ruhe haben. Ich fürchte, ich selbst hätte schon früher gehen sollen. Es strengt ihn an.«

»Sie beide scheinen sich gut zu kennen, Monsieur«, sagte Duboc mit einem leichten Seufzen. »Ich habe es in all den Jahren, die ich mit seinem Sohn befreundet bin – oder war«, korrigierte er sich beinahe erschrocken, »nicht zum Du gegenüber dem alten Herrn gebracht.«

»Das liegt am Alter«, erwiderte Rapp lächelnd. »Wir sind ja beide nicht mehr die Jüngsten, der Schàngi und ich. Aber wenn es Sie tröstet, Monsieur Duboc«, fügte er hinzu, »er hatte Sie schon zuvor erwähnt. Mit Bedauern gewissermaßen.«

»Mit Bedauern?« Duboc runzelte die Stirn.

Rapp hob beschwichtigend eine Hand. »Weil Sie doch wegen der Produktionshalle, die nun nicht mehr gebaut werden kann, ebenfalls finanziellen Schaden hätten. Wie die Bauern, deren Kohl, der Quintal d'Alsace, dort verarbeitet werden sollte.«

Sella Duboc konnte ein Stöhnen nicht unterdrücken. »Ja. Es ist mir zwar peinlich, darüber zu reden. Aber es stimmt: Sollte die Halle jetzt wirklich nicht gebaut werden, würde mich das in ziemliche Schwierigkeiten bringen.«

»Sie hoffen, dass doch noch etwas daraus wird?«

Duboc fuhr sich fahrig durch das wuschelige Haar und zerzauste es noch mehr. Er trat etwas näher an Rapp heran. »Ich hoffe wirklich, dass Sandrine bald wieder gesund wird. Es war ja ursprünglich *ihre* Idee, die Halle zu bauen.« Er wurde plötzlich rot. »Dieu, was müssen Sie von mir denken, Monsieur! Ich hoffe natürlich sowieso, dass sie wieder gesund wird, nicht nur wegen der Halle!«

»Ich verstehe schon«, entgegnete Rapp und wandte sich um, weil in diesem Moment ein Wagen, ein weißer Dacia Logan, mitten auf den Hof fuhr. Ein kräftiger junger Mann Anfang dreißig, in Blaumann und hohen Stiefeln, stieg aus.

»Schàngi zu Hause?«, rief er Rapp und Sella Duboc schon auf dem Weg zum Hauseingang lautstark zu und schüttelte ihnen die Hände, als er ihnen an der Tür gegenüberstand. »Sella. Monsieur.«

»Ich fürchte, Monsieur Wendling braucht gerade etwas Ruhe, Paul«, antwortete Duboc. »Das ist übrigens Monsieur Rapp. Wir haben uns eben erst kennengelernt, Monsieur und ich. Monsieur Rapp, das ist ...«

»Paul Forbach«, stellte der junge Mann sich nun selbst vor.

»Freut mich, Monsieur.« Er sah wieder Sella Duboc an, die beiden kannten sich offensichtlich recht gut.

Forbach setzte eine enttäuschte Miene auf. »Ich wollte dem Schàngi nur kurz kondolieren. Und ... Na ja ... Wissen, wie es weitergeht. Du sicher auch, Sella, oder?«

Duboc zog vielsagend die Brauen hoch.

»Wenn die Halle nicht gebaut wird, kann ich einpacken«, fuhr der Landwirt fort. »Das kann mich den Betrieb kosten.«

Ein betroffenes Schweigen trat ein.

»Sie gehören zu den Bauern, die den Wendlings den Quintal d'Alsace anliefern wollten, richtig?«, fragte Rapp schließlich. »Schàngi hat mir vorhin davon erzählt.«

»Ah ja?« Der junge Forbach schaute ihn plötzlich hochinteressiert an. »Hat Schàngi irgendetwas angedeutet? Wie es weitergeht, meine ich?«

Rapp drückte sich mit einem vagen Gesichtsausdruck um die Antwort, zu der er sich nicht im Mindesten berechtigt sah.

»Der Schàngi ist zu alt für das Projekt, wenn du mich fragst«, sagte Sella Duboc an Rapps Stelle.

»Wahrscheinlich.« Forbach senkte den Kopf. »Leider können wir auf Sandrine nicht mehr zählen«, sagte er bitter.

»Wieso nicht?«, erwiderte Duboc lebhaft. »Sie wird wieder gesund werden, wart's nur ab!«

»Erstens habe ich da etwas anderes gehört, Sella«, widersprach Forbach. »Sie soll sehr schwer am Kopf verletzt sein. Und selbst wenn sie wieder gesund wird, wandert sie vielleicht direkt in den Knast.« Er wandte sich mit einem Schulterzucken an Rapp. »Excusez-moi, Monsieur, wenn ich so offen spreche.«

Rapp signalisierte ihm mit einem Blick, dass er dafür durchaus Verständnis hatte.

»Wieso um Himmels willen denkst du, dass Sandrine in den Knast muss, Paul?«, setzte Duboc energisch nach. »Sie hat nichts getan.«

»Sie hat Laurent erschlagen, Sella! Ihren eigenen Mann.«

»Wie zum Teufel kommst du darauf, Paul?«

»Wer soll es sonst getan haben? Das sagen auch andere. Nein, alle sagen es, die die beiden kannten. Zwischen denen hat es so dick gekriselt, das konntest du beinahe mit den Händen greifen, oder etwa nicht?«

Duboc runzelte die Stirn und wiegte den Kopf. »Ich weiß nicht, Paul. Mit solchen Vorwürfen muss man vorsichtig sein.« Der junge Bauer machte jetzt ein etwas betretenes, verlegenes Gesicht. »Mag sein. Aber am Ende wird entscheidend sein, was die Polizei denkt. Und die Leute glauben nun mal, dass es nicht gut für Sandrine aussieht, was das betrifft. Sie war dort, als es passierte, das steht fest. Mit ihrem eigenen Wagen am Forêt. Ihr Pech, dass sie anschließend verunglückt ist, nachdem sie ...« Forbach winkte frustriert ab.

Rapp schwieg dazu. Er war froh, dass anscheinend weder der eine noch der andere der beiden Männer wusste, dass er vor wenigen Jahren noch selbst als Ermittler für den Mordfall zuständig gewesen wäre. So verabschiedete er sich von ihnen und ging bedächtig über den Hof zu seinem Rad an der Mauer. Die zwei Gänse beobachteten ihn wieder aufmerksam und senkten erst die Hälse, als er sich auf den Sattel schwang und davonfuhr.

VIER

Zu Hause lag Honoré noch genauso entspannt, offensichtlich im Tiefschlaf, in seinem Körbchen wie vor zwei Stunden, als Rapp die Wohnung verlassen hatte. Dann sah er den weißen Lichtpunkt am Festnetztelefon blinken. Laut Anrufliste hatten zuerst Isabelle, dann ihre Schwester Monique angerufen. Keine von beiden hatte eine Nachricht hinterlassen. Rapp entschloss sich, die Reihenfolge umzudrehen, und rief zuerst Monique in Strasbourg an.

Sie nahm sehr schnell ab, hatte offenbar schon darauf gewartet, dass Rapp zurückrief.

»Jean Paul, danke, dass du anrufst. Muss nämlich gleich zur Arbeit.«

»Ist irgendetwas? Mit Isabelle?«

»Isa ist ausgezogen. Hat ihren Job hingeschmissen und ist zurück nach Colmar. In ihre alte Wohnung.«

»Ich dachte, die Wohnung in Colmar hätte sie aufgegeben.«

»Nein, hat sie nicht, Jean Paul. Franck hatte die Wohnung in ihrem Namen untervermietet. Und leider die Miete selbst kassiert. Zum Teil wenigstens.«

Monique klang besorgt. Sie wusste ebenso gut wie Rapp, dass Isabelles Kontakt zu Franck, ihrem halbseidenen »Neuen«, mit dem sie die letzten Jahre zusammen gewesen war, Teil des Problems war und nicht Teil der Lösung.

»Franck. Immer wieder Franck!« Rapp konnte kaum an sich halten.

Bis vor einem Jahr etwa hatten dubiose Typen, Gläubiger aus Francks krummen Geschäften mit Gebrauchtwagen, Isabelles Wohnung in Colmar belagert. Weil sie eigentlich an ihn, Franck, herankommen wollten. Rapp hatte damals dafür gesorgt, dass Monique Isa für eine Weile bei sich aufnahm. Isabelle verstand sich jedoch nicht mit ihrer älteren Schwester, stritt ständig mit ihr. Und doch hatte Monique sich sogar so weit überwunden, Isabelle nicht nur bei sich wohnen zu lassen, sondern ihr in dem Bistro, in dem sie arbeitete, ebenfalls eine Stelle zu vermitteln. Selbstverständlich hatten die Streitereien zwischen den Schwestern deswegen nicht aufgehört. Wenigstens lagen Isabelles Arbeitszeiten und Moniques Schichten so, dass sie sich kaum sahen.

»Warum hat sie das gemacht, Monique: gekündigt, zurück nach Colmar? Ich dachte, ihr hättet euch miteinander arrangiert.«

Monique stieß einen Seufzer aus. »Hatten wir auch. Einigermaßen wenigstens. Aber dann hat der Chef festgestellt, dass der Alkoholvorrat im Bistro unnatürlich schnell schrumpfte. Und dass Isa öfter eine Fahne hatte. Was mir natürlich auch schon aufgefallen war. Aber ich wollte ihr keinen Anlass geben, zu streiten.«

»Verstehe. Aber warum hast du nun *mich* angerufen, Monique?« Er und Isabelle waren seit vielen Jahren geschieden. Und er wollte sein eigenes Leben führen, auch wenn Edgar, ihr gemeinsamer Sohn, natürlich eine lebenslange Verbindung zwischen ihnen bedeutete.

»Wen soll ich sonst anrufen?«, erwiderte Monique. »Franck etwa? Ich kenne nicht mal seine Nummer. Und bin auch nicht scharf darauf. Ich bitte dich nur, einmal bei Isa anzurufen, Jean Paul. Mal bei ihr vorbeizuschauen. Weißt du, der verfluchte Alkohol. Ich mache mir Sorgen um sie.«

»Ja, immerzu sorgen sich alle um Isabelle und sollen sich um sie kümmern«, entgegnete Rapp mit mehr Bitterkeit in der Stimme, als ihm lieb war. »Aber sie selbst? Hat sie sich etwa um Edgar gekümmert, als er klein war?«

»Das ist lange her, Jean Paul.«

»Sicher.« Aber für Rapp war es manchmal, als wäre es gestern gewesen. Manche Streits mit Isabelle hatten sich derart in sein Gedächtnis gefressen, dass er mitunter heute noch nachts davon aufwachte.

»Hör mal, Jean Paul, Isabelle ist schließlich auch Edgars

Mutter. Und Maëlles Großmutter. Und sie *will* sich um sie kümmern. Übrigens *so* ein süßes Ding, die Kleine! Hast du Maëlle kürzlich noch gesehen?«

»Erst gestern.« Rapp verriet ihr, dass er eine knappe Woche bei Edgar und seiner Familie in Paris verbracht habe.

»Du Glücklicher!«, schwärmte sie. Und schaltete gleich wieder um: »Bist du also so lieb und schaust mal nach Isa, ja? Ich kann hier nämlich nicht weg. Eben *weil* Isa so plötzlich gekündigt hat. Ich übernehme derzeit zusätzlich ihre Schicht, bis der Chef Ersatz für sie gefunden hat. Und seine Wut ihretwegen verraucht ist.«

Rapp stöhnte vernehmlich auf. »Bon, Monique, ich sehe mal nach dem Rechten.«

»Merci, mein Lieber, das erleichtert mich.«

»Vorausgesetzt, Franck haust nicht schon wieder dort.«

Sie lachte. »Wenn du mal wieder in Strasbourg bist, schau unbedingt rein. Zu Hause bei mir oder im Bistro, falls ich arbeiten sollte. Bist immer willkommen.«

»Danke, Monique. Salut.«

»Salut, Jean Paul.«

Um die lästige Pflicht gleich hinter sich zu bringen, rief er als Nächstes bei Isabelle an. Offensichtlich hatte sie nicht nur ihre alte Wohnung in Colmar noch, sondern auch den früheren Festnetzanschluss wieder aktiviert.

Er ließ es viermal klingeln, beim fünften Mal wurde abgehoben. Aber nicht gesprochen.

»Isabelle?«

»Hallo?« Ein Gruß wie aus der Gruft.

»Isabelle, ich bin's, Jean Paul.«

»Ah, Jean Paul. Schön, dass du anrufss.«

Sie sprach schleppend, mit schwerer Zunge.

»Isabelle, du hast getrunken, oder?«

»Nur 'n Schlückchen.«

»Isabelle!« Rapp konnte ein lautes Aufstöhnen nicht unterdrücken. »Du musst endlich damit aufhören. Das in den Griff bekommen.«

»Wassenn in 'n Griff?«

»Dein Trinken. Den Alkohol.« Sie kippte seit jeher am liebsten scharfe Sachen, Hochprozentiges aller Art. Wegen der schnellen Wirkung, wie sie immer sagte.

»Ich war schon fast weg davon, Jean Paul. Ehrlich. Aber dann ... Die vielen schön' Flaschen in dem verfluchten Bistro ham mich die ganze Zeit angelacht. Die Versuchung, verstehstu? Nur aus dem Grund bin ich wieder rückfällig geworden. Vorher war das noch in Ordnung. Ein bisschen. Aber dann ... Ich *musste* da weg.«

»Aus dem Bistro, bon, das verstehe ich. Aber warum gleich zurück nach Colmar, Isa?« Zu diesem gottverdammten Franck, der sie nur ausnutzte, sie ausnahm wie eine Weihnachtsgans.

»Du hättest noch bei Monique bleiben oder dir eine eigene Wohnung in Strasbourg suchen können.«

»Mit Monique hätte ich nur wieder gestritten, ohne Arbeit. Und eine eigene Wohnung in Strasbourg, Jean Paul? Ohne Gehaltsnachweis? Hassu eine Ahnung, wie ... wie ...« Sie bekam Schluckauf. »Wie teuer die Wohnungen hie... hier sind?«

Sie hatte recht. Zuletzt hatte ihm Thérèse von den horrenden Wohnungspreisen in Strasbourg erzählt. Ihre Tochter Fleur studierte dort seit einem Jahr, und Thérèse, die im Restaurant de Kastelberg als Kellnerin arbeitete, hatte trotz eines staatlichen Zuschusses eine zweite Stelle annehmen müssen, um ihrer Tochter in Strasbourg das Zimmer in einer Wohngemeinschaft zu finanzieren.

»Aber wieso hast du mich vorhin angerufen, Isabelle? Sind diese Typen schon wieder aufgetaucht, die dich letztes Jahr bedroht haben?«

»N-nein, Franck hat sie inzwischen bezahlt.«

Vermutlich mit dem Geld aus der Untervermietung von Isabelles Wohnung, dachte Rapp.

»Ich hab ... habe übrigens ein kleines Geschenk für Maëlle. Einen Kauring, wenn sie ihre ersten Zähnchen bekommt. Edgar sagte, du fährst demnächst nach Paris. Ich wollte dich bitten, es für die Kleine mitzunehmen.«

»Schick es ihr. Ich *war* in Paris, Isabelle. Bin gestern zurückgekehrt.«

»Oh. Dann …« Sie stockte. »Hat Edgar sich wohl vertan mit den Terminen.«

Rapp verkniff sich den Kommentar, der ihm schon auf der Zunge lag.

»Wohnt Franck eigentlich wieder bei dir?«

»Nein, er hat doch eine eigene Wohnung. Franck sagt übrigens, er würde sich freuen, dich mal wieder zu sehen.«

Dieser Heuchler. Rapp wusste ganz genau, dass das Gegenteil der Fall war. Sie waren sich vor vielen Monaten einmal kurz begegnet. Franck hatte versucht, ein Geschäft draus zu machen, indem er Rapp einen von ihm »reparierten« Wagen anbot. Non, merci. Wahrscheinlich suchte er auch jetzt wieder eine Gelegenheit, an Geld zu kommen.

»Isabelle, ich muss Schluss machen. Den Hund ausführen.«

»Schau ruhig wieder vorbei, Chéri, ja?«

Rapp zuckte zusammen. Wie jedes Mal, wenn sie ihn trotz allem Chéri nannte. So wie früher. Als hätte sich seitdem nichts geändert.

»Salut, Isa.« Er legte auf.

»Honoré«, rief er gleich darauf und sah zum Korb hinüber. Nichts regte sich.

»Honoréee!« Manchmal musste Rapp sich selbst wieder daran erinnern, dass sein Hund inzwischen schwerhörig war wie ein alter Schlagzeuger.

Honoré öffnete die Augen und hob die Schnauze über den Korbrand. Er blinzelte Rapp an, als erwartete er, dass der ihn sanft heraushievte. Was Rapp schließlich tat, weil der Hund keine Anstalten machte, auch nur eine Pfote zu heben.

Doch bevor sie die Wohnung verließen, warf er noch einen Blick auf sein Handy.

Weiter keine Nachricht von Sylvie.

Ihr war hoffentlich nichts passiert.

Spontan schrieb er ihr eine Nachricht: »Hoffe, dir geht's gut. Melde dich gerne. Salut, JP.«

Kaum hatte er sie abgeschickt, fand er »Melde dich gerne« einen viel zu antiquierten und förmlichen Ausdruck. Er pfefferte das Handy auf das Sofa, leinte Honoré an und verließ mit ihm die Wohnung.

Er entschied sich, ein Stück den Hang hinaufzuspazieren, vielleicht sogar zum Kloster Notre-Dame de Kastelberg, oberhalb von Pfaffenhoffen. Doch noch ehe er die kühlere Waldregion weiter oben erreicht hatte, führte der gewundene Pfad an den in der satten Sonne liegenden Weinreben vorbei. Hier staute sich die Wärme, der Hund begann zu hecheln – und zu schwächeln. Rapp musste ihn auf den Arm nehmen und kehrtmachen.

Erst im Ort setzte er Honoré wieder ab und schlenderte mit ihm im Schatten der Mairie durch die Rue de la Liberté, an Saint-Urbain, der örtlichen Kirche, vorbei, ließ ihn am kleinen Springbrunnen gegenüber der Feuerwehr frisches Wasser trinken und bog dann in die Rue du Fossé ein, wo die École élémentaire lag. Auf dem roten Schotterplatz der Grundschule nutzte ein gutes Dutzend Dorfbewohner wie üblich an den Samstagen das schöne Wetter zum Pétanque-Spiel.

Rapp grüßte in die Runde und sah zu, wie die eisernen Kugeln – zu schwer für seine nach einem Fahrradunfall lädierten Sehnen am Handgelenk – möglichst nahe an das »Schweinchen«, das cochonnet, geworfen wurden. Anders als bei den offiziellen Wettbewerben gab es hier keine Gewinner oder gar Verlierer. Die Würfe wurden ausgiebig und äußerst sachverständig diskutiert, doch niemals wurde bei Zweifeln wie in einem Turnier der umliegenden Ortschaften der genaue Abstand einer Kugel zum cochonnet gemessen. Es war nur ein schöner Zeitvertreib, um sich zu treffen und ein Schwätzchen zu halten.

Zu denen, die entspannt auf ihren nächsten Einsatz warteten, gehörte auch Schàmpatiss Leduc. Er mochte in etwa so alt sein wie Schàngi Wendling. Rapp trat auf ihn zu, als er ihn entdeckte, und Schàmpatiss, das elsässisch-rustikal für Jean-Baptiste stand, schenkte ihm zur Begrüßung ein fast zahnloses

Lächeln in dem mit eisgrauen Bartstoppeln durchsetzten Gesicht.
»Wie geht's dem Kater?«, wollte er wissen.

Rapp stutzte. Dann erinnerte er sich daran, dass Schàmpatiss auf die Rettung von Fou Fou vor einiger Zeit anspielte. Sylvies Kater war ausgebüxt und irgendwie in eine Garage in Schàmpatiss' Nachbarschaft geraten, aus der er erst einmal wieder befreit werden musste. Schàmpatiss hatte dabei hilfreich, das heißt kommentierend, zur Seite gestanden.

»Dem Kater geht's bestens.« Nahm Rapp zumindest an. In den letzten Tagen, da Sylvie verreist war und Rapp in Paris, hatte sich eine Nachbarin um Fou Fou kümmern wollen.

»Und Madame?« Schàmpatiss musterte Rapp mit einem leicht durchtriebenen Blick von der Seite. »Der schönen Rothaarigen, ça va aussi, ihr geht's auch gut?«

»Ça va, merci.«

Schàmpatiss ließ es vorerst gut sein, er war mit Werfen an der Reihe, diskutierte anschließend das magere Ergebnis, die erste Kugel habe zu wenig, die zweite zu viel Schwung gehabt, und trottete gleichmütig zu Rapp zurück.

Plötzlich schien ihm etwas einzufallen. »Du warst doch früher mal Polizist, Jean Paul. Was sagst du zu der schlimmen Sache, die den Wendlings passiert ist?«

»Bin erst seit gestern aus Paris zurück, Schàmpatiss. Konnte mir noch keine Meinung dazu bilden. Was hältst du denn davon?«

»Weiß nicht.« Schàmpatiss wackelte mit dem struppigen Kinn. »Die Leute meinen ja, Sandrine hätte es getan. Stille Wasser gründen tief und so weiter.«

»Was meinen sie damit?«

»Alors, Sandrine ist eine junge kräftige Frau, dazu geschäftstüchtig, keine Frage. Aber privat ist sie schüchtern, ein scheues Reh, sagen manche. Doch sie konnte auch aufbrausen, wenn sie sich über etwas ärgerte! Wenn man mit ihr über den Preis für eine Choucroute-Packung verhandeln wollte, konnte sie knallhart sein.« Er grinste über das ganze Gesicht. »Gutes

Geld für gute Ware – Oder es gibt gar nichts‹, hat sie mal zu mir gesagt.«

»Und glaubst du auch, dass sie ihren Mann hinterrücks erschlagen hat?«

Schàmpatiss setzte eine empörte Miene auf. »Mais non, Jean Paul. Da hast du mich ganz falsch verstanden! Das hätte Sandrine niemals getan.« Er ließ zwei Sekunden verstreichen. »Wenn schon, dann hätte sie ihm direkt von vorne eins verpasst. Sie ist ein aufrechter Charakter.«

Rapp unterdrückte ein Lachen. Schàmpatiss' Auffassung von Aufrichtigkeit bestand offenbar in einem ehrlichen Schlag von vorn, mitten in das Gesicht des Ehemanns. Wenn schon.

Rapp schaute dem Pétanque noch eine Weile zu, und als Schàmpatiss wieder an der Reihe war, verabschiedete er sich und ging mit Honoré davon, um von der Rue du Fossé über die Rue Grand Cru, die Hauptstraße des Orts, gemächlich zurück nach Hause zu spazieren.

Als er sich kurz darauf mit einem Cidre aufs Sofa setzte und das Display des Handys aktivierte, sah er, dass Aimée Polignac angerufen hatte. Er rief zurück.

»Salut, Jean Paul! Ça va? Wie geht's?«

»Merci bien, Aimée. Mir geht's gut. Und Ihnen?«

»Ach, ich weiß nicht. Pierre hat mir geschrieben, aus Réunion. Und … hach … na ja …«

Pierre, erinnerte sich Rapp, war Aimées Ex, der vor gut einem Jahr einen Job als Journalist auf der französischen Überseeinsel angetreten hatte. Offenbar in der Erwartung, dass Aimée ihn ohne Weiteres ans südliche Ende der Welt begleiten würde. Doch darin hatte er sich gründlich getäuscht. Sie war mitnichten bereit, ihre Stelle als Reporterin beim Courant Alsacien seinetwegen aufzugeben. »Bin doch nicht Pierres Hündchen!« Aimée hatte im Gegenteil den Kontakt zu ihm abgebrochen. Rapp war damals unverhofft die Rolle des Seelentrösters zugefallen. Und er hoffte, sie nicht allzu miserabel ausgefüllt zu haben, indem er Aimée in ihrem Entschluss zu bleiben unterstützt hatte. Ein wenig Eigennutz mochte vielleicht auch dabei gewesen sein, musste er sich eingestehen. Immerhin waren er und Aimée inzwischen so etwas wie befreundet, auch wenn sie sich nach wie vor siezten. Was vielleicht daran lag, dass Rapp knapp dreißig Jahre älter war als sie und das Du für seine Generation einen anderen Stellenwert besaß als für ihre.

»Und Sie vermissen ihn, Pierre, jetzt doch?«, fragte er, nachdem sie ihren Satz in der Luft hatte hängen lassen.

»Schon ein bisschen. Andererseits ist da ja auch noch René.«

René war ein Freund von Pierre, der früher bei dem TV-Sender »Salut-Alsace« gearbeitet hatte und heute das Regionalprogramm von France Télé in Colmar verantwortete. Rapp hatte geglaubt, Aimée sei seit einiger Zeit fest mit ihm zusammen.

»Ich liebe René. Irgendwie. Er ist lieb und so ... Aber mit Pierre war es auch schön. Eine Weile wenigstens.«

»Und Ihr Job in Colmar, beim Courant?«

»Formidable. Super.«

»Aber?« Rapp hörte da etwas heraus.

»Ich habe festgestellt, Jean Paul, dass ich unterbezahlt werde.« Sie unterstrich den Satz durch ein kurzes Innehalten, ehe sie fortfuhr: »Mein Kollege Alain, der erst seit zwei Jahren als Journalist arbeitet, bekommt deutlich mehr als ich.«

»Werden Sie denn nicht nach Tarif bezahlt?«

»Schon. Aber die Chefredaktion schanzt Alain Sonderaufträge zu, verbunden mit Zulagen. Und, verflucht, das rechnet sich am Ende enorm.«

»Ärgerlich. Sie sollten für gleiche Bedingungen protestieren, Aimée.«

»Oder gehen. Pierre hat mir nämlich geschrieben, dass bei seiner Zeitung dort unten, in Réunion, die stellvertretende Chefredaktion vakant wird. Deutlich besser bezahlt als meine Reportagen für den Courant.«

»Hm, tja.« Rapp fühlte sich ein wenig überfordert, das Richtige zu raten. »Ich verstehe das Problem.«

Aimée musste plötzlich lachen. »Excusez-moi, Jean Paul.

Ich haue Ihnen schon wieder meine privaten Dinge um die Ohren. Dabei wollte ich etwas ganz anderes von Ihnen!«

»Das höre ich gern, Aimée. Gibt momentan nicht sehr viele Frauen, die etwas von mir wollen.«

»Sie Ärmster. Was ist mit – wie heißt sie gleich? – Sylvie?«

»Nach Basel verreist. Meldet sich nicht. Wahrscheinlich heiratet sie bald einen Schweizer. Der noch dazu besser kochen kann als ich.« Rapp erinnerte sich nur zu gut an das Desaster, als er Sylvie einmal zum Baeckeoffe gebeten hatte. Er hatte sie ersatzweise in ein Lokal um die Ecke einladen müssen.

»Wenn es nur das Kochen ist, Jean Paul, das kann man sich beibringen lassen. Gibt gewisse andere Dinge, die lernen ältere Männer meist nicht mehr. Heißt es.«

Rapp schien, dass Aimée ihn gerade auf ein recht schlüpfriges Parkett lockte. »Ich prahle gerne ein anderes Mal mit meinen sonstigen Qualitäten, Aimée. – Was wollten Sie denn stattdessen von mir?«

»Ich will mal so sagen, Jean Paul: Es passiert sicher nicht alle Tage, dass einem Ex-Commissaire eine Leiche beinahe vor die Haustür gelegt wird.«

»Dacht ich's mir doch, dass Sie deswegen anrufen.«

»Nicht *nur* deswegen, Jean Paul! Aber im Ernst: Was sagen Sie zu dem Mord an Laurent Wendling? Ich konnte meinen bornierten Chef in der Abteilung leidlich davon überzeugen, dass womöglich eine größere Sache dahintersteckt. Jetzt muss ich natürlich liefern.«

»Wie kommen Sie darauf, dass mehr dahintersteckt, Aimée?«

»Eigentlich hat mich meine Kollegin Blanche darauf gebracht. Sie betreut die Verbraucherseite.«

»Ja.« Rapp erinnerte sich daran, dass Aimée auch früher schon mit ihrer Kollegin zusammengearbeitet hatte.

»Es scheint, dass hinter den Kulissen ein ziemlicher Machtkampf darum tobt, wer denn nun *la vraie* Choucroute alsacienne herstellt.«

»Oh, là, là: *la vraie* Choucroute alsacienne, das einzig wahre Elsässer Sauerkraut«, wiederholte Rapp spöttisch.

»Wenn ich Krimiautorin wäre«, sagte Aimée, »würde ich titeln: Die Wahrheit liegt im Sauerkraut!«

»Wie wär's mit: Sauer macht tot?«, schlug Rapp vor.

Aimée lachte anerkennend. »Blanche kam leider mit der Geschichte nicht weiter. Unsere Chefetage fand, sie habe sich nur für das zu interessieren, was Schönes auf den Tisch komme. Egal, von wem.«

»Schade.«

»Allerdings. Aber Blanche wollte sich noch mal ihre Notizen von damals ansehen. Und mir auf den Schreibtisch legen.«

»Das heißt, Sie wollen dort weitermachen, wo Ihre Kollegin aufhören musste?«

»Wenn Elsässer Bauern tot auf ihren Äckern oder schwer verletzt im Straßengraben liegen, fällt das in mein Ressort. Ich bin nun mal Reporterin.«

Noch dazu eine ausgezeichnete, wie Rapp wusste. »Und nun wollen Sie von mir – ja, *was* eigentlich wissen, Aimée?«

»Was Sie von der Sache halten natürlich, Jean Paul. Die Polizei scheint bislang davon auszugehen, dass Sandrine ihren Mann getötet hat. Jedenfalls habe ich das aus den Andeutungen Ihres Nachfolgers Rimbout herausgehört.«

»Das liegt nahe. Selbstverständlich kommt Sandrine als Täterin in Frage. Aber das Naheliegende ist nicht immer das Richtige. Und führt nicht unbedingt zur Wahrheit.«

»Klingt philosophisch, Jean Paul.«

»Schön, dass wenigstens Sie das so sehen. Meine Ex-Frau nannte das immer ›die Dinge komplizierter machen, als sie sind‹.«

Aimée lachte herzhaft. »Alors, Ihre Einschätzung hilft mir schon mal weiter, Jean Paul.«

»Tut sie das?«

»Bien sûr. Sie motiviert mich, dranzubleiben. Wir hören voneinander, ja?«

»Salut, Aimée.«

Rapp hielt noch eine Weile das Telefon in der Hand und dachte über das Gespräch nach. Aimées schlechte Bezahlung bei der Zeitung war ein Skandal. Und das bei einer so brillanten Journalistin. Die mit ihren Reportagen dem Courant sicher eine enorme Leserschaft sicherte. Verständlich, dass das Jobangebot aus Réunion verlockend für sie klang. Und vielleicht auch der Sirenengesang von Pierre, ihrem Ex. Dass sie sich nun vorgenommen hatte, im Fall Wendling zu recherchieren, freute ihn. Wenn jemand vom Courant Alsacien in der Lage war, handfestes Hintergrundmaterial aufzudecken, dann Aimée. Und der Prestigekampf der Choucroute-Produzenten um »das einzig wahre Sauerkraut« im Elsass, von dem ihre Kollegin Blanche wusste, deckte sich mit dem, was er von Schàngi erfahren hatte, und konnte andeuten, dass der Fall tatsächlich weit größere Dimensionen haben könnte als bisher angenommen. Weit größere jedenfalls, als Rimbout offenbar glaubte.

FÜNF

Am späten Abend rief endlich Sylvie an.

Rapp konnte es kaum glauben, als er ihren Namen auf dem Handydisplay las.

»Sylvie! Bonsoir.«

»Bonsoir, Jean Paul!«, hörte er sie laut aufstöhnen, als hätte er etwas Falsches gesagt. »Ich bin so was von fertig von der Reise. Ich brauche dringend noch einen Absacker. Lust vorbeizukommen?«

Er lachte. Es war bereits nach elf. Könnte vielleicht noch ein lustiger Abend werden ...

»Ich könnte einen Crémant mitbringen.«

»Ach nein, ich brauche etwas zum Runterkommen. Ich mache uns einen schönen Noir auf, ja?«

Auch gut. »D'accord.«

»Bis gleich, Jean Paul. Ach, und bring Honoré mit. Fou Fou freut sich bestimmt, einen alten Freund wiederzusehen. Er ist so ängstlich geworden, seitdem er damals so lange in der schrecklichen Garage eingesperrt war.«

Eine halbe Stunde später streckte sich Rapp in einem etwas zu weichen grasgrünen Sessel in Sylvies Wohnzimmer, zu seinen Füßen Honoré. Auf dem niedrigen Tisch stand eine Flasche Pinot noir mit zwei gut gefüllten Gläsern. Rapp gegenüber versank Sylvie beinahe inmitten riesiger knallbunter Kissen. Sie hatte ein solches Faible für Bonbonfarben in ihrer Inneneinrichtung, dass Rapp ihr Haus im Geiste schon Villa Kunterbunt getauft hatte.

Honoré reckte unruhig die Nase, und Rapp tätschelte ihm die Stirn.

»Er vermisst Fou Fou«, meinte Sylvie.

Mit Sicherheit nicht, dachte Rapp. Er hatte Honoré vorhin schon beim Betreten des Hausflurs nur mit Mühe beruhigen können. Sein Hund hatte wütend gekläfft, sobald er den Kater gewittert hatte. Fou Fou hatte sich vorsichtshalber in die oberen Stockwerke verzogen und sich seitdem nicht mehr blicken lassen. Das war natürlich bedauerlich für Sylvies rostroten Haustiger. Doch heimlich hatte Rapp seine Freude daran, dass sein alter Hund noch die Energie aufbrachte, sich derart aufzuregen und dem Kater Kontra zu geben. Es zeigte, wie viel Leben noch in ihm steckte.

Sylvie, die sich eine Art Kimono übergeworfen hatte, unter dessen nachtblauer Seide sie anscheinend nicht allzu viel mehr trug, zupfte sich unwirsch die rotblonden Haare, die sie sich in Basel hatte kürzer schneiden lassen.

»Steht dir ganz wunderbar«, sagte er und meinte es auch so.

»Merci. Aber abgesehen vom Friseur war Basel scheußlich«, schimpfte sie. »Das heißt, *Basel* ist natürlich wunderbar. Aber ich habe leider kaum etwas von der Stadt gesehen, und bei Anne-Catherine war es furchtbar. Was …«, sie nahm ihr Weinglas und nippte daran, »… an *ihm* lag, Gabriel.«

»Ihrem Mann?«

»Richtig. Weißt du, er flirtet extrem offensiv mit mir.«

»Gabriel?« Rapp riss verblüfft die Augen auf.

»Aber ja. Er flirtet mit mir, während Anne-Catherine danebensitzt wie ein Mauerblümchen. Übrigens …« Sie nahm wieder einen Schluck aus dem Glas, das sie in der Hand behalten hatte. »Gabriel flirtet praktisch mit jeder Frau, die ihm über den Weg läuft. Nur nicht mit Anne-Catherine. Die – wenn du mich fragst – dumm genug war, ihn zu heiraten. Er ist der Typ Mann, der immer alles besser weiß. Schon am Frühstückstisch hält er Vorträge, findet sich dabei offensichtlich großartig und zieht dich nebenbei mit seinen Augen aus.«

Sie leerte ihr Glas in einem Zug, beugte sich vor und goss sich nach. »Du auch noch?« Sie hielt fragend die Flasche hoch. Die bereits halb leer war, weil sie sich schon vor Rapps Ankunft ein wenig bedient hatte, wie sie zugab.

Sylvie winkte ab. »Ich rede und rede und frage dich gar

nicht, wie es in Paris war. Edgar, Julien, die Kleine? Wie ist es dir ergangen – Grandpère?« Sie lachte und schenkte ihm einen warmherzigen Blick.

Rapp erzählte ihr von Maëlle, dass sie ihre beiden stolzen Väter ordentlich auf Trab halte und dass diese es geschafft hätten, den Großvater dennoch zu bekochen wie einen Großkönig. »Ein ganz klein wenig sieht man es.« Sylvie deutete mit dem Weinglas auf sein neu entstandenes Bäuchlein. »Süß.« Sie grinste frech.

Rapp beschloss, es zu überhören. »Mit einem Wort, es war *super* in Paris!«

»Das freut mich, Jean Paul. Wirklich. Darauf stoßen wir an.« Sie sah ihm tief in die Augen, dann kippte sie ihren Rest Wein in einem Schwung hinunter. »Oh, là, là.« Ein paar Tropfen waren danebengegangen. Sie lachte, blickte prüfend in den Ausschnitt ihres Kimonos, weitete ihn noch, tupfte sich mit den Fingerspitzen über den Ansatz ihrer Brüste und brachte damit Rapps Kreislauf mächtig in Schwung.

Im nächsten Moment sah sie ihn beinahe erschrocken an, so als hätte sie seine nicht ganz jugendfreien Phantasien erraten. »Weißt du, was ich im Netz gelesen habe? Auf der Internetseite vom Courant Alsacien? Na, du weißt es sicher längst. Was für eine Tragödie.«

»Du spricht von dem Mord an Wendling.«

»*Sie*, Sandrine Wendling, soll noch dazu kurz darauf verunglückt sein. So eine engagierte junge Frau.«

Rapp sah sie verblüfft an. »Du kennst sie? Sandrine Wendling?«

»Nicht persönlich.« Sie schenkte sich bereits wieder nach und behielt die Flasche praktischerweise gleich in der Hand, ohne dass es ihr aufzufallen schien. »Ich habe von der Initiative gehört, eher eine Kooperative, die die Wendlings ins Leben gerufen haben. Verschiedene Bauern, die sich zusammentun, um traditionell Kohl anzubauen, der dann von den Wendlings zu Choucroute weiterverarbeitet werden soll.«

»Quintal d'Alsace.«

»Ja genau! Die traditionelle Elsässer Kohlsorte. Woher weißt du das?«

Rapp erzählte ihr von seinem Kondolenzbesuch bei dem alten Schàngi Wendling. »Er hat mir davon berichtet, was Laurent und Sandrine an Neuerungen vorhatten. Die Kooperative der Bauern, wie du sie nennst, die alte Kohlsorte Quintal d'Alsace, die Manufaktur, in der das Choucroute ganz traditionell verarbeitet werden sollte. Und so weiter.« Rapp konnte einen Seufzer nicht unterdrücken. »Daraus scheint nun jedoch nichts mehr zu werden. Laurent, Schàngis Sohn, ist tot. Sandrine, seine Schwiegertochter, liegt im Koma. Unklar, ob sie je wieder daraus erwacht. Und er selbst, Schàngi, fühlt sich zu alt für ein so großes Projekt.«

»Ach, das ist schade. Wirklich ein Jammer. Sicher auch eine Katastrophe für Epona.«

»Das ist doch die Initiative, die das Saatgut für den Quintal-Kohl liefert! Schàngi hat mir davon erzählt. Die kennst du also auch?«

»Aber ja. Ein superinteressantes Projekt. Lauter junge Leute, die sich für traditionelle Anbautechniken und Rückzüchtungen der Originalpflanzen des Elsass engagieren. Ich arbeite gelegentlich selbst mit ihnen zusammen. *Sie* interessieren sich für mein Wissen. *Ich* schau mir an, ob sich das in größerem Stil als nur in unseren feinen, aber kleinen Schaugärten umsetzen lässt.«

Sylvie arbeitete im Éco Musée in der Nähe von Mulhouse und beschäftigte sich dort mit historischer Botanik, das hieß alten, ursprünglich im Elsass heimischen Pflanzen. Die Überschneidung ihres Arbeitsbereichs mit Epona lag im Grunde nahe.

»Wenn ich das richtig verstehe«, sagte Rapp, »haben die Epona-Leute gar kein so kleines Projekt aufgezogen. Sonst könnten sie wohl kaum eine Kooperative von Landwirten bedienen, oder?«

Sie schwang ihr Glas herum, dass der Wein um ein Haar herausgeschwappt wäre. »Sagen wir, Epona wächst und gedeiht. Wie die Pflanzen aus dem Saatgut und den Jungpflanzen, die sie züchten.« Sie nahm einen kräftigen Schluck. »Aber was die Größe des Betriebs betrifft, kein Vergleich natürlich mit einem Riesen in dem Metier wie CAB, Chimie Agricole Basale, ein internationaler Player.«

»Ja. Schon davon gehört.«

»CAB dominiert den deutsch-französischen Markt mit konventionell angebautem Kohl nahezu *totalement*.« Sylvie betonte jede Silbe des Worts.

Rapp erzählte ihr in Kürze, was Schàngi und vor allem Aimée Polignac zu dem Thema angedeutet hatten. Über den Machtkampf der Choucroute-Produzenten im Elsass. »Aimée weiß vielleicht bald schon mehr darüber. Sie interessiert sich für den Fall Wendling. Vor allem für seine Hintergründe«, ergänzte Rapp. »Das könnte Hinweise darauf bringen, wie aktiv die Wendlings dabei mitmischten.«

»Aha.« Sylvie sah ihn mit schweren Augenlidern an. Der Wein tat seine Wirkung. »Wirklich?« Doch statt nach weiteren Details zu fragen, die damit vielleicht in Verbindung standen, bat sie ihn auf einmal, ihr eine warme Decke aus dem Schrank zu holen. »Sei so lieb.« Sie wedelte mit der Hand in die Richtung.

Rapp stand auf und ging zu dem großen Wäscheschrank im hinteren Teil des Raums, dessen Türen, Fächer und Laden ein knalliges Farbmuster quer durch den Malkasten bildeten. Er zog eine große braune Wolldecke daraus hervor und kam damit zurück.

Doch Sylvie lag bereits mit geschlossenen Augen auf dem Sofa und umklammerte im Schlaf, der sie endgültig übermannt hatte, eines der riesigen Kissen mit Regenbogenmuster.

Rapp stieß einen leisen Seufzer aus und legte ihr die Decke über. Dann weckte er Honoré, der ebenfalls eingeschlafen war, indem er ihm die Leine anlegte. Honoré hatte sich anscheinend darauf eingerichtet, dass sein Chef heute Nacht dieses Haus nicht mehr verlassen würde. Der Chef hatte ähnliche Gedanken gehegt. Bis zu diesem Zeitpunkt.

Möglichst leise zog Rapp den müden Hund hinter sich her, hinaus in die Diele. Sachte öffnete und schloss er die Haustür und strebte lustlos nach Hause.

Die Nacht war rabenschwarz, aus irgendeinem Grund waren die Laternen in der Straße ausgefallen, er ließ sich mehr oder weniger von Honoré durch die Dunkelheit leiten. Hier und da fiel gelbliches Licht aus den wenigen Wohnungen der Menschen, die um die Uhrzeit noch wach waren. Zu ihnen gehörten auch Madame und Monsieur Michelberger. Seine Vermieter waren offensichtlich von ihrer kleinen Erholungstour in den Schwarzwald zurückgekehrt. Im Schlafzimmer oben in dem Anbau ihres Hauses flimmerte ein schwaches, fast geisterhaftes Licht. Das Fenster stand einen Spaltbreit offen. Warum auch nicht, die Luft war noch mild, vom Weinberg, dessen unterste Rebzeilen gleich hinter dem Haus begannen, wehte ein herbsüßer Duft herüber. Rapp glaubte im Vorübergehen ein leichtes Seufzen zu hören und die Stimme von Irène Michelberger, die kicherte wie ein Teenager.

Rapp freute sich für sie (und Martin Michelberger). Und bedauerte sich selbst ein wenig.

SECHS

Sonntag, 26. September

Es war gegen Mittag, als Sylvie anrief.

Rapp hatte Honoré bereits zweimal durch den Ort Gassi geführt und ein Schwätzchen mit den Michelbergers geführt, die ganz beglückt von ihrem Schwarzwaldtrip erzählten und ganz bestürzt auf den Feuerwehreinsatz wegen des defekten Rauchmelders in Rapps Küche reagierten, von dem Rapp ihnen berichtete.

Sylvie rief an, um sich zu entschuldigen. »Jean Paul, tut mir leid, ich muss eingeschlafen sein.«

»Sah ganz danach aus.«

»Wie unhöflich von mir. Danke fürs Zudecken.«

»De rien. Ich bringe alle naselang Frauen zum Einschlafen.«

Sie lachte spitz auf.

»Der Schlaf scheint dir gutgetan zu haben«, fügte er hinzu. Sie klang mehr als ausgeschlafen.

»Und das Schwimmen. Ich war heute Morgen mit Thierry im Schwimmbad, in der Piscine kurz vor Vieux-Thann, du weißt schon.«

Und ob er wusste! Er erinnerte sich nur zu gut an einen peinlich gescheiterten Schwimmausflug mit Sylvie und ihrem Schwager Thierry Printemps. Rapps langbeinige Badehose hatte nicht den Vorschriften entsprochen.

»Thierry lässt dich übrigens schön grüßen, mein Lieber. Er ist schon wieder zurück nach Mulhouse gefahren. Sein neuer Freund wohnt ja dort.«

»Ach richtig.«

Rapp hatte in Wahrheit keine Ahnung. Falls Sylvie ihm tatsächlich von Thierrys Neuem erzählt hatte, so hatte er es vergessen.

»Hör mal, Jean Paul«, fuhr Sylvie munter fort, »ich möchte meinen Fauxpas von gestern Abend wiedergutmachen.«

»Aber das war doch kein Fauxpas«, wehrte Rapp ab. »Du warst müde, das ist alles.«

»Vielleicht bin ich auch nur eigennützig, wenn ich den Vorschlag mache«, lachte sie. »Ich suche jemand für einen kleinen Sonntagsausflug. Was hältst du davon?«

»Schöne Idee.« Auch wenn »jemand« recht austauschbar klang, nah verwandt mit »irgendjemand«.

»Wie wär's, wenn wir eine kleine Radtour Richtung Schœnwiller machen würden?«, fragte sie mit einem listigen Unterton.

»Ausgezeichnete Idee«, erwiderte er rasch.

In der Nähe von Schœnwiller lag das Betriebsgelände von Epona, wie er noch aus dem Gespräch mit Schàngi wusste.

Sylvie, stellte er zufrieden fest, hatte ihre Unterhaltung vom Vorabend also besser in Erinnerung, als er befürchtet hatte.

Kurz darauf radelten sie gemeinsam auf einer der vielen kleinen Straßen östlich der Route des vins d'Alsace in nördlicher Richtung auf Schœnwiller zu. Rapp hatte Honoré in den geflochtenen Weidenkorb gesetzt, den er mit Stricken auf dem Gepäckträger befestigt hatte. Sylvie fuhr ein hübsches himmelblaues Damenrad, auf das sie sehr stolz war. »Gebraucht gekauft von Arthur«, einem befreundeten Fahrradmechaniker in Mulhouse, »weit unterm Freundschaftspreis, ich glaube, er mag mich.« Das Fahrrad hörte auf den Namen La France, wie ein Schriftzug aus schlanken roten Lettern am Gestänge verriet.

Es war warm, ein hellblauer Schimmer lag auf der herbstlichen Landschaft der Rheinebene vor ihnen. Sylvie trug eine leichte elfenbeinfarbene Weste über einem orangen Hosenkleid, dessen weit ausgestellte Beine im Fahrtwind flattern würden, wenn sie sie nicht mit zitronengelb leuchtenden Klemmen gebändigt hätte. Nur ihr heller, breitrandiger Sommerhut spielte nicht mit, unter dessen Rand sich hier und da eine ihrer rötlichen Haarsträhnen hervorwagte. Um den Hut nicht zu verlieren, musste sie ihn so tief in die Stirn ziehen, dass sie aussah wie eine Gangsterbraut.

Da auf den kleinen Straßen Richtung Schœnwiller kaum Verkehr herrschte, fuhren sie nebeneinanderher. Honoré ließ deshalb unzufriedene Laute hören, es gefiel ihm nicht, dass Rapp auf gleicher Höhe blieb, statt mit seinem Peugeot-Rad klar die Führung zu übernehmen. Kein Mensch glaubte ihm das, wenn er anderen davon erzählte.

Nachdem sie noch ein wenig von Thierry und seiner »neuen Flamme« berichtet hatte, knüpfte Sylvie an das Gespräch vom Abend zuvor an. Und Rapp konnte erneut feststellen, dass sie bis zu ihrem Einschlafen sehr wohl aufmerksam gewesen war.

»Apropos Epona und CAB«, sagte sie, »der Konzern scheint sich so gar nicht über die junge Konkurrenz aus Schœnwiller zu freuen.«

»Wenn CAB den Choucroute-Markt beherrscht, müsste sie das doch nicht groß kratzen, oder?« Ein Gedanke, der ihm bereits früher gekommen war.

»Ja, das ist schon merkwürdig. Ich hatte vor einiger Zeit das zweifelhafte Vergnügen, mit einem Pressevertreter von CAB aus Strasbourg zu sprechen, sein Name fällt mir gerade nicht ein. Er hatte über eine Publikation von uns, also vom Éco Musée, spitzgekriegt, dass wir mit Epona zusammenarbeiten. Er behauptete, sich dafür zu interessieren. Was mir gleich seltsam vorkam, weil CAB ja nun gerade *nicht* mit dem traditionellen Anbau elsässischer Nutzpflanzen zu tun hat.«

»Was wollte er?«

»In einem Wort? Epona diffamieren.«

»Im Ernst?«

»Aber ja! Jeder Idiot hätte gemerkt, dass er sich für meine Kooperation mit den Leuten aus Schœnwiller kein Stück begeisterte. Erwartungsgemäß eigentlich. Stattdessen fing er sehr geschickt an, gewisse Behauptungen über die Epona-Leute aufzustellen. Indem er sie als Gerüchte ausgab, die der Wahrheit sehr nahekämen.«

Sie wichen einem Ast aus, der vom Wind hergeweht worden war und nun quer auf der Straße lag.

»Was für Gerüchte denn?«, nahm Rapp das Gespräch wieder auf, nachdem sie drum herumgekurvt waren.

»Alors, Epona beschäftigt sich unter anderem auch mit alten Heilkräutern und bestimmten Pilzen. Die angeblich schon von den Kelten im Elsass kultiviert worden seien.« Sie lachte gegen den Fahrtwind an. »Der Bezug zu den ollen Kelten mag stimmen oder nicht. Sie haben schließlich keine schriftlichen Zeugnisse hinterlassen, soviel ich weiß. Aber die heilende Wirkung bestimmter Kräuter, die noch im Mittelalter im Elsass und anderswo benutzt wurden, ist meiner Ansicht nach nicht von der Hand zu weisen. Und die Pilze, die Epona züchtet, sind keine Rauschpilze, sondern gewöhnliche Seitlinge, die sie unter Einsatz von tagesfrischem Kaffeesatz produzieren, den sie von den umliegenden Restaurants und Cafés oder privaten Spendern bekommen.«

»Klingt kurios. Aber was hat das mit diesem Pressemann von CAB zu tun, den du erwähnt hast?« Sylvie hatte mitunter die interessante Angewohnheit, abzuschweifen oder zumindest einen sehr großen Bogen zu schlagen, wenn sie erzählte.

»Der Mann, dieser Typ von CAB«, rief sie ihm nun zu, »wollte mir allen Ernstes weismachen, die sogenannten Heilkräuter, die Epona züchte oder nachzüchte, seien in Wirklichkeit Drogen. Gleiches gelte für die Pilze. Die Absicht wurde mir erst hinterher klar, als ich darüber nachdachte: Unser Éco Musée ist gut vernetzt im Elsass und genießt Ansehen in der Region. Wenn CAB es schaffte, bei mir als Botanikerin des Musée das Ansehen und die Initiative der Epona-Leute zu diskreditieren, würde sich das herumsprechen. Und die Sympathie und das Vertrauen untergraben, das Epona sich zunehmend erwirbt.«

»Das heißt, frischen Kaffeesatz von den umliegenden Restos und Cafés würde es dann nicht mehr ohne Weiteres geben?«

»Nicht nur das. Viel schwerer würde wiegen, wenn durch üble Gerüchte über Epona auch der Ruf der Wendlings und ihrer geplanten landwirtschaftlichen Kooperative beschädigt würde. Die müssten sich plötzlich dafür rechtfertigen, dass sie mit angeblich Drogenabhängigen Geschäfte machen, da sie ja das Saatgut und die Jungpflanzen von Epona beziehen.«

Der Wind wurde stärker, Rapp spürte die Anstrengung in seinen Beinen, Sylvie musste ihre Hand stärker auf den Hut pressen, damit er nicht davonflog.

Als sie im Windschatten einer Reihe hoher Pappeln vorbeiradelten, nahm Rapp seinen Gedanken von eben wieder auf.

»Was ich trotzdem nach wie vor nicht recht verstehe: Warum unternimmt so ein windiger Vogel wie dieser Pressemann von CAB überhaupt den Versuch, Epona in die Suppe zu spucken? Konkurrenz hin oder her, ich hätte angenommen, dass eine Initiative von alternativen Saatgutzüchtern und einer Handvoll Bauern, die mit ihnen zusammenarbeiten, viel zu klein und unbedeutend wäre für einen internationalen Konzern, um solche dubiosen Methoden überhaupt nötig zu haben.«

»Darüber habe ich auch nachgedacht«, rief Sylvie, nachdem sie ein Trecker auf dem Weg zum Feld überholt hatte. »Ich denke, gefährlich ist aus der Sicht von CAB das alternative *Geschäftsmodell* von Epona und der Bauernkooperative. CAB, muss man wissen, lebt davon, dass ganz bestimmtes, sogenanntes hybrides Saatgut verkauft wird. Die Bauern müssen es nicht nur jedes Mal neu kaufen, sondern auch das Patent mitbezahlen, das der Konzern darauf erhebt. Wenn nun ein Modell wie Epona Schule macht, hat das womöglich Signalwirkung über die Region hinaus. Vielleicht sogar im gesamten Elsass. Denn die Bauern haben nun prinzipiell die Möglichkeit, sich an jeder beliebigen Stelle der Produktion selbstständig zu machen. Das heißt allein oder eben …«

»In kleinen Kooperativen wie von den Wendlings«, führte Rapp den Gedanken weiter.

»Genau.«

»Verstehe«, sagte Rapp. »Nicht ein kleiner David erledigt am Ende den Goliath. Aber viele Davids könnten das schaffen.«

»Ich denke, so sieht man das bei CAB.«

Und wird aktiv, spann Rapp den Faden bei sich weiter, indem man Gerüchte über den lästigen kleinen Konkurrenten in Umlauf bringt. Um dessen einziges Kapital zu zerstören: Vertrauen, Nimbus, Sympathie. Die Aufgabe des Pressemanns bestand anscheinend nicht darin, für gute Presse des eigenen Konzerns zu sorgen, sondern für schlechte Presse der Konkurrenz.

Sie erreichten das Ende der Pappelreihe. Vor ihnen tauchte bereits der Ortsrand von Schœnwiller auf, die heimelige Silhouette der alten Wohnhäuser, der Turm der Diebe und St. Michel.

»Dort drüben rechts, und dann sind wir auch gleich da«, rief Sylvie ihm über die Schulter hinweg zu.

Sie trat kräftiger in die Pedale und war Rapp nun um eine Reifenlänge voraus. Honoré streckte seine Terrierschnauze so weit wie möglich über den Korbrand hinaus und kam aus dem Protestbellen gar nicht mehr heraus. Sicher gut für seine Lunge, dachte Rapp. Musste sich aber wieder mal eingestehen, dass ihm das freche Hundegebell des alten Recken einfach gut gefiel.

Sylvie winkte bereits vom Fahrrad aus einem jungen Mann zu, der in Shorts und halbhohen Gummistiefeln, in Holzfällerhemd und mit einem Schlapphut auf dem Kopf vor einem niedrigen, länglichen Backsteingebäude stand, im Gespräch mit einer Gruppe von Leuten; vielleicht Besuchern, dachte Rapp.

Er tat es Sylvie nach, die ihr Fahrrad an einem Ständer neben dem Gebäude abstellte, über dessen schmaler Eingangstür ein Holzbrett mit der Aufschrift »Hofladen« angebracht war.

Rapp befreite Honoré aus seinem Korb, und der Hund nahm sogleich die Gelegenheit wahr, sein Bein an einem gigantischen Baumstumpf neben dem Gebäude zu heben. Sylvie, die neben ihrem Rad auf Herrn und Hund gewartet hatte, lachte und wurde nun von dem jungen Mann, der soeben noch die Gästegruppe verabschiedet hatte, herzlich begrüßt. Sie stellte ihrerseits Rapp vor und deutete auf den Hund, den er inzwischen angeleint hatte:»Monsieur Honoré de Balzac, kurz Honoré.« Dann sah sie Rapp an:»Jean Paul, das ist Yannick. Yannick ist der Spezialist für historische Nutzpflanzen bei Epona.« Yannick wehrte etwas verlegen mit beiden Händen ab.»Ah, Sylvie übertreibt. Wir sind alle Experten bei Epona.« Er hielt Rapp seine große, kräftige Hand hin.»Freut mich, Monsieur, dass Sie sich für uns interessieren.«

Er warf Sylvie einen dankbaren Blick zu, offensichtlich in der Annahme, dass dies vor allem ihr zu verdanken sei.
»Schön, dass euer Laden am Sonntag geöffnet hat. Ich brauche noch etwas Salat für heute Abend.« Sie blinzelte Rapp verschwörerisch zu.

Was ihm Anlass zu der Hoffnung gab, dass die etwas unglücklich verlaufene Einladung von letzter Nacht schon am heutigen Abend wettgemacht werden sollte.

Alors, was das betraf, er war zu allen Schandtaten bereit.

Yannick signalisierte ihnen, dass er leider an anderer Stelle zu tun habe, und schlappte davon. Rapp schaute ihm hinterher und ließ dann seinen Blick über das Gelände schweifen. Der ungepflasterte, große rechteckige Hof war von verschiedenen alten Gebäuden umstanden, allesamt niedrig und länglich und aus hellem Backstein wie der Hofladen. Am Kopfende dominierte das zweistöckige Haupthaus aus rötlichem Sandstein. In der Mitte des Hofs befand sich eine großzügige kreisrunde Grünfläche, hinter dessen Gatter eine Handvoll Ziegen, ein paar Schafe und ein Grauesel in der frühen Nachmittagssonne dösten wie in einem Streichelzoo. Honoré hatte die Tiere ebenfalls entdeckt und blickte verlangend zu ihnen hinüber. Im hinteren Bereich kreuzten junge Leute in Arbeitskleidung den Hof, betraten oder verließen die niedrigen Gebäude, die vielleicht Stallungen oder Vorratsräume waren, schoben Schubkarren, zogen kleine Transportwagen oder schleppten Kisten und kleine Säcke.

Rapp wandte sich zu Sylvie um.»Viel Betrieb an einem Sonntag.«

»Hier ist immer Werktag, Jean Paul.« Sie blinzelte in die Sonne, doch es sah aus, als zwinkerte sie ihm zu. »Falls du mit in den Laden möchtest, musst du den guten Honoré leider dort anleinen.« Sie deutete auf einen kleinen Eisenring an der Schmalseite des Hofladens. Honoré ließ es sich ohne Weiteres gefallen, und sie gingen hinein.

Die Ladenfläche wirkte weit größer, als Rapp es von außen erwartet hätte. Breite Fächer mit frischem Gemüse und Obst sowie eine hüfthohe Holztheke vor Kästen mit Fruchtsäften aller Art nahmen den vorderen Teil des Raums ein. Die Regalzeilen mit tausenderlei Saatgut, wie es aussah, in Tüten unterschiedlicher Größe verpackt, zogen sich bis zum hinteren Ende des Gebäudes.

Sylvie fing Rapps Blick auf. »Epona züchtet nicht nur Weißkohl, sondern auch alle möglichen anderen Samen, wie du siehst.«

Eine kleine rundliche Frau um die fünfzig mit randloser Brille und einem bunten Tuch in den dunklen Haaren gab einer Kundin das Wechselgeld zurück und richtete sich nun an Rapp: »Interessieren Sie sich für ein bestimmtes Saatgut, Monsieur?«

Rapp spitzte den Mund. »Nein, eigentlich nicht. Ich wundere mich nur gerade über die Vielfalt der Saaten. Ist das alles für Hobbygärtner bestimmt oder für professionelle Landwirte?«

»Sowohl als auch, Monsieur.« Die Frau rückte ihre Brille und ihr Tuch im Haar zurecht. »Die professionellen Betriebe beliefern wir aber in der Regel aus unseren Lagerbeständen und in größeren Mengen. Das Saatgut ist selbstverständlich immer von gleicher Qualität, wir machen keine Unterschiede bei unseren Abnehmern. Saatgut sollte natürlich sein. Und für alle erschwinglich.«

»Mit erschwinglich meinen Sie, es sollte ohne Aufpreis für ein Patent auf bestimmte Pflanzensorten sein?«

»Genau. Es gibt ja auch kein Patent auf Wasser. Und falls es das einmal geben sollte, weil künstlich hergestellt – was hoffentlich niemals möglich sein wird –, so würden wir von Epona es ganz bestimmt nicht vertreiben. Und trinken schon gar nicht.«

Die Frau hinter der Theke nickte noch einmal zur Bekräftigung dieser Philosophie und wandte sich dann an Sylvie, die ihr gerade einen großen Salatkopf hinhielt. »Zwei Euro, bitte, Sylvie.«

Sylvie zahlte, und die Frau drehte sich wieder zu Rapp um. »Haben Sie noch einen Wunsch, Monsieur?«

Rapp dachte nicht lange nach, sondern erkundigte sich nach frischem Choucroute. Die Frau deutete auf einen Stapel mit einem halben Dutzend kleiner weißer Eimer und der Aufschrift »Choucroute d'Alsace«.

»Momentan sind nur noch die Fünf-Kilo-Eimer da. Neueste Ernte von Quintal d'Alsace, aus unserer eigenen Saat, absolut traditionell elsässisch hergestellt, die Weißkohlstreifen in Salz eingelegt, plus die Zeit für die Milchsäuregärung, sonst nichts.«

»Klingt gut«, sagte Rapp. Aber fünf Kilo seien ihm momentan denn doch zu viel auf einmal. Zumal er nicht wisse, wie er den Eimer auf seinem Rad nach Hause transportieren solle.

»Bien sûr, Monsieur, ab morgen bekommen wir hoffentlich auch wieder die kleineren Abpackungen.« Sie zögerte auf einmal, und ihr lächelnder Gesichtsausdruck verschwand. »Es hat einen Lieferengpass gegeben, weil ... Alors, bei einem unserer Choucroute-Produzenten, genau genommen unserem Hauptproduzenten, hat es einen Todesfall gegeben.« Sie blickte jetzt sehr ernst.

Sylvie, die bisher ruhig zugehört hatte, nahm den Faden auf. »Zufällig weiß Jean Paul von dem Todesfall, Marthe. Er stammt wie ich aus Pfaffenhoffen und kannte Laurent Wendling.«

Marthe, die Frau hinter der Theke, sah ihn überrascht und, wie Rapp schien, etwas erschrocken an.

»Ich kenne vor allem Schàngi Wendling, Laurents Vater«, erläuterte Rapp. »Schàngi hat mir bereits erzählt, dass Sie ein noch größeres Joint Venture mit den jungen Wendlings, Laurent und Sandrine, planten.«

»Eigentlich haben wir uns in letzter Zeit vor allem mit Sandrine ausgetauscht«, erwiderte Marthe etwas spitz. Überhaupt wirkte sie mit einem Mal recht steif in ihrer Haltung, ihre Antwort hatte beinahe schon schnippisch geklungen. Als hätte Rapp ein falsches Wort benutzt. Oder sich ihr gegenüber im Ton vergriffen.

Doch Marthe schien ihr seltsames Verhalten nun auch selbst aufgefallen zu sein. »Rufen Sie uns gerne an, Monsieur«, bot sie sehr viel verbindlicher an, »wenn Sie sichergehen möchten, dass wir die kleineren Mengen Choucroute wieder im Angebot haben.«

Rapp dankte ihr mit einem Kopfnicken, und er und Sylvie verließen den Laden. Als er um die Ecke nach Honoré sah, lag sein alter Hund lang ausgestreckt in der Sonne und döste wie die Schafe, Ziegen und der Grauesel hinter dem Gatter der kleinen Grünoase in der Mitte des Hofs.

Sylvie trat dichter neben Rapp. »Lass ihn noch ein Weilchen die Sonne genießen«, raunte sie ihm zu. »Wenn du willst, zeig ich dir inzwischen die angeblichen Rauschpilze, die Epona züchtet. Wir müssen nur Yannick finden, um uns die Erlaubnis zu holen, in den Keller hinunterzugehen.«

Rapp war einverstanden.

Sie überquerten den Hof, wo Sylvie eine große junge Frau nach Yannick fragte. Die Frau, deren schlanke Statur Rapp ebenso an Aimée Polignac erinnerte wie der Karamellton ihrer Haut und die schwarze Lockenpracht ihrer Haare, wies auf das Haupthaus. Dort habe sie Yannick vorhin noch gesehen.

Sylvie bedankte sich, und sie gingen zum Haupthaus hinüber. Kaum hatten sie den kühlen Flur betreten, kam Yannick ihnen auch schon entgegen. Er trug einen seltsamen Sack, etwa so groß wie ein Schinken, mit der Aufschrift »India Superior Basmati Rice«. Der Plastiksack, augenscheinlich zu seinem neuen Zweck recycelt, wies an verschiedenen Stellen zentimeterlange Schlitze auf, die aussahen wie Stichwunden.

»Das trifft sich gut, Yannick«, rief Sylvie ihm zu. Er blieb stehen und sah sie fragend an. »Ah ja? Warum?« »Ich nehme an, du bist auf dem Weg in den Keller? Jean Paul interessiert sich für eure Pilzzucht.« Er lachte. »Très bien. Dann mir nach.« Sie folgten ihm den dunklen Flur entlang, an dessen Ende sich die Tür zum Keller befand. Schon als sie die ersten Stufen der Treppe hinunterstiegen, meinte Rapp, den Duft frischer Pilze zu riechen. Unten betraten sie einen großen Kellerraum, von dessen Decke wie Räucherschinken lauter ähnliche Säcke hingen, wie Yannick ihn trug. Und wie die anderen befestigte er den neuen nun ebenfalls mit einem Haken an der Decke. Mit dem Unterschied, dass aus den Schlitzen der älteren Säcke bereits auf bizarre Weise zartrosafarbene Seitlinge wuchsen.

»Unsere neueste Kreation«, verkündete Yannick mit sichtlichem Stolz. »Schnuppern Sie mal, Monsieur.«

Rapp hielt seine Nase an ein besonders schönes Exemplar Seitlinge und war schier überwältigt von der Frische und der Intensität des Pilzdufts.

»Sylvie hat mir erklärt, dass Sie die Seitlinge mittels Kaffeesatz züchten.«

»Mit Kaffeesatz plus unserer speziellen Mischung für die Pilze, die wir darunterheben.« Yannick musterte Rapp plötzlich mit neuem Interesse. »Wir brauchen übrigens ständig tagesfrischen Nachschub an Kaffeesatz. Jede Menge. Auch Privatspenden sind immer willkommen.«

Rapp lachte. »Ich werde versuchen, daran zu denken, wenn ich das nächste Mal Kaffee koche. Kann aber nicht versprechen, dass ich gleich losfahre, um ihn Ihnen zu bringen.«

Yannick winkte lässig ab. »War nur eine Idee.«

»Jean Paul kommt wie ich aus Pfaffenhoffen«, erklärte Sylvie schmunzelnd.

Doch etwas Seltsames geschah. Wie schon zuvor bei Marthe, der Bedienung im Hofladen, huschte jetzt auch über Yannicks Gesicht ein Schatten.

»Wie ich höre«, sagte Rapp, »haben Sie, ich meine Epona, zu Pfaffenhoffen ganz besondere Beziehungen. Die derzeit etwas schwierig sind, richtig?«

Yannick runzelte die Stirn. »Wie meinen Sie das?« Seine Miene wurde geradezu feindselig.

»Jean Paul spricht von den Wendlings«, erklärte Sylvie mit gesenkter Stimme, fast als würde sie damit ein Tabu brechen. »Marthe hat uns vorhin im Laden von den aktuellen Lieferschwierigkeiten nach dem Tod von Laurent Wendling erzählt. Und dem tragischen Unfall von Sandrine natürlich.«

Yannick nickte stumm und musterte Rapp noch immer wenig freundlich. »Sind Sie ... ein Freund der Familie, Monsieur? Von Laurent?«

Rapp war überrascht und etwas verunsichert und wusste im ersten Moment nicht recht darauf zu reagieren. So wiederholte er nur, was er schon Yannicks Kollegin Marthe gesagt hatte. Er sei eher ein Freund des alten Schàngi Wendling. Was den jungen Epona-Mann zu besänftigen schien, dessen auffälligen Stimmungswechsel Rapp trotz der genannten Umstände nicht wirklich begründet fand.

»Wenn ihr noch essen möchtet, im Café oben gibt es frischen Seitling«, empfahl Yannick aber wieder freundlicher, als hätte er Rapps Gedanken erraten.

»Falls ein Hund erlaubt ist?«, setzte Rapp hinzu.

»Aber sicher.«

So folgten sie Yannick erneut die Kellertreppe hinauf. Und während sich Sylvie, den großen Salatkopf in den Händen, bereits von Yannick einen Tisch im Epona-Café zeigen ließ, ging Rapp nachdenklich über den Hof zurück zu seinem Hund.

Wie war diese Feindseligkeit zu erklären, die nun schon zum zweiten Mal spürbar geworden war, sobald der Name Wendling oder auch nur die Andeutung davon fiel?

Der Wendling-Hof war doch ein wichtiger Kooperationspartner für Epona, oder nicht? Das hatte er jedenfalls bisher von allen Seiten bestätigt bekommen. Im Grunde war das auch von Marthe und Yannick nicht abgestritten worden. Aber dass ihnen dabei die Augen geleuchtet hätten, konnte man wahrhaftig nicht behaupten.

Was hatte das zu bedeuten?

Beim Essen im Epona-Café erzählte er Sylvie von seinem Eindruck. »Oder täusche ich mich?«

»Nein. Ich hatte das gleiche Gefühl«, antwortete sie, ebenfalls spürbar irritiert. »Und ich kann es mir genauso wenig erklären.«

Sie saßen an einem Tisch am Fenster, der ihnen einen wunderbaren Ausblick auf das Epona-Gelände bot, das sich hinter dem Haupthaus auf gut einem Hektar Fläche erstreckte. Lange Reihen und kleine Felder verschiedener Gemüsesorten, manche bedeckt, die meisten aber offen, waren zu sehen. Dazwischen Obstbäume, Komposthaufen, Bienenstöcke und kleine Gewächshäuser.

Die goldgelbe Herbstsonne fiel auf ihre großen weißen Teller, die mit phantastisch aussehenden und ebenso phantastisch schmeckenden rosa Seitlingen, Rapunzelsalat und gehobelten Parmesanspänen gefüllt und garniert waren.

Sylvie warf einen Blick auf den grünen Salatkopf, den sie auf den freien Stuhl neben sich gelegt hatte. »Ich fürchte, Thierry und sein Freund müssen das gute Stück heute Abend alleine essen. Zweimal Salat an einem Tag schaffe ich nicht.«

»Thierry?« Rapp war verwirrt.

»Ja. Sagte ich nicht schon, dass ich von den beiden, Thierry und seinem neuen Freund, zum Essen eingeladen bin? In Mulhouse heute Abend. Ich habe Thierry versprochen, noch schnell für den Salat zu sorgen.«

»Ah, deshalb.« Rapp fiel buchstäblich die Kinnlade herunter. Sie brauchte den Salat für die Einladung nach Mulhouse. Von wegen Rendezvous, das heute Abend nachgeholt werden sollte. Selbst die gemeinsame Radtour zu Epona erschien ihm nun in einem neuen, einigermaßen ernüchternden Licht. Er schnaufte frustriert durch die Nase, als er sich lustlos ein weiteres Pilzstück in den Mund schob.

»Alles in Ordnung, Jean Paul?« Sylvie sah ihn ein wenig besorgt an. »Schmeckt es dir?«

»Wunderbar, danke.« Er zwang sich ein Lächeln ins Gesicht. »Alles bestens.«

»Nicht wahr, schön hier!« Sie wandte sich gut gelaunt um. Betrachtete zufrieden den großen, hellen, dabei schlicht eingerichteten Caféraum, der, obwohl beinahe alle Tische besetzt waren, keineswegs gedrängt oder gar voll wirkte.

Rapp atmete einmal durch und beschloss, weder sich noch Sylvie wegen seines dummen Missverständnisses die Laune zu verderben. Doch als er versuchte, seine Gedanken auf ein angenehmes Thema zu lenken, fiel ihm immerzu der seltsam unterkühlte Ton von Marthe und Yannick ein, als die Sprache auf die Wendlings gekommen war. Es war natürlich ein Schock, wenn ein so wichtiger Geschäftspartner plötzlich ausfiel. Dazu auf so grausame Weise. Ermordet. Und durch einen so schweren Unfall ...

»Trotzdem. Etwas stimmt da nicht«, murmelte er vor sich hin.

»Jean Paul?« Sylvie sah ihn halb amüsiert, halb rätselratend an. »Geh ich recht in der Annahme, dass du soeben den Fall Wendling löst?«

Rapp zuckte zusammen. »Pardon. War nur so ein Gedankensprung.«

Leider ins Leere.

Am späten Abend absolvierte er mit denkbar schlechter Laune die letzte Gassirunde mit Honoré. Im Grunde zog ihn der Hund von einer kürbisgelben Lichtpfütze der Straßenlaternen zur nächsten durch den stillen Ort. Selbstverständlich gönnte er Sylvie den Abend mit ihrem Schwager Thierry und seinem Neuen in Mulhouse. Nur eben an einem anderen Tag.

So machte er es wie schon am Nachmittag und lenkte seine Gedanken auf andere Dinge. Wie Rapp es sah, gehörte die Presseabteilung von CAB eindeutig zu den auffälligsten und unangenehmsten Facetten dieses Falls. Mindestens ein Mitarbeiter schien sich nicht zu fein dafür zu sein, potenzielle Konkurrenten wie Epona in Verruf zu bringen. Vielleicht waren die Dreckschleudern noch zu ganz anderen Dingen fähig? Einen Besuch in Strasbourg in den nächsten Tagen war es allemal wert!

»Allez hopp, Honoré! Es geht nach Hause«, rief er.

Doch sein Hund hörte nicht einmal das nachfolgende Schnalzen aus dem Mund seines Chefs, sondern spürte nur das aufmunternde Tippen mit der Hand an der langen Leine. Doch schneller bewegte er sich auch deshalb nicht. Wozu auch? Es war still im Dorf, ruhig und friedlich, kein anderer Hund, keine Katze, nicht mal ein Mensch weit und breit außer Rapp. Wozu hetzen?

SIEBEN

Montag, 27. September

Rapp wachte erschrocken auf. Unten in der Küche hörte er das Festnetztelefon klingeln. Er zoomte seine halb geöffneten Augen auf den Wecker auf dem Nachttisch. Kurz nach sechs. Er hob den Kopf an und blinzelte zum Fenster am östlichen Ende des Giebelzimmers hinüber. Ein zartrosa Leuchten lag auf den noch schattenlosen grauen Silhouetten der Hausdächer. Er ließ den Kopf wieder sinken und entschied sich, es klingeln zu lassen. Jemand musste sich verwählt haben. Er streckte seine Beine, fühlte Honorés warmes Fell an seinen Füßen und entspannte sich wieder.

Der Hund kroch seit einiger Zeit gern unter die Decke am Fußende des Betts. Rapp hatte sich anfangs noch dagegen gewehrt und Honoré auf seinen alten Platz verwiesen: oben auf der Bettdecke, nicht darunter. Doch am anderen Morgen hatte er stets feststellen müssen, dass Honoré gewartet hatte, bis Rapp eingeschlafen war, um sich wieder an seine Füße zu klemmen. Unter der Decke. In den Wintermonaten war Rapp dann selbst eines Besseren belehrt worden. So ein warmer Hunderücken an den kalten Zehen war durchaus schlaffördernd. Auf diese Weise hatte das Gewohnheitsrecht schließlich das Angenehme (des einen) mit dem Angenehmen (des anderen) verknüpft.

Keine Minute später klingelte es erneut. Diesmal war es der helle Glockenton des Handys, den er für Edgars Festnetznummer reserviert hatte.

Er riss die Decke zurück, sprang mit einem Satz aus dem Bett und eilte mit klopfendem Herzen zu dem schmalen Schreibtisch mit dem Telefon.

»Hallo, Edgar! So früh?«

»Bonjour, Papa. Ja, entschuldige.«

»Nichts zu entschuldigen. Ça va? Alles in Ordnung mit der Kleinen?« Rapp meinte, im Hintergrund Maëlles zartes Stimmchen zu hören. Sie weinte.

Er tapste zurück zu seinem Bett und kroch unter die Decke, wo Honoré noch immer unbeweglich wie ein Sofakissen lag und beim Atmen leise rasselte.

»Mit Maëlle?«, echote Edgar. Er schien etwas durcheinander zu sein. »Doch, ja sicher, alles in Ordnung mit ihr. Das heißt, sie quengelt ein bisschen. Du weißt, sie bekommt ihr erstes Zähnchen. Unten links. Julien und ich wechseln uns schon die ganze Nacht mit Trösten ab, nehmen sie in den Arm, gehen mit ihr im Zimmer herum und so weiter. Eine Weile hilft das. Dann geht es wieder von vorne los.«

»Stéphane Grappelli«, sagte Rapp.

»Was?«

»Und Django Reinhardt.«

»Stéphane Grappelli, Django Reinhardt, was meinst du, Papa?«

»Als du ein Baby warst, Edgar –«

»Papa, bitte!«

»Nun hör doch mal zu.«

Edgar mochte es partout nicht, wenn Rapp ihn an diese Zeiten erinnerte. Rapp dagegen konnte es nicht lassen, davon zu erzählen, die ollen Kamellen, wie Edgar mitunter lästerte, gehörten zu den schönen Erinnerungen seines Lebens.

»Ich will ja nur sagen: Als du gezahnt hast, Edgar, habe ich immer eine Platte von Stéphane Grappelli und Django Reinhardt für dich aufgelegt.«

»Die beiden alten Haudegen?«

»Geige und Gitarre, flott und rhythmisch. Versuch's doch mal damit bei der Kleinen.«

»Bon, ich … Wir werden es mal ausprobieren, Julien und ich. Aber deswegen rufe ich nicht an. Es ist …« Er stockte, während sich Maëlle die Seele aus dem Leib schrie und Julien ›Salut, ça va?‹ anstimmte, ein Kinderlied, das er in rührend schiefen Tönen sang. Es war wirklich zum Heulen.

Plötzlich war es still im Hintergrund, Edgar hatte anscheinend die Tür zum Nebenraum geschlossen.

»Edgar, was ist los?«

»Papa, es geht um Maman.«

»Mam… Um Maman? Wieso das?« Rapp setzte sich aufrecht und klemmte sich entnervt das Kopfkissen in den Rücken.

»Ich habe mit ihr telefoniert. Gestern Abend. Heute Nacht. Mehrfach.«

Und das trotz Maëlles Malaisen wegen des Zahnens und mitten in dem Wochenendstress des Restaurants. Das hörte sich nach Alarm an.

»Es geht ihr nicht gut, Papa.«

»Es war *ihr* Entschluss, zurück nach Colmar zu ziehen, statt bei Monique in Strasbourg zu bleiben«, konterte Rapp quasi prophylaktisch.

»Darum geht es nicht, Papa.«

»Ach nein?«

»Papa, sie ist alkoholkrank.«

»Ich weiß«, erwiderte Rapp ernst. Es machte ihn seit Jahren traurig, zu sehen, wie der Alkohol, stets die ganz harten Sachen, ihr Leben zerstörte. Abgesehen von ihrem Franck selbstverständlich, der seinen Teil dazu beitrug.

»Sie war bei einem Facharzt für Alkoholkranke in Colmar. Ich hatte ihr dazu geraten.«

»Sehr gut. Und?«

»Er hat ihr einen Entzug verordnet. In einer Klinik. Aber das wollte sie nicht.«

»Das dachte ich mir.«

»Hör zu, Papa: Sie probiert es seit vorgestern zu Hause. Ich habe ihr empfohlen, vorher sämtliche Flaschen aus der Wohnung zu tragen, ab in den Müll.«

»Gute Idee.«

»Aber sie braucht jetzt auch deine Hilfe, Papa.«

»Edgar, wir sind geschieden. Isabelle führt ihr eigenes Leben. Und ich führe meins.« Und er fand, dass er nach so vielen

Jahren der Trennung von Isabelle auch endlich mal ein Recht darauf hatte.

»Es geht darum, dass der Arzt ihr nach dem Entzug dringend auch eine Therapie empfiehlt.«

»Und?«

»Maman will es versuchen. Und ich finde, sie hat diese Chance verdient.«

»Bien sûr. Hat sie.« Zumal es das erste Mal war, dass Isabelle den Versuch dazu überhaupt ins Auge fasste. »Ich verstehe nur nicht, welche Rolle ich dabei spiele?«

Edgar stieß einen Seufzer aus. »Die Krankenkasse, hat Maman erfahren, würde in ihrem Fall nur eine Therapie in einer geschlossenen Klinik bezahlen. Wegen der Schwere der Sucht, heißt es. Aber Maman will in überhaupt keine Klinik, schon gar nicht in eine geschlossene, auch nicht für eine gewisse Zeit. Das Eingeschlossensein, sagt sie, müsste sie sicher gleich mit einer Flasche Calvados betäuben.«

Rapp konnte ein kurzes Auflachen nicht unterdrücken. Isabelles Humor schien trotz allem unverwüstlich. Nur trocken war er nicht mehr.

»Ich habe Maman etwas Geld angeboten«, fuhr Edgar fort. »Für den Anfang.«

»Was heißt das, für den Anfang?«

»Maman hat sich bereits um einen Therapeuten gekümmert. Jemand, der ihr empfohlen wurde. Woran du erkennst, wie motiviert sie ist. Und wenn sie das Honorar aufbringt, kann es mit den ersten Stunden schon in dieser Woche losgehen. Ich strecke ihr das Geld deshalb vor.«

»Hm«, knurrte Rapp. Unvernünftig klang das nicht.

»Es ist nur so«, fuhr Edgar zögerlich mit etwas verlegener Stimme fort, »dass wir, Julien und ich, momentan fast jeden Cent für das Restaurant brauchen. Und für Maëlle natürlich. Du weißt, wir zahlen einen zusätzlichen Koch im ›Cigogne‹, solange Julien sich zu Hause um die Kleine kümmert. Was noch ein paar Monate dauern wird. Danach bin ich an der Reihe. Ich freu mich schon darauf, auf mehr Zeit mit Maëlle, meine ich. Nur kann ich es mir finanziell nicht leisten, während der ganzen Zeit auch noch Mamans Therapeuten zu bezahlen.«

»Nein, selbstverständlich nicht«, erwiderte Rapp verständnisvoll. Und gab sich geschlagen. »Bon, ich werde Isabelle in Colmar besuchen, vielleicht heute noch, falls sie zu Hause ist.«

»Das ist sie, Papa. Ganz bestimmt ist sie zu Hause. Sie entzieht ja noch. Macht noch den Entzug, meine ich.«

»Bon, wie gesagt, ich rede mit ihr. Und falls ich den Eindruck habe, dass sie es wirklich ernst meint mit der Therapie, werde ich sie unterstützen.« Edgar wusste, was das hieß.

»Du würdest das Honorar für Maman – Quatsch, für ihren Therapeuten natürlich – übernehmen, Papa?«

»Du hast mein Wort, Edgar.«

Er hörte seinen Sohn erleichtert durchatmen. »Du ahnst gar nicht, wie froh mich das macht, Papa. Maman braucht jetzt die Unterstützung von uns beiden, damit sie das alles schafft.«

»Auf ihren Franck ist ja kein Verlass«, sagte Rapp und versuchte, ein Maximum an Verachtung für diesen Halbkriminellen in seine Stimme zu legen.

Edgar ging nicht darauf ein. »Merci beaucoup, Papa. Du wirst sehen ...«

Doch Edgar kam nicht dazu, seinen Satz zu beenden. Rapp hörte, wie die Tür geöffnet wurde, dann Maëlles weinendes Stimmchen und Julien, der Edgar bat, ihn kurz abzulösen.

Edgar lachte in den Hörer. »Ich muss mich um die Kleine kümmern, Papa. Julien hört sich schon an wie im Stimmbruch.«

»Wenn alle Stimmbänder reißen«, lachte Rapp, »helfen –«

»Helfen Grappelli und Reinhardt, ich weiß.«

»Grappelli und Reinhardt – zwei neue Weine?«, hörte Rapp Julien fragen. »Klingt spannend.«

»Salut, Chéri«, lachte Rapp. »Grüß mir Julien und gib der Kleinen ein Küsschen von mir!«

Anderthalb Stunden später saß Rapp in seiner Küche und genoss seinen Morgenkaffee und den gelegentlichen Blick über den Rand der Zeitung hinweg aus dem Fenster auf die sanft ansteigenden Hügel der Weinberge. Es war ein strahlender Montagmorgen, getränkt von klarer Herbstsonne, durchlüftet von einem leichten frischen Nordostwind. Rapp bereute es nicht, nach dem ungewöhnlich frühen Anruf von Edgar aus Paris aufgestanden zu sein, um Honoré auszuführen und auf dem Rückweg den Courant Alsacien gekauft zu haben. Obwohl er die Zeitung täglich las, hatte er sie nicht abonniert. Denn das gab ihm die Gelegenheit, auf ein Schwätzchen bei Jeannette hereinzuschauen, auch wenn er einmal keinen Appetit auf eine frische Flûte oder ein Pain au chocolat hatte.

Während Honoré sich in seinem Korb von dem morgendlichen Spaziergang ausruhte – sie waren wie üblich bis zum Fuß der Weinberge gegangen und durch den Ort via Jeannettes Boulangerie nach Hause zurückgekehrt –, las Rapp die Zeitung. Früher hätte das Geräusch der knisternden Papierseiten seinen Hund schier wahnsinnig gemacht. Doch taub, wie er inzwischen war, nahm er heute nichts mehr davon wahr. Das Alter hatte eben auch seine guten Seiten.

Über Pfaffenhoffen und Umgebung gab es nach der Berichterstattung über den Mord an Laurent Wendling nun anscheinend kaum Neues zu vermelden, jedenfalls nichts, was Rapp vom Stuhl gerissen hätte: Die Mehrzweckhalle des Orts, die kleine Salle polyvalente neben der Grundschule, war nach Reparaturarbeiten wieder freigegeben worden. Eine Musikschule wurde für kommendes Jahr geplant. Ein neuer Basketballtrainer konnte gewonnen werden (aus Guebwiller, für eine Ablösesumme von zwei Kisten Crémant d'Alsace an den Verein). Rapp blätterte sich weiter nach hinten durch und fand in den Spalten für die umliegenden Ortschaften und Regionen ganz ähnliche Meldungen.

Bis er auf folgende Notiz aus Winzenheim stieß:

Am gestrigen Sonntag kam es auf der Rue de la Cha-
pelle, am nordöstlichen Rand der Ortschaft, zu einem
ungewöhnlichen ›Fang‹ der Gendarmerie. Spaziergän-
gern war das seltsame Fahrverhalten einer kaum noch
verkehrstüchtigen Citroën Dyane aufgefallen. Das Old-
timermodell (noch mit Handkurbel zum Starten) fuhr
in Schlingerlinien über die an Sonntagen so gut wie nie
befahrene kleine Straße. Als eine herbeigerufene Streife
der Gendarmerie das Fahrzeug durch entsprechende
Winkzeichen zum Anhalten aufforderte, konnte es vom
Fahrer nur durch das Ausweichen auf einen Acker und
das Abwürgen des Motors zum Stehen gebracht werden.
Die Personenkontrolle durch die verdutzten Gendarmen
ergab, dass es sich um ein jugendliches Paar ohne Fahr-
zeugpapiere und ohne Führerschein handelte. Das Fahr-
zeug, beteuerten die Jugendlichen, sei nicht gestohlen,
sondern nur ›ausgeliehen‹. Die Beamten vermuten, dass
Drogenkonsum (Marihuana) im Spiel war. (tic)

Das Autorenkürzel am Ende des Artikels deutete darauf
hin, dass nicht Aimée ihn geschrieben hatte. Schade, Rapp
hätte gern noch mehr über die Hintergründe erfahren. Ungewöhnlich erschienen nicht die offenbar bekifften Jugendlichen, die sich zu einer unerlaubten Spritztour entschlossen
hatten – das kam häufiger vor. Sondern der wie auch immer
gekaperte Oldtimer. Er fragte sich, wie die zwei es geschafft
hatten, ausgerechnet eine alte Dyane aufzureißen, noch dazu
mit Handkurbel als »Starterkit«.
So weit die amüsante Kür dieses Vormittags – glücklicher-
weise war kein Mensch zu Schaden gekommen. Nun also die
Pflicht. Er legte die Zeitung mit einem Seufzer beiseite und
ging zum Telefon, um Isabelle anzurufen.
Sie nahm nicht ab und hatte auch den Anrufbeantworter
nicht eingeschaltet.
Très bien, das fing schon mal gut an. Sein Entschluss stand
dennoch fest, er würde fahren.

Er legte auf, suchte sein Handy, fand es unter einem Sofakissen und schrieb Aimée eine Nachricht, er sei am Vormittag in Colmar. Falls sie Lust und Zeit habe, könnten sie sich später auch auf einen Café in der Stadt treffen.

Er ging ins Bad, machte sich frisch, zog sich um und weckte Honoré. Auf dem Weg durch die große Halle des alten Bauernhauses zum Carport traf er Irène Michelberger, die sich darüber wunderte, dass er so früh auf den Beinen war. Es war ja erst acht Uhr.

»Greise Bettflucht, Jean Paul?« Sie lachte. »Nein, dafür sind Sie mir noch zu jung.«

Der Scherz war nur der Aufhänger für einen kleinen Schwatz, dessen Inhalt jedoch keineswegs harmlos blieb. Irène war, wie sich herausstellte, ganz erfüllt von der Sorge um die von Jahr zu Jahr früher notwendige Weinlese. »Unsere Sorten sind an die große Hitze nicht gut angepasst. Und wenn die Rebzikade den Weinstock befällt, können wir die Pflanze eigentlich nur noch vernichten.«

Rapp ließ sich, während Irène Michelberger in die Hocke ging, um Honorés Nacken zu streicheln, erklären, dass dieser neue Schädling, die Zikade, infolge des Klimawandels von Süd- nach Nordeuropa vordringe. Er hatte zu wenig Ahnung vom Weinbau, hörte aber geduldig zu. Und ihre Sorgen wegen der Auswirkungen des Klimawandels auf die Weinernte hatten es in sich. Das Problem betraf alle Winzer in Frankreich, und für einen kleineren Betrieb wie den der Michelbergers war es existenziell.

»Alors«, sagte Irène schließlich und gab Honoré einen liebevollen Klaps. »Nun will ich euch mal nicht länger aufhalten. Salut, Monsieur Rapp!«

»Salut, Irène.«

Das war typisch für seine Vermieterin, mal nannte sie ihn beim Vornamen, mal beim Nachnamen. Doch unabhängig davon begegnete sie ihm stets gleich herzlich und manchmal sogar mit einer entwaffnenden Offenheit. Es gab Tage, da vertraute sie ihm die aktuellen Diagnosen ihrer Frauenärztin an.

In gewisser Weise war er froh, dass sie ihm nicht auch die Erkenntnisse des Urologen ihres Mannes verriet, so genau wollte er es gar nicht wissen. Sie wünschten sich noch einen schönen Tag. Rapp fixierte Honoré im Fond des Wagens und stieg ein. Bevor er losfuhr, warf er noch einen Blick auf das Display seines Handys und bemerkte, dass ihm eine Textnachricht von Aimée entgangen war:

»Salut, Jean Paul! Gerne treffen. Einfach anrufen. Bin noch bis Mittag beim Musée Unterlinden. A.«

»Melde mich. Bis später, JP«, schrieb Rapp zurück und startete den Motor.

Mit einem beklemmenden Gefühl nahm er jenseits der Unterführung die Auffahrt auf die Route nationale Richtung Colmar. Denn im Augenwinkel sah er noch Haus und Hof der Wendlings etwas weiter südlich. Und im Osten begrenzte die dunkle Linie des Forêt de Pfaffenhoffen die Kohlfelder, auf denen die Helfer nun auch die Ernte einbrachten, als wäre in der Brache zwischen den Feldern, wo man Laurent Wendling gefunden hatte, nie etwas geschehen. Schon gar nicht etwas so Abscheuliches wie ein Mord.

In der Rue des Écoles fand Rapp einen Parkplatz vis-à-vis Isabelles Wohnung. Er erinnerte sich nur zu gut noch daran, dass bei seinem letzten Besuch an dieser Stelle ein graues Peugeot Coupé gestanden hatte. Der wahrscheinlich gestohlene Wagen der Geldmafia, die es eigentlich auf Franck abgesehen hatte. Der dumm genug gewesen war, sich mit Gangstern eingelassen zu haben.

Im ersten Stock des Hauses musste er mehrfach vor Isabelles Wohnungstür klingeln, ehe sie öffnete und ihn mit offenem Mund anstarrte.

Er erschrak bei ihrem Anblick. Ihr Gesicht war kalkbleich und eingefallen, ihr Blick aus den früher so ausdrucksvollen braunen Augen wirkte stumpf und teilnahmslos. Ihr schulterlanges Haar sah verfilzt und brüchig aus, die Hennafarbe war von den Wurzeln aufwärts zentimeterlang dem Altersgrau gewichen.

Sie trug einen fadenscheinigen gestreiften, viel zu großen Pyjama, der ihm irgendwie bekannt vorkam. Es war sein eigener, begriff er plötzlich, sie musste ihn aufbewahrt haben. Die Erkenntnis rührte ihn auf einmal.

Sie blinzelte ihn an. Aber nur, weil sie ihn zuerst nicht erkannte. Bis sie einen Blick auf Honoré warf, der zur Begrüßung an ihren nackten Füßen schnüffelte. »Jean Paul!« Ihr Ausruf war beides zugleich, Frage und Antwort.

»Salut, Isa«, sagte Rapp leise und bedrückt. Er war wirklich zutiefst erschrocken, sie so zu sehen. Edgar hat recht, schoss es ihm durch den Kopf, sie braucht unsere Hilfe. »Ich habe versucht, dich anzurufen, Isa, aber –«

»Oui, oui.« Sie winkte ab, drehte sich halb um ihre eigene Achse, taumelte kurz, fing sich jedoch, bevor Rapp sie auffangen musste, und erwartete, schien's, ohne weitere Einladung, dass er ihr mit Honoré in die Wohnung folgte.

Sie wankte nicht ins Wohn-, sondern ins Schlafzimmer, wo sie wie ein Sack Mehl ins Bett fiel.

Es roch stickig im Raum. Rapp leinte Honoré ab und ging zum Fenster, um zu lüften. Dann setzte er sich zu Isabelle auf den Bettrand und zog ihr die Decke bis zur Hüfte über.

Sie sah ihn nicht an, hielt die Augen geschlossen, als sie sagte: »Schön, dass du gekommen bist, Jean Paul. Ich ...« Sie führte den Satz nicht zu Ende.

»Brauchst du irgendetwas?«, fragte er.

Sie antwortete nicht, drehte nur den Kopf auf ihrem zerwühlten Kissen.

Er sah sich um. Auf dem Nachttisch lag eine Packung Schlaftabletten, daneben stand ein leeres Wasserglas. Er hielt die Nase daran. Kein Alkoholdunst. Er stand auf und ging in die Küche. Kein Schnaps im Kühlschrank, kein Wein in dem kleinen Regal neben der Anrichte. Im Wohnzimmer das gleiche Bild. Sie hatte anscheinend wirklich Edgars Rat befolgt und ihre Alkoholvorräte vernichtet. Klar Schiff, das verdiente Respekt.

Als er zurück ins Schlafzimmer kam, wo Honoré vor ihrem Bett Wache gelegen hatte, öffnete sie die Augen und sah ihn jetzt direkt an. Er setzte sich wieder auf die Bettkante und nahm ihre Hand. Sie war eiskalt.

Ihr Anblick gab ihm einen tiefen Stich ins Herz. Schließlich hatten sie sich einst geliebt. Es hatte sogar Zeiten gegeben, da er sich nicht hatte vorstellen können, ohne sie zu leben.

»Ich konnte nicht länger in Strasbourg bleiben, Jean Paul. Das Lokal mit dem vielen Alkohol in den Regalen. Die Verführung war einfach zu groß. Und in Moniques Wohnung habe ich mich fremd gefühlt. Es ist eben *ihre* Wohnung. Wehe, ich kam auf die Idee, auch nur ein Sofakissen an eine andere Stelle zu legen. Dann war der Streit schon da.«

»Verstehe«, sagte er mit schlechtem Gewissen. Er begriff, dass er bislang ganz auf Moniques Seite gewesen war, was offensichtlich unfair war. »Edgar hat mich angerufen, Isa. Er sagt, du willst eine Therapie beginnen. Ich finde das gut.«

Sie nickte. »Sobald ich diesen scheußlichen Entzug überstanden habe.« Sie hustete ins Kissen. »Aber das Schlimmste liegt hinter mir, glaube ich. Dann fange ich die Sitzungen bei Docteur Petit an.«

»Dem Therapeuten?«

»Ja.«

»Edgar sagt, die Krankenkasse ...«

»Die Kasse zahlt auch eine ambulante Therapie nur nach Klinikaufenthalt. Aber das will ich nicht.«

Rapp drückte ihr die Hand als Zeichen der Unterstützung. Er verstand das. Fand schon als Besucher die Atmosphäre in einem Krankenhaus abschreckend, umso mehr als Patient, der er ein paarmal in seinem Leben gewesen war. Er konnte jeden verstehen, der eine Klinik meiden wollte, solange es nur ging. Dabei war er sich darüber im Klaren, dass diese Einstellung alles andere als rational war, denn im Grunde war das ein Luxusproblem – ein echtes wäre, ein Krankenhausbett zu brauchen, aber keines zu bekommen.

»Wie viel musst du Docteur Petit zahlen, Isa?«

»Das ist lieb von dir, Jean Paul, aber ...« Sie schüttelte den Kopf auf dem Kissen. »Edgar war bereits so lieb ...«

»Ich weiß, Isa. Aber Edgar ist finanziell momentan nicht so flüssig wie sonst. Er hat jetzt Familie, du verstehst schon.«

»Oh«, sagte sie, plötzlich beschämt.

»Reichen dir fünfhundert fürs Erste, Isa? Für die ersten Sitzungen?«

Isabelle runzelte die Stirn, sie schien angestrengt nachzudenken. »Fünf... Fünf*zehn*hundert, hat Petit gesagt, kosten die ersten zehn Sitzungen.«

Rapp stutzte. Fünfzehnhundert Euro. Ein stolzer Betrag. Isabelle würde sich auf die Dauer um eine eigene Finanzierung kümmern müssen. Aber bei den ersten Schritten auf ihrem neuen Weg brauchte sie jetzt seine Hilfe, das war ihm klar.

»Gut, Isa. Du bekommst das Honorar für den Einstieg bei Petit von mir.«

»Bist du sicher?«

»Aber ja, Isa.«

»Ich danke dir, Jean Paul. Wirklich.«

Rapp wurde verlegen. »Aber das ist doch ...« Um ein Haar hätte er gesagt: für einen guten Zweck. Er schluckte die dumme Floskel noch rechtzeitig hinunter und drückte ihre Hand noch einmal fest. »Bon.« Er stand auf. »Brauchst du im Augenblick irgendetwas? Soll ich dir einen Tee machen? Einen Café? Drüben in der Markthalle etwas für dich einkaufen?«

»Merci, Chéri, nicht nötig. Weißt du, Franck wird jeden Augenblick da sein und alles Nötige für mich mitbringen.«

»Franck?« Rapp spürte augenblicklich die üble Wirkung dieses Namens auf seinen Magen.

»Ja«, ergänzte sie matt. »Dachte vorhin schon, als du geklingelt hast, dass es Franck wäre.«

Franck. Rapp kämpfte gegen seinen Würgereiz. Er hatte nicht die geringste Lust, dieser Figur zu begegnen. Obwohl es sicher nötig wäre, dem Mann einmal direkt die Meinung darüber zu geigen, was für eine verheerende Rolle er in Isabelles

Leben spielte. Aber als Isas Ex wäre er natürlich der Letzte, der dazu ein Recht hätte, das war ihm selbstverständlich klar. Er verabschiedete sich von Isabelle mit einem flüchtigen Kuss auf die feuchtkalte kalkweiße Stirn.

»Du versprichst es?«, fragte sie, und er verstand, dass sie das Honorar für Petit meinte.

»Aber ja, Isabelle«, sagte er ärgerlich, denn erstens *hatte* er es ihr bereits versprochen, und zweitens wirkte der Name von Franck, der bald erscheinen sollte, nach. Diese Chance hatte sie, wie Edgar schon richtig gesagt hatte, wirklich verdient. Und vielleicht fand sie dann auch die Kraft, Franck aus ihrem Leben zu verbannen.

Er nahm Honoré an die Leine und verließ die Wohnung rasch in der Hoffnung, ihrem Neuen nicht noch über den Weg zu laufen. Er wusste nicht, ob er dann an sich halten könnte. Doch die Begegnung mit Franck blieb ihm erspart.

Vor dem Haus wechselte er die Straßenseite und machte mit dem Hund ein paar Schritte hin zu einem großen Blumenkübel aus Beton. Honoré hob genüsslich sein Bein und nahm es so schnell nicht mehr herunter. Rapp sah nicht auf die Uhr dabei, aber ihm schien, als nähme sich Honoré mit zunehmendem Alter auch immer mehr Zeit für seine Geschäfte.

Als Honoré schließlich alle viere wieder unten hatte, rief Rapp Aimée Polignac an.

»Jean Paul! Ça va? Ich bin hier gleich fertig. Wo wollen wir uns treffen? Wo sind Sie gerade?«

Aimées Stimme klang munter und quirlig. Es schien ihr gut zu gehen, das freute Rapp. Vielleicht hatte es mit ihrer Entscheidung für oder (wie Rapp hoffte) gegen Réunion zu tun. Die Aspiranten Pierre oder René spielten sicher auch eine Rolle.

»Ich bin in der Rue des Écoles«, antwortete er, »in der Nähe der alten Markthalle.« Er hatte daher erwartet, dass sie zum Beispiel ein Lokal in La Petite Venise, dem nahe gelegenen Klein Venedig, vorschlagen würde oder am malerischen Quai de la Poissonnerie, auf der anderen Seite der Lauch, im Krutenauviertel.

Doch sie sagte:»Was halten Sie vom Café de la Victoire in der Rue des Tanneurs?«

»D'accord. Das Victoire kenne ich noch nicht.« Er lernte gern neue Lokale kennen. Und die Rue des Tanneurs war eine Parallelstraße zur Rue des Écoles, in der er sich befand. »In einer Viertelstunde?«, schlug sie vor.

»Bis dann, Aimée.«

Das Victoire war ein kleines Café in einem schmalen kornblumenblauen Fachwerkhaus. Es war sonnig, die Straße belebt, das Victoire hatte eine Terrasse, an deren Rand noch ein Tisch frei war. Rapp setzte sich, klemmte Honorés Leine an seinem Stuhl fest und ließ, da Aimée noch nicht da war, den Blick schweifen.

Das Café lag am westlichen Ende der Rue des Tanneurs, schräg gegenüber dem Alten Zollhaus. Das Koifhus, wie es elsässisch hieß, war das älteste öffentliche Gebäude der Stadt, erbaut, wenn er sich recht erinnerte, im 15. Jahrhundert aus graugelbem Rouffacher Sandstein – auch das hatte Rapp bereits in der Schule gelernt. Im Erdgeschoss des Koifhus hatte sich das Lager für die zu versteuernden Waren befunden, darüber, im ersten Stock des Gebäudes, die Gemeindeverwaltung getagt.

Eine junge blonde Bedienung kam und fragte nach Rapps Wünschen. Er signalisierte ihr, dass er verabredet sei und mit der Bestellung noch warten wolle.

Kaum hatte sich die junge Kellnerin einem Nachbartisch zugewandt, sah Rapp Aimée Polignac zu Fuß über die Place de l'Ancienne Douane auf das Victoire zueilen. Sie trug Jeans und ein maisgelbes Jackett über einer magentafarbenen Bluse, ihr krauses schwarzes Haar schien ihm etwas kürzer als sonst, aber das mochte täuschen.

Sie begrüßten sich mit Wangenküsschen, Honoré wurde hinter den Ohren gekrault, und noch ehe Aimée ihre beutelähnliche hellbraune Ledertasche abgelegt und sich gesetzt hatte, war auch schon die junge Bedienung wieder zur Stelle, um nach den Wünschen von Monsieur und Madame zu fragen. Aimée bestellte einen Café au Lait, Rapp einen Cappuccino.

»Sie kommen vom Unterlinden, Aimée?«, fragte er sie. Das Museum barg unter anderem den weltberühmten Isenheimer Altar von Grünewald. »Sind Sie neuerdings auch für Kultur zuständig?«

Sie lachte. »Nein. Ich war bei meiner Friseurin. Ihr Friseurladen ist schräg gegenüber dem Museum. Auch eine Künstlerin.«

»Wie man sieht.«

»Merci bien, Monsieur Charmeur.«

»Die reine Wahrheit«, versicherte er.

»Und Sie, Jean Paul? Zeigen dem Hund mal wieder, was Stadtleben heißt?« Sie warf schmunzelnd einen Blick auf Honoré, der die Schnauze auf seinen Vorderpfoten abgelegt hatte.

»Wenn es nur das wäre.« Rapp zog eine Braue hoch. »Der Anlass war ein Besuch bei meiner geschiedenen Frau. Alors …« Er winkte ab, um zu signalisieren, dass ihm nicht der Sinn danach stand, darüber zu reden.

Die Getränke kamen und dampften in ihren Tassen. Sie nahmen einen Schluck. Aimée stellte ihre Schale Milchkaffee ab und legte ihr Handy auf den Tisch. »Jean Paul, ich habe leider nicht sehr viel Zeit. Deshalb erzähle ich Ihnen nur kurz, was ich von Blanche, meiner Kollegin, erfahren habe. Sie wissen, das Ganze ist streng vertraulich. Und, na ja …« Sie suchte betont seinen Blick. »Une main lave l'autre. Eine Hand wäscht die andere.«

Rapp lachte. »Das versteht sich doch von selbst, Aimée«, versicherte er. »Wir machen es wie immer: Wenn ich etwas herausfinde, erfahren Sie es zuerst.« Es sei denn, es wäre Gefahr im Verzug, dann wäre er natürlich zuerst gegenüber Rimbout in der Pflicht. Aber das war Aimée selbstverständlich klar.

»Bon«, begann sie mit einem konzentrierten Blick, »Blanche ist von ihrer Choucroute-Recherche, die sie vor einigen Monaten gemacht hat – ich erzählte Ihnen ja schon davon –, der Name Wendling aus Pfaffenhoffen noch gut in Erinnerung geblieben. Um genau zu sein, war es vor allem Sandrine Wendling, die Blanche beeindruckt hat.«

»Inwiefern?«

»Für Sandrine ist das Choucroute alsacienne, das von CAB geliefert oder verarbeitet wird, reiner Etikettenschwindel. Wo Elsass draufstehe, sei nur zum Teil Elsass drin. Wenn überhaupt.«

»Nicht ganz abwegig, oder?«

»Nein. CAB bezieht den Weißkohl ja in Wahrheit aus halb Europa, vor allem aus Norddeutschland. Alles in Riesenmengen natürlich, Zigtausende Tonnen, sonst wird es unwirtschaftlich für den Konzern. Elsässisch am CAB-Choucroute sind dann unter Umständen nur noch der Standort der Fabrik und die Verpackung. Sandrine Wendling will – oder wollte bis zu ihrem Unfall – dafür sorgen, dass in Zukunft nur noch der traditionelle, im Elsass gezüchtete, hier gewachsene und auch vor Ort zu Sauerkraut verarbeitete Weißkohl als das einzig wahre Choucroute alsacienne bezeichnet werden darf.«

»Klingt nach einer echten Kampfansage gegenüber CAB vonseiten der Wendlings. Vor allem von Sandrine.«

»Allerdings.« Aimée nahm einen großen Schluck von ihrem Milchkaffee und verschluckte sich ein wenig. »Wenn ...« Sie hustete. »Pardon. Wenn CAB tatsächlich in irgendeiner Weise hinter dem Mord an Laurent Wendling stecken sollte –«

»Was wir nicht wissen, Sie und ich, Aimée«, rief Rapp in Erinnerung.

»Schon. Aber falls doch – dann hätten der Konzern oder bestimmte Kriminelle, die das dreckige Geschäft für ihn besorgen, in jedem Fall ein Interesse daran haben müssen, *beide* Wendlings aus dem Weg zu räumen. Vor allem Sandrine. Daher dürften sie heute nicht sonderlich traurig über die Ereignisse am Forêt de Pfaffenhoffen sein, wenn sie ehrlich wären.«

Nur würden sie es natürlich niemals offen sagen, dachte Rapp. Und genau deshalb war es an der Zeit, diesem dubiosen Konzern einmal den Puls zu fühlen.

Aimée tippte mit dem Finger auf ihr Handy und las die

Uhrzeit vom Display ab. »Blanche hat mir noch etwas anderes berichtet«, fuhr sie danach fort. »Journalistisch nur leider nicht verwendbar, weil ohne Beweise, daher zu nah an der Gerüchteküche.«

»Ich liebe Gerüchte.« Rapp sah sie gespannt an.

»Sandrine hat Blanche einige makabre Scherze geschildert, die man ihnen, also den Wendlings, gespielt hätte. Am Rande ihrer Weißkohlfelder in Pfaffenhoffen, nahe dem Forêt, das heißt nahe dem späteren Tatort, fanden sich im letzten Jahr häufig Kohlköpfe, die wie Kürbisse zu Halloween bearbeitet worden waren.«

»Sie meinen, sie haben ausgesehen wie Totenköpfe?«

»Genau. Manchmal steckten auch noch sehr malerisch lange Messer darin oder Hackbeile, wie sie die Metzger verwenden. – Also, ich könnte darüber nicht lachen. Und Sandrine Wendling hat es auch nicht getan.«

»Hört sich nach einer ernst gemeinten Drohung an. Haben die Wendlings die Polizei benachrichtigt?«

»Nein, erstaunlicherweise nicht, sagt Blanche. Die Wendlings hätten stattdessen beschlossen, die Vorfälle zu ignorieren und so zu tun, als handelte es sich wirklich um Halloweenscherze.«

»Nur ohne Halloween und ohne Scherz«, fügte Rapp trocken hinzu.

»Die Wendlings vermuteten CAB-Leute dahinter, direkt aus dem Konzern oder gekaufte Kleinganoven. Aber sie wollten sich dadurch nicht einschüchtern lassen. Vielleicht hatten sie auch Angst, sich lächerlich zu machen, wenn sie das Kohlkopf-Halloween angezeigt hätten. Sandrine schien daraus aber den Schluss gezogen zu haben, dass sie nun ihrerseits auf Angriff schalten müssten. Das heißt: Frontalangriff auf CAB und die mit dem Konzern zusammenarbeitenden Bauern im Elsass.«

»La vraie Choucroute alsacienne. Das wahre Elsässer Sürkrüt.«

»Ja. Das Prädikat sollte *ihre* Waffe sein.«

Aimée hatte zuletzt ihr Handy nicht mehr aus dem Blick

gelassen, und jetzt klingelte es. Rapp erhaschte den Namen Pierre im Display.

»Pardon, Jean Paul, ich muss rangehen.«

Rapp signalisierte ihr mit einer kleinen Geste, dass sie sich seinetwegen keinen Zwang antun müsse. Sie stand auf, machte ein paar Schritte zur Straße hin und schien recht lebhaft mit ihrem Ex zu reden.

Rapp dachte derweil über das nach, was er soeben von Aimée erfahren hatte. Wenn auch nur die Hälfte davon stimmte, was Sandrine Wendling vermutet und Blanche kolportiert hatte, dann schreckte der CAB-Konzern vor kaum einer schmutzigen Methode zurück, um seine neuen Marktkonkurrenten einzuschüchtern. Dazu passte auch der Versuch, den Kooperationspartner der Wendlings, die junge Epona-Initiative, mittels gezielt gestreuter Gerüchte über deren angeblichen Handel mit berauschenden Pilzen zu verunglimpfen, wie er von Sylvie wusste.

Aber die Frage stellte sich: Wäre CAB am Ende so weit gegangen, deshalb auch einen Mord zu begehen? Und einen zweiten zu versuchen? Nicht geplant vielleicht, nicht von Anfang an, sondern als Resultat einer am Tatort endgültig eskalierten Gewaltspirale? Nachdem sich die neuen, unkonventionellen Konkurrenten durch makabre Scherze nicht mal im Ansatz hatten einschüchtern lassen? Und dann sogar mittels Imagekampagne zum Gegenangriff übergegangen waren?

Aus dem Augenwinkel bemerkte Rapp, dass Aimée ihr Gespräch beendete und nun zurück an den Tisch kam.

Sie sah eher verstört denn beglückt aus, als sie sich wieder setzte.

»Réunion?«

»Ja. Pierre.« Sie atmete durch. »Er sagt, die Bewerbungsfrist für den Job bei seiner Zeitung dort unten läuft ab.« Sie biss sich auf die Unterlippe.

»Sie sind immer noch unentschlossen?«

»Ich brauche etwas Zeit. Habe Pierre gebeten, der Chefetage vorsorglich mein Interesse mitzuteilen. Die Unterlagen kämen dann in den nächsten Tagen. Mist! Das kommt alles zu schnell für mich.« Sie unterstützte den Fluch mit einer Art Kopfnuss ins Leere. Was selbst den tiefenentspannten Honoré veranlasste, die Schnauze anzuheben und besorgt zu ihr aufzuschauen.

»Pardon, Chéri«, entschuldigte sie sich bei dem Hund und tätschelte ihm rasch die Stirn. Dann steckte sie ihr Handy zurück in den großen Lederbeutel, den sie auf dem freien Stuhl neben sich abgelegt hatte, und nahm ihr Portemonnaie heraus. »Mein nächster Termin wartet leider schon, Jean Paul.« Sie stand auf, um zu bezahlen.

»Sie sind eingeladen, Aimée.«

»Merci. Ich revanchiere mich. Wir hören voneinander?«

»Bien sûr, Aimée.«

»Au revoir, ihr beiden«, winkte sie auch Honoré zum Abschied und eilte dann mit schnellen Schritten über die Straße und auf der anderen Seite über die Place de l'Ancienne Douane davon.

Rapp zog nun selbst sein Telefon aus der Jackettinnentasche. Er hatte es während des Gesprächs stumm geschaltet und bemerkte jetzt zwei Anrufversuche von Rimbout.

Das wunderte ihn nun doch. Rimbout hatte zuletzt keinen gesteigerten Hilfebedarf Rapp gegenüber erkennen lassen. Warum sollte sich daran etwas geändert haben?

Neugierig war Rapp dennoch, und er rief Rimbouts Nummer in der Dienststelle Rouffach an.

Keine zwei Sekunden später nahm Rimbout ab. »Jean Paul! Gut, dass du zurückrufst.« Seine Stimme hörte sich gehetzt an.

»Gibt es etwas Besonderes?«

»Hör mal, können wir uns irgendwo treffen, Jean Paul? Ich kann dir am Telefon im Augenblick nicht … Sulzer sitzt gegenüber, du verstehst.« George Sulzer, sein Kriminalassistent. Rimbout senkte die Stimme noch mehr: »Was hältst du vom Café Faust, hier um die Ecke?«

»In Ordnung, François. Ich bin aber momentan noch in

Colmar. Sagen wir, in circa einer Stunde im Faust?« Das würde er schaffen, ohne zu hetzen.

»Très bien. Merci, Jean Paul. Bin dir wirklich dankbar.«

»De rien.« Er hatte ohnehin mit Rimbout über den Fall sprechen wollen.

Rapp legte das Geld für Cappuccino und Milchkaffee in das Schälchen mit dem Kassenbon, warf ein kleines Trinkgeld dazu und ging dann mit Honoré zurück zum Wagen in der Rue des Écoles.

Die Straße war jetzt deutlich belebter als zuvor, wie normalerweise die ganze Innenstadt um diese Zeit. Von Isabelles Franck war zum Glück nichts zu sehen. Er blickte zu ihrer Wohnung hoch. Auch hinter den Fenstern war kein Schatten zu erkennen, der die Straße beobachtete. Für den Fall, dass sich die Mafia einfallen ließe, zurückzukehren.

Rapp schnallte Honoré auf seinem Platz hinten im Wagen fest, setzte sich hinters Steuer und fuhr los.

ACHT

Das Café Faust lag im Schatten von Notre-Dame de l'Assomption, Rouffachs mächtiger Pfarrkirche, deren älteste Bauabschnitte gut eintausend Jahre alt waren. Nur zwei, drei Steinwürfe entfernt, am anderen Ende der Place de la République, befand sich in dem Gebäude der alten Kornhalle Rapps frühere Dienststelle, die jetzt von Rimbout geleitet wurde. Das ehemalige Kornhaus mit seinem markanten Stufengiebel und der hohen doppelseitigen Treppe an der Kopfseite war Teil des Gebäudeensembles rund um den mittelalterlichen Marktplatz. Zu dem selbst für das Elsass einmaligen Stadtbild gehörten außerdem die Zwillingsgebäude des Alten Rathauses mit den geschweiften Giebeln und der von einem Storchenpaar besetzte Hexenturm, der zugleich Teil der historischen Stadtbefestigung war. Dass sich das Kriminalkommissariat in Sichtweite des Tour des Sorcières befand, ergab Sinn, denn im Hexenturm waren in früheren Zeiten auch die Verbrecher gefangen gehalten worden.

Rapp parkte seinen Charleston unter den Ulmen vor der kleinen Sparkassenfiliale, die sich neben dem Faust befand. Als er den Motor ausschaltete, dachte er über das seltsame Rasseln nach, das er während der Fahrt von Colmar hierher wieder meinte gehört zu haben. Es wurde dringend Zeit, Güschti einen Blick unter die Haube werfen zu lassen, ehe ihm der gute alte Charleston unterwegs plötzlich verreckte.

Er ging mit Honoré die paar Schritte hinüber zum Faust. Es kam ihm beinahe vor wie ein Déjà-vu. Er hatte eben erst in Colmar ein Café verlassen, um nun hier schon wieder eines anzusteuern.

Doch im Unterschied zu Aimée vorhin war Rimbout schon da, als Rapp die Caféterrasse des Faust erreichte. Und sein früherer Assistent wirkte nicht beschwingt und dynamisch wie Aimée – die auch nicht ohne Sorgen war –, sondern pessimistisch und verzagt, als Rapp ihn mit Handschlag begrüßte. Nicht einmal Honoré konnte Rimbout wie sonst ein Lächeln ins blasse Gesicht zaubern.

Rapp setzte sich an den kleinen runden Tisch und sah ihn prüfend an:»Was ist los, François?«

Rimbout öffnete bereits den Mund, um zu antworten, als die Bedienung aus dem Inneren des Lokals kam, um sie zu begrüßen.

Es war Thérèse aus Pfaffenhoffen, Witwe und alleinerziehende Mutter von vier Kindern. Rapp und sie kannten sich seit vielen Jahren. Seitdem ihre älteste Tochter im teuren Strasbourg zu studieren begonnen hatte, arbeitete Thérèse sowohl im Klosterrestaurant Kastelberg oberhalb von Pfaffenhoffen als auch, an ihren eigentlich freien Tagen, im Faust im Zentrum von Rouffach.

Rapp und sie küssten sich auf die Wangen, Honoré erhielt von Thérèse ein herzliches Rubbeln über seinen Kopf, Rimbout ein knappes Kopfnicken zur Begrüßung, doch er schaute kaum auf.

Rapp tauschte einen ratlosen Blick mit Thérèse und bestellte einen Apfelcidre, Rimbout entschied sich für einen Café américain.

Thérèse verschwand mit der Bestellung, und Rapp wiederholte seine Frage:»Alors, François, was quält dich?« Man sah ihm den Frust an, sein zerfurchtes Gesicht sprach Bände.

Rimbout, ein großer, schlaksiger Mann Ende vierzig, fuhr sich mit einer Hand über die Halbglatze und kniff die Brauen noch mehr zusammen als ohnehin schon.»Ich … Alors, ich möchte dich um einen Gefallen bitten, Jean Paul. Das heißt genau genommen nicht einmal dich in Person, sondern −«

»Nicht mich in Person?«, unterbrach ihn Rapp und suchte seinen Blick.»Was zum Teufel redest du da, François?«

Rimbout schenkte Rapp einen Dackelblick aus den blassblauen Augen.»Du kennst doch diese Journalistin beim Courant Alsacien, stimmt's?«

»Du meinst Aimée Polignac. Ich habe sie sogar vorhin noch

getroffen. Rein privat.« Dass sie auch über den Fall Wendling gesprochen hatten, behielt Rapp vorsichtshalber noch für sich.

»Warum fragst du?«

Rimbout warf seinen Kopf ärgerlich zur Seite. »Hach, es ist da etwas passiert, was … Nun ja …«

»Du meinst den Mord an Wendling?«

»Wie?« Rimbout sah ihn verwirrt an. »Nein, nein, das meine ich nicht«, sagte er geradezu unwirsch.

»Was dann? Herrgott, François, du gebärdest dich wie ein Augenzeuge, dem man alles aus der Nase ziehen muss.«

»Ich dachte nur, diese Journalistin vom Courant …«

»Aimée Polignac, ja.«

»Ich dachte, das heißt, ich frage mich, ob sie womöglich zuständig ist für die lokale Berichterstattung, du verstehst.«

»Nein, François, ich verstehe noch immer kein Wort.« Rapp verschränkte die Arme vor der Brust. »Worauf willst du hinaus?«

Thérèse kam und brachte die Getränke und für Honoré eine Metallschale mit frischem Wasser.

Rapp bedankte sich mit einem Lächeln, dann eilte sie zum nächsten Tisch. Rimbout dagegen rang noch immer um die richtigen Worte.

»Ich dachte …«, setzte er vorsichtig neu an, »also, ich dachte, wenn diese Polignac, die Journalistin, für Lokales zuständig ist oder wäre, dann könnte sie eventuell hilfreich sein.«

»Aimée ist Reporterin. Sie macht aber nicht die tägliche Berichterstattung aus der Region, falls du das meinst.« Rapp schnaufte durch die Nase, er hielt es nicht mehr aus. »Worum zum Teufel geht es dir eigentlich, François? Raus damit!«

Ein Anranzer wie für einen Schuljungen, doch er wirkte. Rimbout schien sich einen Ruck zu geben. »Heute früh stand etwas in der Presse, im Lokalteil, du hast es vielleicht auch gelesen. Jugendliche sind in Winzenheim dabei erwischt worden, wie sie Schlingerlinien auf einer kleinen Straße am Ortsrand fuhren.«

»In bekifftem Zustand, ja, ich hab davon gelesen.« Rapp schmunzelte. »Am Ende ist nichts Schlimmes passiert. Wieso ist das so wichtig?«

Er beobachtete, wie ein roter Schatten über Rimbouts bleiche Gesichtszüge huschte.

Und auf einmal wurde ihm schlagartig alles klar. »Nein, oder? Diese Jugendlichen in Winzenheim, das war kein Liebespärchen oder so – das waren deine beiden, die Zwillinge! Richtig?«

»Jeanne und Richard, leider, ja.« Rimbout stieß einen schweren Seufzer aus. »Die zwei scheinen es darauf anzulegen, ihren Vater weiter in Verruf zu bringen. Erst stehlen sie kistenweise Sekt, und nun fahren sie nicht nur illegal Auto, sondern rauchen vorher auch noch Marihuana.«

Rapp konnte ein kleines Auflachen nicht verhindern. Er hatte das spontane Bedürfnis, die Geschwister in Schutz zu nehmen. »Erstens ist der Sektklau schon ein ganzes Jahr her, mein Lieber«, rief er dem geknickten Zwillingsvater ins Gedächtnis. »Und es war außerdem nur eine einzige Kiste. Kaum jemand erinnert sich noch daran. Und zweitens war dieses Mal sehr wahrscheinlich das Kiffen schuld daran, dass sie überhaupt auf die Idee gekommen sind, mit einem alten Auto herumzueiern. War es nicht eine Dyane, noch mit Kurbelantrieb? Ich selbst hätte nicht widerstehen können, das Auto zu fahren!«

»Es war die Dyane von Bernadette, ihrer Tante«, erklärte Rimbout. »Die alte Blechkiste steht seit Jahren in Bernadettes Garage. Ist im Prinzip fahrtüchtig, wenn auch nicht mehr zugelassen. Bernadette sagt, sie hätte den Kindern am Samstag beigebracht, wie man das Auto startet und fährt. Übungsstunden auf dem freien Feld hinter ihrem Haus. Dass so ihr Unterhaltungsprogramm für die Zwillinge aussehen würde, davon hatte sie uns, Marianne und mir, vorher leider nichts gesagt. Aber am Sonntagnachmittag haben sich die beiden, während Bernadette ein Nickerchen gemacht hat, das Auto noch mal *ausgeliehen*.« Er setzte das Wort mit den Fingern in

Anführungszeichen. »Sie hätten es nur mal auf einer richtigen Straße ausprobieren wollen. Leider wurden sie auf dem Weg dahin von Spaziergängern beobachtet.«

»Wegen der Schlingerlinien?«

»Voilà. Noch ehe sie das Feld erreicht hatten, waren die Kollegen von der Gendarmerie zur Stelle.«

»Und das Gras? Das Marihuana?«

»Hatten sie aus dem Vorrat ihrer Tante, wie es scheint. Bernadette hatte sich vor dem Nickerchen anscheinend selbst eine Portion gegönnt ... Wie soll ich sagen? Meine Schwägerin lehnt zwar Alkohol vehement ab ...«

»Aber nicht das Kiffen?«

»Sie sagt, es gehöre zu ihrer Lebensart. Zudem sei Marihuana inzwischen sogar als Medikament zugelassen. Nur dass sie ihres nicht aus der Apotheke bezieht, sondern aus eigenem Anbau, wie ich vermute.«

Rapp musste wieder lachen. »Deine Schwägerin scheint die Gesetzeslage jedenfalls nicht sehr streng auszulegen.«

»Ah, Bernadette!« Rimbout kippte jetzt seinen Café, der inzwischen schon nicht mehr dampfte, hinunter wie Wasser. »Ich habe schon den schlimmsten Streit ihretwegen. Marianne nimmt ihre Schwester grundsätzlich in Schutz. Und lässt sich sogar Bernadettes Meinung aufschwatzen!«

»Meinung worüber?«

»Über die Erziehung von Jeanne und Richard. Dass wir – und damit meint Bernadette natürlich vor allem mich –, dass wir unsere Zwillinge zu streng erziehen würden. Verbote führten dazu, dass sich die Kinder das Verbotene nur umso mehr wünschten.« Rimbouts Unterlippe zitterte vor Empörung. »Sollen wir den Kindern das Kiffen etwa erlauben? Ihnen vielleicht das Kraut noch besorgen, als Medizin quasi, nur leider illegal, weil beim lokalen Dealer erworben, sprich ihrer lieben Tante Bernadette?«

Rapp machte eine beschwichtigende Geste mit den Händen. »Denk an dein Herz, mein Lieber.«

»Ich *habe* ein Herz, Jean Paul! Aber nicht für verrückte

Schwägerinnen wie Bernadette, die meine Kinder zum Drogenkonsum verführen.«

Rapp nahm noch einen Schluck Cidre. »Ich verstehe nur nicht, François, was das alles mit Aimée Polignac zu tun haben soll.«

Rimbout sah ihn verlegen an. »Noch ist nicht bekannt, dass es *meine* Zwillinge sind, die sich die Sache in Winzenheim haben zuschulden kommen lassen. Und ich wäre der Zeitung äußerst dankbar, wenn sie es in dem Punkt dabei belassen würde. Statt womöglich noch herauszustellen, dass es einmal mehr die Kinder von Commissaire Rimbout aus Thann waren, die über die Stränge schlugen.«

Rapp kräuselte die Stirn. »Du täuschst dich, François, und das gleich doppelt. Erstens ist Aimée nicht für die Berichterstattung über diese Sache zuständig, du erkennst es leicht an dem Kürzel am Ende des Artikels, das nicht von ihr stammt. Und zweitens, selbst wenn sie zuständig *wäre*, würde sie sich von nichts und niemandem davon abhalten lassen, über die Hintergründe zu berichten, falls sie ihr wichtig erschienen. Sie ist eine unabhängige Journalistin, François, nur ihrem Gewissen verpflichtet, darauf gebe ich dir Brief und Siegel.«

Und ich, dachte Rapp, wäre der Letzte, der versuchen würde, daran etwas zu ändern.

Rimbout hob eine Hand wie zur Entschuldigung. »Schon gut. Botschaft angekommen. Ich dachte ja auch nur, falls ... Na, du weißt schon.« Er stierte in seine leere Tasse.

»Wie geht es denn jetzt weiter?«, wollte Rapp wissen.

Rimbout zuckte die Achseln. »Die dumme Sache wird natürlich untersucht. Marianne und ich werden sicher bald Besuch vom Jugendamt bekommen. Selber schuld, sagt Bernadette. Meine reizende Schwägerin findet doch tatsächlich, ein autoritärer Vater wie ich würde den Freiheitsdrang der Kinder zwangsläufig provozieren. – Ich und autoritär? Die Kinder dürfen von mir aus Musik hören, chatten und Freunde treffen, wie sie lustig sind. Aber bei Drogen hört für mich der Spaß auf. Bernadette weiß das. Dabei war *sie* es, deren Gras die Kinder geraucht haben! Und im seligen Rausch hat sie sogar verpennt, dass die zwei mit ihrer alten Dyane durch die Gegend gejuckelt sind!« Rimbouts Gesicht nahm einen erbitterten Ausdruck an.

»Es wird gut ausgehen mit den beiden, du wirst sehen, François«, versuchte Rapp ihn aufzumuntern. »Sei froh, dass kein Unfall passiert ist. Denk nur an den Fall Wendling.«

»Was meinst du?«

Rapp entschloss sich, das Thema ganz offen – und offensiv anzusprechen: »Nun, die Familie hat doch gleich doppeltes Unglück getroffen, ein Mord und ein Unfall. Wie auch immer die zusammenhängen mögen. Aber dass der alte Schàngi den Anlass für den Zwist der jungen Wendlings hergegeben haben soll, wie du annimmst, glaube ich jetzt noch weniger als vorher.«

»Nicht?« Rimbout musterte Rapp mit plötzlichem Misstrauen.

»Nein. Ich habe inzwischen mit Schàngi gesprochen«, sagte Rapp. »Anlässlich eines Kondolenzbesuchs.«

»Verstehe.« Rimbout ließ ihn nicht aus den Augen.

»Schàngi sagt, er habe nicht nur nichts gegen das neue Choucroute-Projekt seines Sohns und seiner Schwiegertochter einzuwenden gehabt. Sondern habe es im Gegenteil *unterstützt*.«

»Ach, sagt er das?«

»Ja.« Und wenn er in der Vernehmung unmittelbar nach dem Mord an seinem Sohn dazu in der Lage gewesen wäre, derartige Hintergründe zu berichten, dann hätte er dir das auch selbst bestätigt, dachte Rapp. »Schàngi machte sich eher Sorgen wegen der mächtigen Konkurrenz durch CAB, einen Saatgutkonzern, der die Choucroute-Produktion im Elsass weitgehend unter der Fuchtel hat. Bisher jedenfalls.«

»Aber wenn der alte Wendling sich wegen dieses Projekts der Jungen Sorgen machte, wie du selbst sagst, dann bedeutet das doch nichts anderes, als dass er *gegen* das Projekt war!«, insistierte Rimbout.

»Nein, François. Schàngi ist eben Realist. Er hat die Schwierigkeiten gesehen, das Projekt umzusetzen. Aber er war dafür, es dennoch anzupacken. Die Elsässer Traditionen, der alte Elsässer Landbau, das lag dem alten Schàngi schon immer am Herzen. Im kleinen Maßstab hat er all die Jahre auf seinem Hof ja auch so gearbeitet. Gegen das Projekt sprach allein die mächtige Konkurrenz durch den Riesen CAB. Schàngis Schwiegertochter wollte anscheinend aus genau diesem Grund eine schärfere Gangart gegenüber dem Konzern fahren.« Rimbout nickte nachdrücklich. »Eben. Der Schàngi mag für die alten Traditionen stehen. Aber sicher nicht für den schärferen Ton, den seine Schwiegertochter offenbar anschlagen wollte, wie du sagst. Hier liegt doch der Hase im Pfeffer, Jean Paul: Sandrine Wendling fordert von ihrem Mann die rückhaltlose, vielleicht sogar rück*sichts*lose Unterstützung für die neuen Methoden. Bekommt sie aber nicht wie erhofft. Vielleicht sogar aufgrund Laurents eigener Bedenken, unabhängig vom Alten. Der Frust steigert sich, und voilà hast du die Krise zwischen dem Paar, die jedenfalls von unseren Zeugen im bäuerlichen Umfeld der Wendlings beobachtet wurde. Am geplanten Bauplatz für die Manufaktur eskaliert dann der Streit zwischen den beiden. Sandrine verliert die Kontrolle, erschlägt Laurent – im Affekt, das lasse ich gelten –, will vom Tatort fliehen und baut einen Unfall. Das alles macht Sinn von Anfang bis Ende.«

»Kommt aber nicht ohne deine Vorannahmen aus«, wandte Rapp ein. »Und das Wichtigste: Dir fehlen die Beweise, François. Wo ist zum Beispiel der Stein, mit dem Sandrine ihren Mann deiner Meinung nach erschlagen hat? Wir sprachen ja schon darüber. *Das* wäre ein Beweisstück. In einem Indizienprozess gegen Sandrine Wendling würde das Tatwerkzeug eine Hauptrolle spielen. Je länger es dauert, bis ihr den Feldstein gefunden habt, desto geringer die Chance, dass noch Spuren von Sandrines DNA und Laurents Blut daran haften. Das weißt du.«

»Bien sûr. Aber es kommt vor, dass ein Tatwerkzeug nie gefunden wird, wie *du* vielleicht noch weißt«, entgegnete Rimbout spitz.

Rapp sah ihm forschend ins Gesicht. In ihm stieg auf einmal die Ahnung auf, dass sein alter Freund Rimbout womöglich darauf spekulierte, dass der Prozess gegen die beschuldigte Sandrine Wendling nie stattfinden würde. Weil sie vielleicht niemals mehr aus ihrem Koma erwachte. So konnte die Mordakte Wendling zwar nicht geschlossen, der Fall aber dennoch als abgeschlossen betrachtet werden. Sofern nicht neue Aspekte auftauchten, die Sandrine entlasteten.

Rapp entschloss sich, mit Rimbout im Augenblick nicht weiter über den Fall zu reden. Seit dem aufregenden Wochenende, das ihm die Zwillinge (und Schwägerin Bernadette) beschert hatten, war er gedanklich und nervlich ganz offensichtlich mit seinen eigenen, höchst privaten Problemen beschäftigt.

Wie zum Beleg dafür sah Rimbout plötzlich erschrocken auf seine Armbanduhr. »Ach herrje, ich bin ja in einer halben Stunde mit dem Klassenlehrer der Zwillinge in Thann verabredet. Marianne wird auch dort sein. Der Lehrer will, dass wir beide anwesend sind.«

»Thann liegt um die Ecke, François«, versuchte Rapp ihn zu beruhigen.

Vergeblich. Rimbout nestelte sein Portemonnaie aus der Manteltasche, legte einen Zwanzig-Euro-Schein auf den Tisch und bestand darauf, Rapp einzuladen.

»Merci. Aber das ist zu viel Geld, François«, protestierte er.

Doch Rimbout verabschiedete sich bereits hastig und dampfte über den Platz davon, als hinge sein Leben davon ab. Was nun wirklich übertrieben war. Es betraf schlimmstenfalls sein Eheleben.

Als Thérèse nach einer Weile wieder neben Rapps Tisch auftauchte, kniff sie halb belustigt, halb besorgt die Brauen zusammen und sah ihn fragend an. »Was war denn mit deinem alten Kumpel los?« Sie hatte Rimbout schon früher häufig mit Rapp zusammen gesehen, wenn sie nach Feierabend noch auf ein Glas im Restaurant de Kastelberg vorbeigeschaut hatten.

»Die liebe Familie«, erwiderte Rapp vieldeutig und schob ihr Rimbouts Geldschein über den Tisch. Als sie ihm das Wechselgeld zurückgeben wollte, lehnte er ab. »Mit einem schönen Gruß von François an dich, Thérèse.«

»Oh, là, là! Der Commissaire sollte öfter in verwirrtem Zustand herkommen.«

Sie lachten gemeinsam über Rimbouts unverhoffte Großzügigkeit. Sein Trinkgeld fiel gewöhnlich eher dürftig aus.

Rapp blieb nach dem Bezahlen noch einen Augenblick am Tisch sitzen und rief auf seinem Handy die Adresse des Firmensitzes von CAB auf. Der befand sich, wie er feststellte, in der Avenue des Vosges in Strasbourg-Neustadt.

Sylvie hatte zwar gesagt, der Name des Pressemanns, der sich damals bemüht hatte, Epona das Feld zu verbrennen, tue nichts zur Sache oder so ähnlich. Doch genau dieser Mann interessierte ihn jetzt. Vielleicht, musste er sich eingestehen, suchte er auch nur einen Anlass, um ihre Stimme zu hören.

»Jean Paul!«, flötete sie zu seiner Überraschung hocherfreut ins Telefon. »Ich wollte dich auch schon anrufen. Bin nur leider auf der Arbeit. Und wie das so geht, es kommt immer etwas dazwischen.«

»Ah ja? Was wolltest du denn von mir?« In jedem Fall klang der Auftakt verheißungsvoll.

»Du zuerst«, lachte sie. »Hast schließlich mich angerufen.«

»Bon. Ich habe mich entschlossen, heute nach Strasbourg zu fahren. Um mir die CAB-Zentrale einmal anzusehen. Und vielleicht kann ich bei der Gelegenheit der Gerüchteschleuder von CAB auf den Zahn fühlen, dem PR-Mann, mit dem du damals gesprochen hast. Aber dazu bräuchte ich seinen Namen. Ich hatte vorhin das Vergnügen, mit Rimbout über den Fall zu sprechen. Mein Gefühl sagt mir leider, dass er auf dem Holzweg ist und sich für alternative Spuren nicht interessiert.«

»Das sagt dir dein Gefühl jedes Mal, Jean Paul.«

»Und jedes Mal hatte ich recht, non?«

Sie lachte. »Der Name des PR-Manns, lass mich mal überlegen … Irgendwas mit Rouge. Rougemort, glaube ich. Quatsch, nein, Rougemont heißt er. Ja, ich bin mir ziemlich sicher. Den Vornamen habe ich vergessen, vielleicht hat er ihn auch gar nicht genannt.«

»Rougemont, très bien. Ich werde den Herrn schon auftreiben.«

»Aber sieh dich vor.«

»Wie meinst du das?«

»Der Mann sieht aus wie ein Preisboxer.«

»Ich etwa nicht?«

Sie lachte wieder.

Er zögerte kurz: »Jetzt du, Sylvie!«

»Pardon?«

»Du sagtest, du hättest mich auch schon anrufen wollen.«

»Ach, das hat sich jetzt erledigt.«

»Verstehe ich nicht.« Wollte sie ihn auf den Arm nehmen?

»Du willst doch heute nach Strasbourg fahren.«

»Ja. Und?«

»Ich hatte dich ursprünglich für heute Abend zum Essen einladen wollen. Zu mir nach Hause. Dein neuer Fall ... sozusagen ... hat mich auch kulinarisch angeregt: Ich möchte einmal Choucroute ausprobieren.«

»Choucroute ist immer eine gute Idee, Sylvie! Ich komme gerne heute Abend«, beteuerte er rasch. »Die Wurst überlasse ich dann Honoré, wenn's erlaubt ist.«

»Die Wurst ist aus Tofu. Ich will es mal vegetarisch versuchen, das Elsässer Original ist mir zu viel Fleisch und Wurst.«

Choucroute garnie war in der Tat nicht für jeden Magen geeignet, auch Rapp vertrug das Gericht nur einmal im Jahr. Rimbout aß es dagegen regelmäßig, er war überhaupt ein großer Esser, schien einen Pferdemagen zu haben, vertrug alles und wurde nicht mal dick.

»Aber mal im Ernst, Jean Paul, ist dir das nicht zu hektisch? Du wirst doch sicher erst gegen Abend aus Strasbourg zurück sein, wenn du noch diesen Rougemort, nein, Rougemont, auftreiben willst.«

»Rougemont wird nicht viel Zeit in Anspruch nehmen,

Sylvie.« Hoffte er zumindest. »Wenn der Mann nicht in der CAB-Zentrale anzutreffen ist, schnappe ich mir jemand anderen. Ich will mir vor allem einen Eindruck von der Dépendance in Strasbourg verschaffen. Vielleicht springen ein paar Informationen dabei heraus, die nicht unbedingt für die Öffentlichkeit bestimmt sind, aber aufschlussreich für den Fall. – Für Rimbout, meine ich.«

»Wie selbstlos von dir.« Er hörte sie amüsiert lachen. »Sylvie, ich kann das alles natürlich auch noch morgen oder an einem anderen Tag erledigen.« Wenn es die Gelegenheit zu einem neuen Rendezvous mit ihr verdarb, war es die Fahrt nach Strasbourg am heutigen Tag nicht wert.

Doch sie wehrte energisch ab. »Kommt gar nicht in Frage, mein Lieber, dass du Strasbourg verschiebst.« Sie senkte die Stimme. »Du bist nicht der Einzige hier, der wissen will, was CAB für Dreck am Stecken hat. Passt mir außerdem ganz gut, wenn wir etwas später essen.«

»Wieso? Kommt noch jemand dazu?« Er hielt die Luft an.

»Nein, niemand, du musst schon mit mir vorliebnehmen. Aber ich muss ja noch die Zutaten für das Choucroute besorgen. Was hältst du also von sieben heute Abend? Bringst du einen schönen Blanc mit, gut gekühlt? Den trinken wir als Apéritif, dann kochen wir gemeinsam?«

»Klingt wunderbar, Sylvie. Um sieben also!«

»Super, Jean Paul, ich freu mich.«

»Merci für die Einladung! Bis heute Abend.«

Ein alter Song von Ella Fitzgerald ging ihm durch den Kopf: *What a difference a day makes …* Gestern hätte er es noch für unmöglich gehalten, dass er den Abend mit Sylvie verbringen würde. Und womöglich nicht nur den Abend … *Twenty-four little hours …*

Er warf einen Blick auf Honoré, der neben dem Stuhl erwartungsvoll zu ihm aufblickte, tätschelte ihm die Stirn und schlenderte mit ihm beschwingt zu seinem Wagen vor der Sparkasse.

NEUN

Strasbourg-Neustadt saß wie eine Baskenmütze schräg auf dem Rundkopf der Altstadt. Und die Zentrale von Chimie Agricole Basale befand sich in einem der Gründerzeitgebäude in der Avenue des Vosges, kurz bevor sie in die Avenue d'Alsace überging und weiter im Westen über den Rhein nach Deutschland führte.

Rapp mochte die Neustadt nicht besonders. In seinen Augen eine allzu imperiale Mischung aus dem alten kaiserlichen Berlin und Paris, aus Gründerzeitgeist und Häusern, die aussahen wie Prinzregententorten. Die Deutschen hatten das Viertel nach ihrem Sieg über Frankreich 1871 bauen und hauptsächlich die Strasbourger Bürgerschaft dafür zahlen lassen. Inzwischen war Strasbourg-Neustadt wie schon die Altstadt Weltkulturerbe.

Alors, wem's gefiel.

Es war bereits kurz nach drei an diesem Nachmittag, als er in einem Parkhaus an der Avenue de la Paix den Wagen abstellte und von dort mit Honoré das kurze Stück bis zum CAB-Haus zu Fuß ging. Nach dem Klingeln an dem mächtigen eichenen Eingangsportal sah er sich einer Überprüfung durch einen uniformierten Sicherheitsmann gegenüber.

Nachdem der Metallscanner Entwarnung gegeben hatte, machte ihn der Mann darauf aufmerksam, dass er den Hund nur bis in die Vorhalle in das Gebäude mit hineinnehmen dürfe. Rapp hatte schon Derartiges befürchtet, fand jedoch seinen vermeintlich naiven Auftritt mit Hund eine ganz hübsche Tarnung für seine Zwecke.

Er betrat nun eine Vorhalle, von der aus man zu einer imposanten, mit dickem rotem Sisal belegten Marmortreppe emporschaute. Davor befand sich ein weiterer Sicherheitsmann, der wie betäubt ins Leere stierte. Rapp war sich jedoch sicher, dass der Mann ihn und seinen Hund keine Sekunde aus den

Augen ließ – begünstigt durch die Tatsache, dass sie in seinem vogeligen Geckogesicht weit auseinanderstanden.

In dem Glaskasten rechter Hand saß ein gut genährter Concièrge mittleren Alters in preußisch-blauer Livree, der freundlicherweise die Scheibe zur Seite schob, um Rapp nach seinem Anliegen zu fragen.

»Ich bin Jean Paul Martin, Agrarökonom«, erfand er sich gerade neu. »Ich möchte Monsieur Rougemont von der Presseabteilung sprechen, um von ihm einige Informationen über das Unternehmen zu erhalten. Monsieur Rougemont ist mir von einer Elsässer Kollegin empfohlen worden«, fügte er bekräftigend hinzu.

»Einen Moment bitte, Monsieur.« Der Concièrge griff zum Telefonhörer. »Ja, Bertrand hier. Ein Monsieur Martin möchte Monsieur Rougemont sprechen. – Ah, verstehe.« Er schüttelte den Kopf. »Nein, ich kann ihn nicht hinauflassen, er hat einen Hund dabei. Wie? Ja, einen Hund. Er ist …« Er wandte sich an Rapp. »Was bitte sind Sie noch mal?«

»Agrarö–«

Der Concièrge winkte bereits wieder ab. »Landwirt ist er.« Er horchte auf Antwort und lachte, worüber auch immer. »Bon. Ich frag ihn. Moment.«

Der Concièrge zitierte Rapp mit dem Finger näher zu sich heran. »Monsieur Rougemont ist gleich bei Ihnen. Wollen Sie kurz warten?« Er deutete mit dem Doppelkinn auf eine Reihe brauner Ledersessel vis-à-vis seinem Glaskasten.

»Merci.« Rapp war angenehm überrascht, dass der Pressemann ihm so bereitwillig entgegenkommen wollte, und ging über die kühlen Marmorfliesen zu den Sesseln hinüber. Er hatte schon befürchtet, Honoré am Ende doch wieder zurück zum Auto bringen zu müssen, um mit Rougemont sprechen zu können.

Kurz darauf stiegen zwei Männer in blauen Anzügen und weißen Hemden die breite Treppe herunter. Der eine, etwa Anfang vierzig, war groß, breitschultrig, massig und x-beinig, der andere, gut zehn Jahre jünger, klein und korpulent. Der große wandte sich an den Concièrge, der mit dem Finger auf Rapp deutete. Rapp erhob sich, als die beiden auf ihn zukamen. Der größere der beiden streckte ihm seine kräftige Hand entgegen und setzte eine bedauernde Miene auf. »Bonjour, Monsieur, mein Name ist Rougemont, ich höre, Sie wollen zu mir. Ich bin nur leider sehr in Eile«, sagte er in einem ebenso routinierten wie unpersönlichen Tonfall. Sein kleiner korpulenter Kompagnon grinste dazu mit rot glänzendem Gesicht. »Mögen Sie für heute mit meiner Mitarbeiterin, Madame Haertle, vorliebnehmen, Monsieur? Bon. Für die *wirklich* wichtigen Fragen stehe ich Ihnen dann zu einem späteren Termin gerne zur Verfügung, nicht wahr!« Er stieß ein dröhnendes Lachen hervor. »Kleiner Scherz, Monsieur«, amüsierte er sich. »Wie gesagt, ich habe Madame Haertle bereits angewiesen, Sie glücklich zu machen, haha.« Er streckte Rapp wieder fröhlich seine Flosse entgegen. »Merci beaucoup für Ihr Interesse an CAB, Monsieur. Au revoir.«

»Au revoir«, schob auch Rougemonts kleiner grinsender Kasperl nach, ehe er seinem Grand Chef hinterdreinwieselte, der bereits mit weiten, x-beinigen Schritten zum Ausgang vorausgeeilt war.

Rapp schaute den beiden nachdenklich hinterher. Rougemont, dachte er, war sicher groß und stark genug, um einen Mann mit einem Feldstein in der Faust niederzustrecken und zu töten …

Fünf Minuten später eilte eine hochgewachsene schlanke Frau die Treppe herunter. Sie war etwa in Rapps Alter und trug einen schicken Zweiteiler, der den gleichen grau melierten Ton hatte wie ihr glattes, schulterlanges Haar. Sie tippte mit einem rosa lackierten Fingernagel an ihre randlose Brille und zeigte blitzende weiße Zähne, als sie lächelnd auf Rapp zuschritt und ihm eine schöne, langgliedrige Hand entgegenstreckte. Honoré, der zu seinen Füßen lag, schenkte sie einen kurzen, aber nicht unfreundlichen Blick.

»Bonjour, Monsieur Martin, mein Name ist Madeleine Haertle.« Ihr Händedruck war beinahe so herzlich, als würden sie sich nach langer, langer Zeit endlich wiedersehen. Und nun sonst was miteinander anstellen. »Was kann ich für Sie tun, Monsieur?«

Er sah ihr in die freundlichen graugrünen Augen und erklärte ihr mit gespielter Enttäuschung, dass man ihm ursprünglich Monsieur Rougemont empfohlen habe, der nun leider keine Zeit für ihn habe.

»Alors«, entgegnete sie mit einem sichtlich erzwungenen Lächeln, »Monsieur Rougemont hat mich …« Sie verzog das Gesicht. »Nun, vielleicht möchten Sie ja auch mit mir vorliebnehmen. Was meinen Sie?« Sie legte den hübschen schmalen Kopf ein wenig schief und sah ihn süßsauer an.

»Merci, Madame. Das Angebot nehme ich gerne an.« Irgendetwas zwischen dieser Frau und ihrem Kollegen war im Busch, das roch er.

Er sagte: »Ich habe eben erst erfahren, dass Hunde im Gebäude nicht erlaubt sind. Ohne Ausnahme?« Er deutete mit einer Geste auf Honoré, die besagte, dass von diesem Hund nun wirklich keine Gefahr ausgehe.

Madame Haertle bedauerte, leider keine Ausnahme. Zu Rapps Überraschung bot sie jedoch an, ihm seine Fragen zu CAB auch in einem nahe gelegenen Bistro beantworten zu können. »Wenn Sie anschließend noch Fragen haben, Monsieur, schicke ich Ihnen gerne entsprechendes Infomaterial an Ihre Adresse. Per Mail oder Post, wie Sie möchten.«

Ein ungewöhnlich hundefreundliches Angebot, fand er. Seine Neugier war mehr als angestachelt.

An dem stoisch dreinschauenden Sicherheitsmann vorbei verließen sie das Gebäude. Draußen schien die Sonne, es war warm, mindestens zwanzig Grad, schätzte Rapp, er merkte, dass er durstig war.

Madeleine Haertle deutete auf ein Café, das Stühle und Tische auf das breite Trottoir des Boulevards gestellt hatte, kaum hundert Schritte die Avenue hinunter. »Wenn Sie möchten, gehen wir dorthin«, schlug sie vor und sah ihn etwas neckisch von der Seite an. »Das Haus CAB lädt Sie herzlich ein.«

»Dann will ich das Haus CAB nicht enttäuschen«, antwortete er schmunzelnd.

Gleichzeitig wunderte er sich.

Die Frau hatte bislang nicht ein einziges Mal nach seinem konkreten Anliegen, dem Namen seiner Firma oder einem Auftraggeber gefragt. Was sie vor allem zu motivieren schien, war offenbar, unter Beweis zu stellen, dass sie »Monsieur Martin« ebenso kompetent Auskunft geben könne wie ihr Kollege Rougemont.

Ihm war es recht. Sofern sie auch über diesen Kollegen Auskunft gab.

Sie fanden einen freien Tisch, und Madeleine Haertle schlug zum Café Erdbeerkuchen mit Sahne vor, der hier ganz hervorragend sei.

Die Bedienung kam und nahm die Bestellung auf, und Rapp wurde sich bewusst, dass er heute schon zum dritten Mal in einem Café oder Bistro saß. Öfter als sonst in einer Woche.

Die Pressefrau musterte ihn nun genauer. »Sie sind Landwirt, Monsieur Martin?« Sie schien sich darüber zu wundern. Landwirte suchten normalerweise sicher andere Wege, um sich über die Produktpalette des Konzerns zu informieren. Und sahen wohl auch nicht so aus wie er.

Rapp freute sich, sie über den »Irrtum« aufklären zu können. »Ich bin Agrarökonom, kein Landwirt, Madame. Ich, ähm, plane eine Art Serviceagentur für landwirtschaftliche Produkte im Département Haut-Rhin. Zwischen Mulhouse und Colmar, grob gesagt. Für regionale Interessenten und …« Er dachte kurz nach. »Und Mediatoren.« Was auch immer das sein mochte.

»Ah, eine Art Verbraucherservice, verstehe«, gab sie vor.

»Richtig, Madame.« Schön, dass sie ihm das Stichwort lieferte. »Für den ersten Internetauftritt brauche ich natürlich erstklassige Hintergrundinformationen. Nicht nur, aber auch über CAB, immerhin einer der Big Player in der Region für Saatgut.«

»Nicht nur in der Region, Monsieur Martin! Hat Ihnen Rougemont nicht wenigstens angedeutet, dass CAB weit über das Elsass hinaus, auch in Deutschland, sogar weltweit aktiv ist?«

Ihre Augen bettelten geradezu darum, dass ihr Kollege diese Unterlassungssünde begangen habe.

Rapp tat ihr gern den Gefallen: »Um ehrlich zu sein«, sagte er, indem er die Stimme verschwörerisch senkte, »erschienen mir die Vorabinformationen Ihres Kollegen in der Tat noch etwas ... lückenhaft. Deshalb bin ich heute persönlich hier. Nur leider scheint er es mit vereinbarten Terminen nicht so genau zu nehmen.«

Sie nickte verständnisvoll. Ganz so, als würde sie das nicht im Mindesten überraschen.

»Haben Sie denn«, fragte sie ihn, »eine bestimmte Produktlinie unseres Unternehmens im Auge?«

»Choucroute. Vom Weißkohl bis zur tischfertigen Verarbeitung.«

In der nächsten halben Stunde referierte sie ihm konzentriert und offensichtlich kenntnisreich all die Aktivitäten des Konzerns in Sachen Weißkohl- und Choucroute-Produktion, die er schon kannte. Er aß unterdessen den köstlichen Erdbeerkuchen, trank seinen Kaffee, bat die Bedienung um eine Schale Wasser für den Hund und hörte mit einem Ohr zu.

Schließlich sagte er: »Wenn ich Sie richtig verstehe, Madame Haertle, ist das, was am Ende Ihrer Produktpalette auf dem Teller landet, zwar Choucroute – aber nicht unbedingt Choucroute *alsacienne*, das heißt ein Produkt voll und ganz aus dem Elsass, non?« Es war das Argument, das laut Blanche, Aimées Kollegin beim Courant Alsacien, von Sandrine Wendling gegen CAB und die mit dem Konzern zusammenarbeitenden Bauern ins Feld geführt wurde.

Madeleine Haertle stutzte.

»Ich meine«, setzte Rapp erklärend hinzu, »es gibt meines Wissens im Elsass inzwischen eine Initiative junger Saatgutproduzenten und Bauern, die für sich reklamieren, das ›einzig wahre Elsässer Sauerkraut‹ herzustellen.« Er setzte diese Behauptung mit zwei Fingern in Anführungszeichen, um seine scheinbare Neutralität zu signalisieren.

»Nun, solche ... Initiativen, wie Sie sagen, die gibt es, das, ähm ... das stimmt.« Sie stockte.

Er hatte sie sichtlich auf dem falschen Fuß erwischt. Eine gute Gelegenheit, spürte er, um dem Gespräch eine Richtung zu geben, die ihr vermutlich sympathischer war.

»Sehen Sie, Madame«, fuhr er vertraulich fort, »Ihr Kollege hat im Vorgespräch solche neuen Initiativen eher heruntergespielt.« Er sah sie eindringlich an. »Und über eine Kooperative aus Pfaffenhoffen, die sich alten Elsässer Traditionen verbunden fühlt, hat sich Monsieur Rougemont – ich darf doch frei reden – geradezu abfällig geäußert.«

Sie erwiderte seinen eindeutig missbilligenden Blick mit einem finsteren Ausdruck im Gesicht und schien sich zu fragen, worauf er hinauswollte.

»Aus CAB-Sicht ist das zwar nachvollziehbar«, erläuterte er. »Aber bei den Verbrauchern findet die Rückkehr zu traditioneller und noch dazu ökologischer Landwirtschaft meiner Beobachtung nach zunehmend Anklang. Eine neue Serviceagentur, wie die, die wir planen, muss hier natürlich neutral und objektiv aufklären. Das erwartet die Zielgruppe der Landwirte, die wir natürlich ebenfalls ansprechen wollen. In der zurzeit, wie Sie natürlich wissen, ohnehin ziemliche Aufregung herrscht.« Er senkte seine Augen tief in ihre. »Sie haben gewiss davon gehört, was den Wendlings in Pfaffenhoffen geschehen ist, zwei ausgesprochenen CAB-Kritikern?«

»Selbstverständlich habe ich das. Monsieur Martin, ich würde gern ...« Ihr Gesicht wurde plötzlich krebsrot. Er fürchtete bereits, den Bogen überspannt zu haben. Madeleine Haertle schien mit einem folgenschweren Entschluss zu kämpfen. »Monsieur Martin«, sagte sie nach weiteren Sekunden der Entscheidungsfindung, »mögen Sie einen kleinen Spaziergang mit mir durch die Altstadt machen?« Sie zog fragend die strichschmalen dunklen Brauen hoch.

»D'accord! Sehr gerne«, versicherte er.

Der innere Kampf dieser CAB-Mitarbeiterin mit ihrem Gewissen interessierte ihn ebenso sehr wie ihr *Wissen.* Über den Betrieb. Über ihren dubiosen Kollegen. Der ganz sicher nicht zu den besten Freunden der Madeleine Haertle zählte.

Selbst wenn ich mit ihr noch ein bis zwei Stunden unterwegs sein sollte, überlegte er, habe ich immer noch genügend Zeit, zurück nach Hause zu fahren, mich frisch zu machen und umzuziehen, um mit einer gut gekühlten Flasche Pinot blanc pünktlich um sieben bei Sylvie zu erscheinen. Und als erfrischende Beilage zum Choucroute végane hätte ich womöglich neue Informationen zu den Hintergründen des Wendling-Falls zu berichten.

Madeleine Haertle zahlte mit einer Firmenkarte, dann machte er sich mit ihr auf den Weg in die Altstadt. Honoré lief brav zwischen ihnen. Rapp war nicht entgangen, dass er Madame in den letzten fünf Minuten unter dem Tisch intensiv die Waden geleckt hatte. Und sie hatte es sich überraschenderweise gefallen lassen …

In den folgenden zwei Stunden führte ihn Madeleine Haertle kreuz und quer durch die Altstadt: Münster, Gerberviertel, Petite France und so weiter, das offizielle Strasbourg-Programm, als wäre er ein Tourist und zum ersten Mal in der Stadt. Diesen Rahmen schien sie zu brauchen, um sich ihm zu öffnen. Das Umherwandern und das Schauen, ohne wirklich hinzusehen, gaben ihr anscheinend die Möglichkeit, wie nebenbei über CAB und, wie sich herausstellen sollte, vor allem über ihren Kollegen Rougemont zu klagen. Den sie abgrundtief hasste.

Rougemonts abfällige Äußerungen über Epona oder die Wendlings seien leider nichts Ungewöhnliches für ihn. »Offiziell würde ich das selbstverständlich abstreiten müssen, Monsieur Martin, aber anonym kann ich Ihnen versichern: Der Mann schreckt selbst im Betrieb vor nichts zurück!« Insbesondere Frauen suche er sich als Ziel seines Hohns und Spotts aus.

Ihre Wangen flammten plötzlich auf vor Zornesröte. Sie selbst, Madeleine Haertle, sei leider das hervorstechendste Beispiel für sein herabwürdigendes, um nicht zu sagen niederträchtiges Verhalten. Sie redete sich in Rage. Permanent mache Rougemont Bemerkungen über ihr Äußeres, ihre Figur, ihre Kleidung, ihren Gang oder sogar über ihren Körpergeruch. »Und damit spielt er nicht auf mein Parfum an, Monsieur!« Scheinbar zum Scherz fordere er sie auch auf, Kopien für ihn anzufertigen, Kaffee für ihn zu kochen oder seinen Schreibtisch aufzuräumen. Noch dazu sei er ein aufbrausender, unkontrollierter Charakter, der schnell laut werde.

Mit anderen Worten, Rougemont sei ein sexistischer, chauvinistischer Schuft, zynisch und ruchlos, der es liebe, seine Mitmenschen zu quälen und zu demütigen. Zum Leidwesen seiner Opfer sei er beruflich sehr erfolgreich und werde daher in der Chefetage von CAB äußerst geschätzt. Auch über seine dubiosen PR-Methoden werde hinweggesehen, solange sie der Firma dienten.

»Davon abgesehen«, fügte sie frustriert hinzu, »habe ich den Eindruck, dass er gegenüber der Firmenleitung immer nur einen Teil seiner Machenschaften offenlegt. Insofern weiß die Chefetage vielleicht auch nichts von seinen Äußerungen über Epona und die Wendlings in Pfaffenhoffen.«

»Würden Sie Rougemont zutrauen, unter Umständen auch gewalttätig zu werden, Madame?«, fragte Rapp ganz unverblümt. Die Frage schien ihm nahezuliegen.

Sie blieb abrupt mitten auf der Place du Chateau an der Südostseite des Münsters stehen und sah ihm fest in die Augen. »Ich würde Rougemont *alles* zutrauen, Monsieur.«

Während sie an den Ufern der Ill entlang zurückgingen, dachte Rapp darüber nach. Madeleine Haertle hasste diesen Mann aus leidvoller Erfahrung sicher zu Recht. Deshalb hatte sie sich jetzt auch nicht zurückhalten können, ihn ins rechte, das heißt schlechte Licht zu rücken. Aber über Rougemonts besonderen Umgang mit Epona oder Details seines Umgangs mit den Wendlings schien sie nichts Konkretes zu wissen.

Rougemont sei in letzter Zeit rund um Rouffach viel unterwegs gewesen, das immerhin konnte sie bestätigen. Doch darüber hinaus hatte sie keinen Einblick in seine jüngsten Reisen in der Region oder gar seine Geschäftskontakte. »Aber …« Ihre Augen blitzten eine Sekunde lang kämpferisch auf. »Vielleicht sollte ich einmal einen Blick in seinen Rechner werfen, um zur Abwechslung über *ihn* informiert zu sein?« Doch schon im nächsten Moment winkte sie resigniert ab. »Aber den Schmutz, der mir dort wahrscheinlich entgegenquillt, will ich mir nicht auch noch zumuten.«

Sie befanden sich bereits wieder auf der Pont du Théâtre, mit Blick auf den Palais du Rhin, den früheren Kaiserpalast der Boches. Rapp hatte inzwischen ein enorm schlechtes Gewissen wegen der Rolle, die er Madeleine Haertle vorspielte, und er war bereits kurz davor, ihr reinen Wein einzuschenken, was seine Person betraf. Da blieb Honoré plötzlich stehen.

Rapp wandte sich überrascht um und sah, dass der Hund zitternd eine Pfote anhob. Er bückte sich zu ihm hinunter, um sie auf einen Stein oder Ähnliches zwischen den Zehen oder einen Dorn im Ballen zu untersuchen. Doch Honoré zuckte heftig zurück, kaum dass Rapp die Pfote berührte.

»Was hat er denn, der Ärmste?«, zeigte sich nun auch Madeleine Haertle besorgt.

Rapp versuchte erneut, sich die Pfote anzusehen. Sehr vorsichtig und mit beruhigenden Worten gelang es ihm, dass Honoré sich von ihm auf den Arm heben ließ, um einen genaueren Blick darauf zu gestatten. Aber Rapp erkannte weder einen Stein zwischen den Zehen noch einen Splitter oder Dorn im Ballen.

Doch sobald er den Hund wieder auf das Pflaster setzte, hob Honoré wie zuvor die linke Pfote an und zitterte vor Schmerz.

Rapp war sofort klar, dass sein Hund von einem Tierarzt untersucht werden musste. »Sie kennen nicht zufällig einen guten Vétérinaire in der Nähe, Madame?«

»Nicht eben in der Nähe. Aber in der Rue Paul Janet, auf

der anderen Ill-Seite, gibt es einen«, sagte sie. »Bis vor zwei Jahren war ich mit … Nun, ich kannte jemanden, der eine Hündin hatte, Emily. Sie wurde öfters in der Praxis von Docteur Leclerc behandelt.« Rapp dachte nicht lange nach und hielt ein freies Taxi an, das soeben die Brücke passierte. Zu seiner Überraschung bat ihn Madame Haertle noch rasch um seine Handynummer, um sich später nach dem Patienten erkundigen zu können.

Die Fahrt zur Tierarztpraxis dauerte eine Viertelstunde, da sich ein Stau Richtung Osten gebildet hatte. Docteur Leclercs Praxis befand sich parterre in einem Neubau, und Rapp hatte das Glück, dass sich eine junge Assistenzärztin trotz eines Wartezimmers voller tierischer Patienten Honorés Pfote gleich einmal ansehen mochte. Sie fand keine äußere Verletzung und auch mit einer Speziallupe keinen Splitter oder Ähnliches. »Kein Notfall zum Glück.« Doch sie schlug vor, dass sich der Doktor den Patienten sicherheitshalber noch ansehen solle. »Vielleicht will er ihn röntgen.«

Rapp war einverstanden und setzte sich im Wartezimmer mit dem noch immer leicht zitternden Honoré auf dem Schoß auf einen gerade frei gewordenen Stuhl, den vorher eine alte Frau mit zwei Wellensittichen im Käfig eingenommen hatte.

Es dauerte etwa eine Stunde, bis alle Tiere vor Honoré abgearbeitet waren. Docteur Leclerc, ein braun gebrannter hochgewachsener Schlacks Ende dreißig, schlug tatsächlich ein Röntgenbild vor, nachdem er sich von dem Hund zur Begrüßung auf den Mund hatte küssen lassen. Man konnte es auch übertreiben, selbst als Tierfreund, dachte Rapp.

Leclerc fand zum Glück keinen Knochenbruch auf dem Röntgenbild und kam zu dem Schluss, dass Honorés Pfotenballen allesamt sehr wund und extrem empfindlich seien, besonders vorne links. »Vermutlich sind Sie allzu lange auf dem rauen Trottoir mit ihm spazieren gegangen.« Womit er wahrscheinlich recht hatte.

Leclerc rieb dem Hund eine Salbe auf die Ballen und verpasste der besonders schmerzhaften Pfote gegen Honorés anfänglichen Protest zusätzlich einen kleinen Lederschuh als Schutz.

Die ganze Behandlung kostete Rapp knapp zweihundert Euro. »Inklusive Mehrwertsteuer«, flötete die Sprechstundenhilfe, die ihm die Rechnungssumme mit einem fröhlichen Gesicht nannte, als verkündete sie ihm die Frohe Botschaft.

Als Rapp nach all der Aufregung die Praxis verließ und auf die Uhr sah, war es kurz nach sechs. »Merde.« Er zerrte sein Handy heraus und versuchte, Sylvie zu erreichen. Sie nahm nicht ab. Wahrscheinlich kaufte sie gerade die Zutaten ein und hatte ihr Handy ausgeschaltet. Er sprach ihr aufs Band, dass er höchstwahrscheinlich erst gegen halb acht zum Essen kommen könne.

Dann rief er ein Taxi und fuhr damit zu dem Parkhaus in der Avenue de la Paix. Noch während der Fahrt rief ihn Madeleine Haertle an und erkundigte sich nach Honorés wertem Befinden. Rapp dankte und gab Entwarnung.

»Wenn Sie einmal wieder in Strasbourg sind, Monsieur Martin, melden Sie sich bitte wieder bei mir. War ein schöner Nachmittag mit Ihnen. Und natürlich mit Ihrem Honoré.«

Rapp versprach es mit neu aufflackerndem schlechtem Gewissen wegen der Namenstäuschung, die ihm jetzt dumm und überflüssig vorkam, und legte auf. Keine zehn Sekunden später klingelte es erneut, und ohne auf das Display zu sehen, fragte er: »Noch etwas vergessen, Madame?«

»*Madame?* Ich dachte, du wärst wegen eines gewissen Rougemont nach Strasbourg gefahren?«

»Sylvie!« Sie hatte seine Nachricht auf dem AB also bemerkt. »Pardon. Ich nahm an, es wäre ... Alors, nicht so wichtig.«

»Schöne Grüße an ... Madame, unbekannterweise. Bon. Du hast aufs Band gesprochen, dass du später kommst.«

»Ja, es tut mir leid, aber ich ... Es ist etwas dazwischengekommen, weil ...«

»Schon gut, du musst dich nicht entschuldigen«, entgegnete sie rasch. »Halb acht, bleibt es dabei?«

Er versprach es.

Sylvie klang verschnupft, schien ihm. Aber er konnte ihr später beim Essen ja die ganze vertrackte Geschichte erzählen. Und Honorés Lederstrumpf würde sie eindrucksvoll belegen.

Das Taxi erreichte das Parkhaus, er zahlte mit seiner Karte und eilte, Honoré wieder auf dem Arm, hoch zu seinem Wagen in der zweiten Etage.

Was dann folgte, war eine Katastrophe. Er geriet von einem Feierabendstau in den nächsten, verfuhr sich in der Aufregung zweimal und musste Sylvie um kurz vor halb acht anrufen, um ihr zu gestehen, dass er eben erst Strasbourg verlassen habe.

»Außerdem stimmt irgendetwas mit dem Motor nicht. So ein seltsames Geräusch, wenn ich beschleunige.«

»Dann will ich dich nicht weiter stressen«, gab sie kurz angebunden zurück. »Wir holen das Essen ein andermal nach. Salut.«

Sie legte auf, und er versuchte sogleich, sie zurückzurufen. Sie nahm nicht ab und hatte auch ihren Anrufbeantworter abgeschaltet.

»Merde!« Er verfluchte CAB und Rougemont und »Madame« Madeleine Haertle und Docteur Leclerc und überhaupt die Erfindung des Röntgens.

Honoré, der zusammengekringelt auf der Rückbank lag, hörte vermutlich keinen seiner Flüche, öffnete nicht einmal die Augen, um nach seinem Chef zu sehen, der hinterm Steuer vollständig die Contenance verlor.

ZEHN

Dienstag, 28. September

Um kurz nach sieben am nächsten Morgen fuhr Rapp mit seinem Hund im Fahrradkorb durch Pfaffenhoffen. Vom Maison Michelberger aus radelte er über die Rue Grand Cru, die gewundene Hauptstraße des Orts, an der Place de la Mairie mit dem Bürgermeisteramt vorbei und bog hinter Jeannettes Boulangerie halb links in die Rue des Vignobles ein, deren Asphaltdecke nach einigen hundert Metern endete und zu einem Wanderweg wurde, der sich durch den Hohenwald zur Klosterruine Notre-Dame de Kastelberg bergauf schlängelte. Rapp hatte Honoré gemäß Docteur Leclercs Anweisung zuvor die Pfotenballen mit einer schützenden Creme eingerieben. Er hob den Hund aus dem Korb und setzte ihn vorsichtig auf den teils grasbewachsenen Boden. Honoré humpelte tapfer mit seinem Lederschuh an der linken Vorderpfote bis zum steinernen Denkmal des heiligen Vincent, an dem er leicht schwankend sein Hinterbein hob.

Auf dem weichen Sandboden spazierte Rapp mit dem Hund bis zum Waldrand hinauf, wo er sich umwandte und seinen Blick über das weite Tal gleiten ließ. Nebelschwaden hingen noch geisterhaft über der Ebene, erinnerten ihn an alte Sagen und Geschichten von Fabelwesen und übernatürlichen Erscheinungen, die ihm als Kind beim Lesen wohlige Schauer über den Rücken getrieben hatten.

Dann kehrten sie um.

Als er kurz darauf am Küchentisch seinen Café noir trank und eine bei Jeannette frisch gekaufte Brioche mit Butter dazu aß, klingelte sein Handy.

Auf dem Display leuchtete überraschend Sylvies Name auf.

»Sylvie! Schön, dass du anrufst.«

»Bonjour, Jean Paul.«

»Sylvie, ich möchte dir noch mal sagen, wie leid es mir tut, dass ich gestern unser Rendezv… Also dein Choucroute …«

Sie lachte. »Schon gut, schon gut. Du hast es vermasselt, Monsieur. Aber ich bin zum Glück nicht nachtragend. Hattest hoffentlich noch einen schönen Abend mit ›Madame‹ in Strasbourg.«

»Sylvie, Madame Haertle ist eine Mitarbeiterin in der Pressestelle von CAB-Strasbourg. Sie war so freundlich …«

»So, war sie das«, schnitt sie ihm spitz das Wort ab. »Entschuldige, Jean Paul, ich habe nicht viel Zeit, muss gleich zur Arbeit. Aber deswegen rufe ich dich ja an.«

»Weswegen?« Er stand im Augenblick ziemlich auf dem Schlauch.

»Wegen des Mords an Laurent Wendling, wegen Sandrine Wendling et cetera. Aus dem Grund bist du doch nach Strasbourg gefahren! Um mit Rougemont zu sprechen oder Madame oder wem auch immer. N'est-ce pas?«

»Doch. Sicher.« Rapp wollte bereits seine unterbrochene Erklärung fortsetzen, aber sie ließ ihn nicht:

»Ich war gestern noch bei Epona«, sagte sie. »Um im Hofladen Choucroute zu kaufen für … gestern Abend. Und auf einmal fiel mir die merkwürdige Reaktion von Marthe und Yannick auf den Mord an Laurent Wendling wieder ein. Wir redeten ja schon darüber. Es war gerade niemand anderes im Laden, also habe ich die Gelegenheit genutzt, um Marthe direkt darauf anzusprechen.«

Rapp war überrascht. Und hörte nun umso gespannter zu.

»Ich sagte Marthe auf den Kopf zu, dass ich ihre und auch Yannicks Reaktion etwas, nun ja, kühl, im Grunde nur pflichtgemäß bedauernd fand. Marthe war nicht mal beleidigt. Sie hat mir recht gegeben und sogar eine ziemlich plausible Erklärung dafür geliefert. Sie macht – wie soll ich sagen? – gewissermaßen einen Unterschied zwischen Laurent Wendling als Geschäftspartner und Laurent Wendling *als Person*. Und Letzterer hat es sich mit den Epona-Leuten gründlich verdorben.«

»Was hat er verbrochen, der Ärmste – als Person?«

»Keine Kleinigkeit, Jean Paul. Wendling hatte es auf die Frauen abgesehen. Ziemlich penetrant, wie es scheint. Hat sie zuerst systematisch ›angeflirtet‹, wie Marthe meinte, und teilweise auch angegrapscht. Und zwar massiv. Laurent Wendling hielt sich wohl für einen unwiderstehlichen Typ. Ja, er habe gut ausgesehen, meinte Marthe. Aber er schien daraus abzuleiten, dass deshalb alle Frauen auf ihn zu fliegen hätten. Dass die vielen selbstständigen Frauen, die bei Epona arbeiten, nur auf einen wie ihn gewartet hätten. Das öde alte Mackertum eben, das anscheinend nicht totzukriegen ist.«

»Der Macker selbst aber schon«, bemerkte Rapp. »Zumindest in diesem Fall.«

»Ohne Scherz, Jean Paul. Ich sehe darin die plausible Erklärung dafür, dass der Name Laurent Wendling selbst nach dem ersten Erschrecken über den Mordfall bei den Epona-Frauen nicht gerade Begeisterungsstürme auslöst, wenn man sie nach ihm fragt.«

»Auch Yannick von Epona schien kein Wendling-Fan gewesen zu sein.«

»Nein. Nicht ganz unverständlich, wenn man weiß, dass Laurent Wendling es unter anderem auch auf Yannicks Freundin Kim abgesehen hatte. Obwohl Kim ihm wie die anderen Frauen klar zu verstehen gegeben hatte, was sie von ihm als Mann hielt: rien, gar nichts.«

»Ich frage mich gerade, was eigentlich Wendlings Frau dazu gesagt hat«, sagte Rapp.

»Ging mir genauso, als Marthe mir davon erzählt hat. Sie sagte, dass Laurent sich in diesem Punkt – und *nur* in diesem – ziemlich vorsichtig verhalten habe. Wenn Sandrine dabei war, hat er sich anderen Frauen gegenüber wie ein Lamm benommen.«

»Und welche Konsequenz hat Epona aus alldem gezogen? Zutrittsverbot für Laurent Wendling auf dem Epona-Gelände oder Ähnliches?«

»Das sei nicht mehr nötig gewesen, meinte Marthe, die ich danach auch gefragt habe. Das Vertragliche nach dem Kennenlernen als Geschäftspartner schien erledigt, die ersten logistischen Schritte seien eingeleitet, weitere persönliche Treffen mit Laurent weder gewünscht noch vorgesehen gewesen.«

»Vermutlich auch überflüssig in Zeiten von Mails, Handynachrichten und Videokonferenzen«, dachte Rapp laut mit.

»Eben. – Jean Paul, ich muss zur Arbeit. Bitte kraul Honoré unterm Kinn für mich, ja!«

Rapp wollte noch rasch bemerken, dass Honoré derzeit Patient sei. Sicher der Teil seiner Entschuldigung für gestern, den Sylvie am ehesten akzeptieren konnte, sie wusste ja noch nichts davon. Doch sie rief bereits »Salut« in den Hörer und legte auf.

Rapp widmete sich wieder seinem Frühstück und dachte über das Gespräch nach. Sylvie wirkte nur anfangs noch etwas kantig ihm gegenüber. Aber sie schien wirklich nicht allzu nachtragend zu sein. Immerhin hatte sie ihn jetzt sogar angerufen. Wenn auch nur im Nachklapp zu ihrem gemeinsamen Besuch bei Epona am Sonntag.

Und sie hatte recht: Was Marthe gesagt hatte, erklärte sehr plausibel die unerwartet kühlen Reaktionen der Epona-Leute auf den Namen Laurent Wendling. Über die Toten sollte man nicht schlecht reden. Aber zum nachträglichen Heucheln sah sich verständlicherweise auch niemand veranlasst.

Marthes Aussage warf nun aber ein ganz neues Licht auf das Mordopfer. Wenn Laurent Wendling ein unverbesserlicher, aggressiver Macho gewesen war, wie es schien, dann war die Frage, ob damit auch ein neues Mordmotiv vorlag.

Falls ja, wie passte dann Sandrine Wendling in dieses neue Bild? Hatte sie den Charakter ihres Mannes, sein Verhalten gegenüber Frauen, nicht gekannt? Rapp hielt das trotz Laurents Vorsicht, wenn sie mit ihm zusammen Epona besuchte, für sehr unwahrscheinlich. Männer täuschten sich seiner Erfahrung nach in beinahe hundert Prozent der ihm bekannten Fälle darin, was ihre Frauen über sie wussten und dachten.

Hatte Sandrines Anwesenheit am Tatort also vielleicht doch einen Ehestreit zum Hintergrund gehabt, wie Rimbout vermutete? Nur mit einer anderen Färbung, einer anderen Thematik, als von Rimbout unterstellt? Zwei weitere Fragen drängten sich Rapp nun auf: War Laurent auch bei anderen Gelegenheiten so machohaft gewesen wie gegenüber den Frauen von Epona? Und falls ja (wie er vermutete), wie hatte sich Sandrine insgesamt dazu verhalten? Überhaupt: Was für eine Frau war Sandrine Wendling? Im Geschäftsleben, als Landwirtin, war sie neben ihrem Mann offensichtlich mindestens gleichgewichtig aufgetreten und von anderen auch so wahrgenommen worden. Aber was war mit ihr im privaten Umfeld? Auch als Frau? Und als *Ehe*frau? Wer konnte ihm darüber Auskunft geben? Angesichts der beschränkten Möglichkeiten, die er hatte?

Er dachte eine Weile vergeblich darüber nach. Bis ihm nach etlichen Gedankensprüngen plötzlich einfiel, dass der alte Schàngi lange Zeit eine wunderschöne alte DS-Limousine besessen hatte. Die später, bis vor ein paar Jahren noch, sowohl Laurent als auch Sandrine gefahren hatten. Rapp erinnerte sich sehr gut an den Wagen, weil der noch aus der ersten DS-Baureihe stammte, die schon Ende der sechziger Jahre eingestellt worden war.

Ein Citroën DS, ein Oldtimer mit erhöhtem Reparaturbedarf ...

Er griff zum Telefon und wählte.

»Güschtis Garage!«

Paulettes herbe Stimme schrammte an sein Ohr. »Salut, Paulette, Rapp hier.«

»Ah, Jean Paul. Du Glücklicher.«

»Ich ein Glücklicher?« Er lachte. »Wieso das?«

»Weil *du* rauchen darfst.«

»Aber Paulette, ich will gar nicht rauchen. Hab's mir vor dreißig Jahren abgewöhnt. War schwer genug.«

»Wem sagst du das, Jean Paul.«

»Als ehemaliger Kommissar schließe ich daraus, dass *du* dir gerade das Rauchen abgewöhnst.«

»Ah!« Ein Aufstöhnen, mehr eine Art Krächzen, das ihr,

wenn nicht von Herzen, so doch aus tiefster Lunge kam. »Ich könnte mich umbringen vor Verlangen. Oder alle anderen.«

»Soweit ich mich erinnere, richtet sich das Verlangen nach einer gewissen Zeit auf andere Dinge, Paulette.«

»Nach *wie langer* Zeit?«

»In meinem Fall damals nach einem halben Jahr ungefähr.«

»Ein *halbes Jahr*?« Ihr Entsetzen über diese grausam lange Zeit explodierte in seinem Ohr. Er wechselte den Hörer auf die andere Seite.

»Alors, was kann ich für dich tun, Jean Paul?« Typisch Paulette, sie konnte blitzschnell umschalten und das Thema wechseln. Wenn ihr danach war.

»Mein Charleston macht Geräusche.« Er schilderte ihr ein paar Details. »Ich habe Angst, mit dem Wagen mitten auf der Straße liegen zu bleiben.«

»Ja, klingt, als sollte Güschti sich das schnellstens ansehen. Wann könntest du herkommen?«

»Sofort, wenn du willst.«

»Sofort wäre gut. Ein Kunde wollte seinen Wagen heute früh vorbeibringen, hatte aber einen Unfall.«

»Ach du Schreck.«

»Nichts passiert. Dem Fahrer, meine ich. Der Wagen ist allerdings ein Fall für den Schrotthändler. Also, komm vorbei, solange Güschti noch gute Laune hat.«

»Güschti hat gute Laune? Ist er krank?«

»Süchtig. Nach Ruhm. – Du, ein Kunde will abrechnen. Ich erklär's dir später, Jean Paul. Komm vorbei.«

»Merci, Paulette. Bis gleich.«

Paulette hatte recht, und zwar gleich doppelt. Güschti hatte tatsächlich Zeit, sich Rapps Charleston einmal vorzunehmen. Und zu seinem Erstaunen hörte ihm der struppige alte Mechaniker sogar geduldig zu, als er ihm die verdächtigen Geräusche erklärte. Üblich war eigentlich, dass Güschti ihn schon nach wenigen Worten unterbrach und knurrte, er habe »keine Zeit für Romane« und sehe sich die Sache lieber direkt an.

»Warte so lange im Büro«, befahl Güschti diesmal nur. »Ich schau mir den Motor an und sag dir Bescheid. Könnte harmlos sein, aber auch eine große Sache werden.« Für seine Verhältnisse hatte diese Auskunft in jedem Fall romanhafte Dimensionen.

Rapp übergab ihm den Autoschlüssel und überlegte bereits, wie er bei Paulette das Gespräch auf die Wendlings lenken könnte, als auf einmal Güschti davon anfing:

»Schlimme Sache, die da bei euch in Pfaffenhoffen passiert ist.«

»Du meinst den Mord an Wendling?«

»Ja. Der alte Schàngi war früher ein Kunde von uns. Mit seinem DS. Danach auch sein Junge, der Laurent, und die Sandrine.«

Rapp fragte sich, wie er Güschtis neue »Redseligkeit« in Schwung halten könnte, da war sie bereits wieder beendet. Der Mechaniker deutete mit den kräftigen ölverschmierten Händen in Richtung Büro und grummelte: »Halbe Stunde.« Die Ansage hatte bereits wieder die übliche Güschti-Kürze.

Rapp schlenderte also über den Hof und öffnete die Tür zu dem langen, dunklen Flur, der zu Paulettes Reich führte.

Ihr Anblick war erschreckend. Dunkle Ringe unter den großen graugrünen, jetzt aber rot unterlaufenen Augen. Die fahle Gesichtshaut an verschiedenen Stellen aufgekratzt. Das dünne aschblonde Haar mit einem Gummiband im Nacken hart an den Kopf gezerrt. Paulette wirkte einigermaßen derangiert.

Sie stand an der Kaffeemaschine und wandte sich zu Rapp um, als der nach dem Klopfen eintrat. »Ah, Jean Paul, bonjour! Auch einen Café? Café américain wie immer?« Sie hielt ihm die dampfende Tasse bereits hin.

»Merci bien, Paulette! Da sag ich nicht Nein.« Rapp begrüßte sie mit Küsschen, nahm den angebotenen Américain in Empfang und setzte sich damit auf das Zweiersofa gegenüber Paulettes Schreibtisch. Von dort nahm sie die Kundschaft gewöhnlich ins Visier. Zu Rapp setzte sie sich aber meistens aufs Sofa. Doch heute blieb sie mit ihrer Café-au-Lait-Schale zunächst neben der Kaffeemaschine stehen und warf ihm einen leidenden Blick zu.

Rapp hatte das Bedürfnis, sie aufzumuntern. »Gute Idee, mit dem Rauchen aufzuhören«, sagte er bestimmt.

»Das behauptet Güschti auch. Dabei raucht er selbst wie ein kaputter Auspuff. Dreißig Gauloises am Tag. Ohne Filter. Seine Lunge muss ein finsteres Loch sein.«

»Dafür hat er ein gutes Herz.«

»Aber kein gesundes, mein Lieber, das kann ich dir versichern.«

»Wann hattest du denn deine letzte?«

»Am Sonntag. Sonntagabend, dreiundzwanzig Uhr fünfundfünfzig. Hab auf die Uhr gesehen.«

»Bravo. Zwei rauchfreie Tage, Paulette!«

Sie seufzte, trank einen Schluck Milchkaffee und kratzte sich mit der freien Hand die Spitze ihres langen Kinns, bis sie krebsrot war.

»Sag mal, was ist eigentlich mit Güschti passiert?«, sagte Rapp in munterem Tonfall. »Ist noch gar nicht so lange her, dass er wegen der neuen Konkurrenz durch Lautermann, direkt vor eurer Nase, Trübsal geblasen hat. Jetzt plaudert er wie ein Talkmaster.«

Sie lachte und nahm noch einen Schluck. »Ich sagte ja, Güschti wird berühmt.«

Rapp sah sie fragend an.

»Alors …« Sie kam zu ihm herüber und ließ sich vorsichtig mit ihrer Kaffeeschale neben ihm auf dem Sofa nieder. »Wir haben doch jetzt eine eigene Website. Wie die anderen Betriebe.«

»Ah ja?« Rapp war überrascht. Güschti hatte bislang solchen »neumodischen Quatsch« rundheraus abgelehnt. »Wer etwas von mir will, soll anrufen oder einfach vorbeikommen. Fertig.« Das war seine Meinung dazu gewesen …

»Ich habe Güschti gezeigt, dass natürlich auch dieser Lautermann eine Website hat«, fuhr Paulette mit einem vielsagenden Blick fort.

»Und das Stichwort Lautermann hat gewirkt?«

»Voilà. Seit drei Monaten gibt es Güschtis Garage auch im Internet. Und du wirst es nicht glauben, Jean Paul, die Resonanz ist enorm.«

»Glückwunsch.«

»Merci.« Sie sah ihn süffisant lächelnd an. »Das Komische ist, dass die Kundschaft uns zwar nicht gleich die Türen einrennt, es gibt vielleicht ein paar Termine mehr pro Woche …«

»Aber?«

»Die Kommentare der Leute sind – alors: erstaunlich.«

»Was meinst du?«

»Sie feiern meinen Güschti wie einen Rockstar! Super Typ, echtes Original, Güschti for President, solche Sachen!«

»Im Ernst?«

Sie lachte. »Das ist es ja, ich bin nicht ganz sicher, wie das gemeint ist.«

»Und Güschti?«

»Du hast ihn ja erlebt. Sieht richtig glücklich aus, oder?«

»Für Güschtis Verhältnisse ja, zweifellos.«

»Ich denke, der Hauptgrund ist, dass Lautermann dagegen verdammt schlecht aussieht. Die Leute mögen den Mann nicht. Als Person, meine ich. Lies mal die Kommentare, wenn du Zeit hast: komischer Typ, windige Figur – Klabautermann hat Güschti am besten gefallen, haha.«

»Dem Lautermann sicher weniger.«

»Güschti hält Lautermann schon lange für einen Gauner. Hast du mal gesehen, was auf seinem Hof so alles herumsteht? Lauter Fahrzeuge ohne Kennzeichen, an denen er herumschraubt. Deren Lackierung er am Ende fast jedes Mal verändert und die er sicher illegal verhökert.«

»Auch Oldtimer?«

»Sicher. Wieso fragst du?«

»Ach, na ja.« Rapp winkte lustlos ab. »Isabelles Neuer, ein gewisser Franck, ist so ein Halbseidener im Autogewerbe. Ich habe dir von ihm erzählt.«

»Ja.«

»Würde ihm ähnlich sehen, mit einem wie Lautermann krumme Geschäfte zu machen.«

»Verstehe.« Sie sah, dass Rapp seinen Café getrunken hatte. »Noch einen Américain?«

»Nein danke, Paulette.«

Sie nahm ihm die Tasse ab, stand auf, stellte sie auf dem Schreibtisch ab und setzte sich wieder zu ihm. »Sag mal, Jean Paul, wo ich dich gerade so schön an meiner Seite habe: Was ist denn da Schreckliches bei euch in Pfaffenhoffen passiert? Ich habe schon mit Güschti darüber gesprochen.«

Rapp nickte ernst. Sagte aber nicht, dass Güschti ihn vorhin bereits mit fast den gleichen Worten auf den Mordfall angesprochen hatte. Es war ihm ganz recht, dass nun auch Paulette von sich aus davon anfing.

»Die Wendlings«, ergänzte Paulette, als müsste sie ihre Neugier erklären, »gehören zu unserer Kundschaft, weißt du. Der alte Schàngi muss am Boden zerstört sein. Der Sohn erschlagen, die Schwiegertochter verunglückt. Stimmt es, was in der Zeitung gestanden hat: dass Sandrine im Koma liegt?«

»Leider ja. Schàngi hat es mir selbst bestätigt. Es scheint sogar unklar, ob sie je wieder aufwacht.«

»Mon Dieu, wie furchtbar.« Sie stieß einen schweren Seufzer aus. »Arme Sandrine. Sollte sie doch wieder aufwachen, würde sie realisieren, dass ihr Mann tot ist. Dabei hatte sie es schon nicht leicht, als er noch lebte, wenn du mich fragst.«

»Wie meinst du das?«

»Alors, über die Toten soll man nicht schlecht reden. Aber ich will dir mal was sagen, Jean Paul.« Sie sah ihn auf eine Weise an, die besagte, dass sie in diesem Fall bereit sei, ihm zuliebe eine Ausnahme von dieser goldenen Regel zu machen. »Dieser Laurent war für meine Begriffe ein ganz einfach gestrickter Typ Mann. Sah blendend aus, groß, breitschultrig, ein Popotin zum Reinbeißen, das ja. Wenn ich meinen Güschti nicht hätte, wäre ich bei Laurent vielleicht auch mal schwach geworden.« Sie hob streng eine Braue. »Denn treu ist so einer nicht. Den musste sich Sandrine ständig mit anderen Frauen teilen.«

»Woher weißt du das, Paulette?«

»Na hör mal, so etwas bemerkt eine sensible Frau! Ich habe doch gesehen, wie er die weibliche Kundschaft, die ihm zufällig über den Weg lief, taxiert hat. Um abzuchecken, welche Chancen er hatte.«

»Und hatte er?«

»Davon gehe ich aus. Aber, weißt du, bis in die Schlafzimmer der Leute reicht mein Sehvermögen nicht.«

»Schade, Paulette«, erwiderte er trocken.

Sie lachte und klatschte ihm ihre knochige Hand auf den Oberschenkel.

»Ich frage mich«, sagte Rapp wieder ernst, »wie Sandrine dazu stand. Wie sie damit umgegangen ist. Du weißt, es gibt Paare, die tolerieren die Freiheiten des anderen und nehmen sie sich eben auch selbst.«

»Offene Beziehung, jaja«, sagte Paulette mit einer wegwerfenden Handbewegung und der gelangweilten Selbstverständlichkeit einer Paartherapeutin. »Laurent hätte das bestimmt gerne so gehabt.« Dann schüttelte sie den Kopf. »Aber Sandrine? Nein. Sie war meiner Ansicht nach nicht der Typ Frau dafür. Ich habe sie beide einmal zusammen erlebt, hier in der Werkstatt. Laurent mit den Augen permanent am Fremdgehen. Sandrine mit einem Gesicht, halb peinlich berührt, halb wütend seinetwegen. Aber ohne ein Wort zu sagen. Nein, nein«, bekräftigte sie noch einmal, »ich bin sicher, dass Sandrine dazu geschwiegen hat. Sosehr seine zwanghafte Schürzenjägerei sie auch belastet haben mag. Nach außen, als Geschäftsfrau quasi, wirkte sie stark und selbstbewusst. Aber sie hat Laurent sein Pfauengehabe offenbar nicht austreiben können und ihren Ärger, denke ich, still in sich hineingefressen.«

Bis sie es dann womöglich nicht mehr ausgehalten hat, dachte Rapp. Und ihr am Ende vielleicht die Nerven durchgegangen sind. Anlässlich eines gemeinsamen Baustellenbesuchs am Rande des Forêt.

Dagegen sprach allerdings nach wie vor, dass das Tatwerkzeug, ein blutverschmierter Feldstein oder etwas Ähnliches, weder in der Nähe der Leiche noch in Sandrines Auto gefunden worden war. Auch wenn Rimbout dies geflissentlich zu ignorieren versuchte.

Paulette, die für ihre Verhältnisse ungewöhnlich still neben ihm saß, atmete jetzt durch und sagte:»Mag sein, dass ich mich täusche mit alldem, Jean Paul. Aber ich möchte wetten, dass die Finnla es bestätigen würde.«

»Wer ist Finnla?«

»Sandrines Freundin. Finnla Duboc, sie lebt in Winzenheim. Arbeitet hier als Lehrerin an der École élémentaire.«

»Ach, an der Grundschule.« Rapp erinnerte sich an einen Grundschullehrer, Hirondelle, den er vor zwei Jahren kennengelernt hatte.»Ist Finnla Duboc ebenfalls eine Kundin von euch?«

»Ja natürlich, sie und ihr Mann, der Sella. Finnla fährt einen kleinen Peugeot 108 und er, der Sella, einen schwarzen Cactus, du weißt schon, das C4-Modell von Citroën.«

»Moment mal, Paulette! Sella Duboc? Du sprichst von dem jungen Bauunternehmer Duboc?«

»Ja. Sella und Finnla sind mit den jungen Wendlings gut befreundet, soviel ich weiß. Die Männer haben sich über die befreundeten Frauen kennengelernt. Finnla und Sandrine, die zwei sind echte Busenfreundinnen, glaube ich.«

»Sella Duboc sollte die Produktionshalle in Pfaffenhoffen für die Wendlings bauen«, sagte Rapp,»hast du davon gehört?«

»Ja natürlich.« Paulette stieß erneut einen Seufzer aus. »Aber daraus dürfte jetzt, wo Laurent tot und Sandrine schwer verunglückt ist, wohl nichts mehr werden, schätze ich.«

Damit lag Paulette vermutlich richtig, dachte Rapp.

»Sicher ein herber Schlag ins Kontor für einen Jungunternehmer wie den Sella«, fügte sie mitfühlend hinzu.»Eine Tragödie für alle Beteiligten und Unbeteiligten, auch finanziell.«

Wer wollte ihr da widersprechen?

Plötzlich schaute Paulette stirnrunzelnd auf die alte Wanduhr über dem wuchtigen grauen Aktenschrank vis-à-vis. Sie trug zwar eine silberne Armbanduhr, die an ihrem groben, knochigen Handgelenk recht filigran wirkte. Aber nur als Schmuck, die Uhr ging nicht, das Laufwerk war defekt. »Alors«, stieß sie hervor, »allmählich sollte Güschti dir aber sagen können, was mit deinem Wagen ist, Jean Paul.« Sie stand auf, langte zum Telefon auf dem Schreibtisch und rief in der Werkstatt an.

»Ahmed? Sag mal, was ist mit dem Charleston von Monsieur Rapp? Güschti wollte dem Kunden doch Bescheid sagen.«

Ahmed war Güschtis einziger Mitarbeiter in der Werkstatt, ebenfalls Meister, und es war ausgemachte Sache, dass er eines Tages Güschtis Garage übernehmen und weiterführen sollte.

Paulette legte auf und warf Rapp einen verstörten Blick zu. »Güschti sitzt mit dem Laptop auf dem Schoß in der Werkstattecke, sagt Ahmed, und liest die neusten Postings unserer Kunden.« Sie stemmte verärgert eine Faust in die knochige Hüfte.

»Und mein Charleston?«

»Der Wagen ist fertig, sagt Ahmed. Schon seit einer Viertelstunde. Offenbar war eine Schraube locker.«

So wie sie es sagte, konnte sich das auch auf ihren Güschti beziehen.

»Kundenpostings, also wirklich! Wenn das so weitergeht«, fügte sie mit entschlossener Miene hinzu, »bekommt Güschti von mir Internetverbot.«

Rapp lachte laut auf und fragte, was er für die Reparatur schuldig sei.

Paulette winkte ab. »Nichts natürlich. Güschti hat dem Motor quasi nur einen Klaps gegeben, sagt Ahmed.«

Rapp bedankte sich herzlich, spendete ein paar Euro für die Kaffeekasse, verabschiedete sich von Paulette mit Wangenküsschen und verließ das Büro.

Sein Wagen stand bereits wieder im Hof. Am Werkstatttor deutete Ahmed mit einem ölverschmierten Lappen darauf. »Schlüssel steckt!«, rief er.

Rapp dankte mit erhobener Hand, ließ auch Güschti einen

Gruß ausrichten, stieg ein und startete den Motor. Er klang einwandfrei, kein verdächtiges Geräusch mehr, weder beim Anfahren noch bei der Weiterfahrt. Güschti hatte dem Wagen sicher weit mehr als nur den Puls gefühlt und einen Klaps verabreicht.

ELF

Die École élémentaire, Winzenheims Grundschule, lag inmitten des kleinen Orts, in Blickweite des Kriegerdenkmals, neben dem Rapp sein Auto parkte. Schon auf der Fahrt von Güschtis Garage hierher hatte er im Schulsekretariat angerufen, um sich nach Hirondelle zu erkundigen. Der Lehrer, erfuhr er, befinde sich noch im Unterricht, doch in einer Viertelstunde sei Hofpause. Hirondelle führe die Pausenaufsicht.

Rapp wartete noch ein paar Minuten, dann stieg er aus und ging am Denkmal vorbei auf das große alte Sandsteingebäude zu, dessen rot gepflasterter Schulhof mit den Turngeräten für die Kinder in der hellen Morgensonne lag.

Am Eingang zum Schulhof nickte er dem dort postierten Sicherheitsmann zu und wartete ein paar Schritte entfernt, als wäre er ein Großvater, der eines seiner Enkelkinder von der Schule abholen wollte.

Kurz darauf wurden die Schleusen geöffnet. Aus den zwei Ausgängen links und rechts des Gebäudes stürmten die Kinder auf den Pausenhof, lärmten und johlten und lachten, wie Kinder es wohl zu allen Zeiten getan haben. Rapp erkannte nun auch Hindorelles unscheinbare Gestalt, trat vor bis an den Zaun und winkte, misstrauisch beäugt vom Sicherheitsmann, bis Hirondelle ihn endlich bemerkte.

Der Lehrer kam mit schnellen Schritten über den Hof näher und signalisierte dem Sicherheitsmann, er könne Rapp ohne Weiteres passieren lassen.

Auf der Hofseite begrüßte Hirondelle ihn per Handschlag und mit einem schiefen Grinsen. »Habe schon gehört, dass Sie angerufen haben, Monsieur Rapp. Was verschafft mir die Ehre?«

Rapp verstand die Ironie in der Stimme des Lehrers. Sie bezog sich auf frühere Zeiten, als Hirondelle selbst einmal durch Rapps Recherchen ins Zwielicht geraten, aber letztlich von ihm entlastet worden war.

»Ich möchte Sie um eine Auskunft bitten, Monsieur Hirondelle«, erwiderte Rapp, während die Kinder auf dem Hof kreischten und tobten.

»Worum geht es?«, fragte Hirondelle, nachdem er sich mit einem routinierten Rundumblick über den Schulhof vergewissert hatte, dass alles in Ordnung war.

Rapp erklärte ihm in aller Kürze, dass er momentan im Mordfall Wendling »engagiert« sei. Der Ausdruck war nicht falsch und ließ Raum für Spekulationen.

»Dachte mir schon so etwas«, sagte Hirondelle. »Ich habe davon gelesen. Schlimme Sache.«

»So könnte man es ausdrücken.« Rapp wollte sich nicht lange mit Erklärungen aufhalten. Hirondelle war ihm noch etwas schuldig, und das wusste er. »Aus zuverlässiger Quelle habe ich erfahren, dass Ihre Kollegin, Finnla Duboc, eine gute Freundin von Sandrine Wendling ist«, ging er direkt auf sein Ziel los.

Hirondelle sah ihn empört an. »Bei allem Respekt, Monsieur Rapp. Sie werden nicht von mir erwarten, dass ich eine Kollegin anschwärze!«

Er wandte sich, sichtlich nervös geworden, um und beobachtete das Geschehen auf dem Schulhof. Lebhaft, aber alles friedlich. Dann sah er Rapp wieder direkt an. »Aber wenn Sie mit dem äußeren Eindruck von ihr vorliebnehmen möchten, Monsieur Rapp, dann achten Sie einmal auf den linken Eingang zur Pausenhalle: Dort steht eine Frau mit blonden Haaren, in Jeans und einem braunen Blouson. Das ist Madame Duboc.«

Rapp warf unauffällig einen Blick hinüber. Sie stand am Eingang, im Gespräch mit einem Kollegen, so steif, als hätte sie einen Stock verschluckt. Das Gesicht wirkte selbst auf die Entfernung missmutig und hart, wie aus Holz geschnitzt.

Alles andere als eine spontan sympathische Erscheinung, dachte er.

Hirondelle erriet seinen Gedanken. »Sie vermuten richtig,

Monsieur Rapp, die Kollegin Duboc ist nicht unbedingt das, was man schon auf den ersten Blick einen offenen, herzlichen Charakter nennen könnte. Was sie dazu getrieben hat, Lehrerin an einer Grundschule zu werden, erschließt sich wohl keinem an unserer Schule, der Mitleid mit den Kindern hat. Davon abgesehen weiß ich kaum etwas über die Kollegin Duboc. Nicht mal, dass sie Madame Wendlings Freundin war, wie Sie sagen.« Hirondelle bemerkte seinen enttäuschten Gesichtsausdruck und sagte in seiner typischen überkorrekten Art:»Bedaure, dass ich Ihnen nicht weiterhelfen kann, Monsieur Rapp. Wirklich, das einzig Bemerkenswerte, was mir an Madame Duboc in letzter Zeit aufgefallen ist, ist die Tatsache, dass sie neuerdings mit dem Rad zur Schule kommt.« Er lachte verhalten.

Rapp stutzte.»Was heißt ›neuerdings‹? Wie kommt Madame Duboc denn sonst zur Schule?«

»Mit ihrem Auto natürlich, so einem kleinen knallroten Peugeot-Flitzer, das genaue Modell kann ich Ihnen nicht sagen. Sie wissen, ich interessiere mich nicht für Autos, fahre auch keins, aus Naturschutzgründen.«

»Und Madame Duboc?«

Seine Stirn legte sich leicht in Falten:»Finnla Duboc gehört leider zu den Zeitgenossen, die meinen, sich darüber lustig machen zu müssen. Sie sagt, sie würde sicher auch noch die Strecke zum Bäcker um die Ecke mit dem Auto zurücklegen, wenn sie nicht schon morgens nach dem Joggen an dem Laden vorbeikäme. Sie liebe Auto fahren. Nun ja.« Hirondelle verzog abschätzig das Gesicht.

»Doch neuerdings fährt sie Rad, sagen Sie? Wie lange denn schon?«

»Seit ein paar Tagen erst.« Er musterte Rapp nervös.»Warum interessiert Sie das eigentlich?«

»Hat nichts zu bedeuten, Monsieur Hirondelle. Reine Neugierde.«

»Hm. So. Bon.«

Rapp konnte ihm ansehen, dass er ihm nicht glaubte.

Im Hintergrund balgten sich einige Kinder, Hirondelle

drehte sich kurz um und hielt Rapp unmissverständlich die Hand hin. »Alors, Monsieur Rapp, ich muss mich um meine Hofaufsicht kümmern. Es hat mich gefreut, Sie einmal wiedergesehen zu haben.«

Rapp schüttelte die Hand des Lehrers und ließ ihn lächelnd ziehen.

Ohne es zu wollen, dachte Rapp, hatte ihm Hirondelle am Ende ein durchaus interessantes Detail zu erzählen gewusst. Sieh mal an, eine Fahrradverächterin, die plötzlich Rad fuhr … Nicht, dass es wirklich etwas zu bedeuten hatte. Einzelne Hinweise konnten sich auch als eine Sackgasse erweisen oder führten sogar in die Irre, wenn sie zu früh oder zu forsch in einer bestimmten Weise gedeutet wurden. Aber in Verbindung mit anderen Indizien konnte ein bestimmter Hinweis durchaus der Schlüssel zur Lösung eines Falles sein.

Schon auf dem Rückweg zu seinem Wagen rief er noch einmal Güschtis Garage an.

»Jean Paul!«, lachte Paulette erstaunt in den Hörer. »Etwas vergessen?«

»Wie man's nimmt«, antwortete er. »Wir sprachen doch vorhin kurz über Finnla Dubocs Peugeot 108. Ist der zufällig in Reparatur bei euch?«

»Nein, Jean Paul, der Wagen hatte erst vor Kurzem, vor ein paar Wochen, einen Check bei uns. Willst du jetzt einen 108er kaufen? Ich dachte immer, du wärst mit deinem Charleston verheiratet.«

»Bin ich auch, Paulette. War nur so ein Gedanke. Merci. Und grüß Güschti von mir!«

»Danke, Jean Paul. Salut.«

Er stieg in seinen Wagen und nahm Kurs auf die Route nationale. Am Ortsrand kürzte er den Weg zur Auffahrt spontan durch eine kleine Verbindungsstraße entlang eines Bachlaufs ab. Dieser winzige Nebenarm der Lauch plätscherte glasklar über Stock und Stein zum Ort hinaus, und schon bald fuhr Rapp an Gemüsefeldern und Obstplantagen vorbei, die hier und da von saftigen grünen Weiden abgelöst wurden, deren hoch stehendes Gras auf die dritte Mahd in diesem Jahr zu warten schien.

So schön die Strecke auch war, bemerkte Rapp nun aber, dass die Landstraße, auf der er unterwegs war, mitnichten eine Abkürzung zur Auffahrt der Route nationale war, wie er sich eingebildet hatte, sondern ein Umweg. Er erkannte auf einmal, dass er sich inzwischen auf der Rückseite des Gewerbegebiets befand, an dessen Rand Güschtis Garage lag. Und ein paar Steinwürfe weiter das Werksgelände seines dubiosen Konkurrenten Lautermann.

Aus dieser rückwärtigen Perspektive sah »Lautermanns Garage« noch verkommener aus als von seiner »Schokoladenseite«, wenn man von der Route nationale kommend durch das Gewerbegebiet nach Winzenheim hinein und daran vorbeifuhr. Jetzt sah man, dass sich auf der Rückseite der lang gestreckten Baracke, die Lautermanns Werkstatt darstellen sollte, eine Art Resterampe schrottreifer Autos unterschiedlichster Fabrikate und Größen befand.

Keine zweihundert Meter weiter vorne führte ein unbefestigter Wirtschaftsweg auf das Gelände, und in einem spontanen Entschluss bog Rapp ein. Sein Wagen holperte über tiefe Schlaglöcher und etliche große Feldsteine auf den »Parkplatz« neben der Werkhalle zu, wo die ehemaligen Schlachtrösser des täglichen Straßenkriegs kreuz und quer herumstanden und auf Behandlung oder Ausschlachtung warteten.

Rapp stellte seinen Charleston dazu. Seine Aufmerksamkeit war bereits von der Landstraße aus durch ein kleines rotes Fahrzeug erregt worden, das neben einem alten Renault-4-Kastenwagen stand. Von der Route nationale war es nicht zu sehen gewesen, doch jetzt fiel der in der Sonne rot glänzende Kleinwagen in dem chaotischen Ensemble hinter der Halle durchaus auf. – Sofern man sich wie Rapp fragte, was aus einem kleinen roten, höchstwahrscheinlich reparaturbedürftigen Peugeot 108 wohl geworden sein könnte, den man nicht wie üblich in die bewährten Hände eines Güschti legen wollte. Naheliegende Antwort: Man fuhr damit ein paar

Steinwürfe weiter zum Konkurrenten Lautermann. Der bekannt dafür war, keine lästigen Fragen nach der Herkunft des Wagens und den Ursachen für den Schaden zu stellen.

Unbewusst hatte er sich anscheinend keineswegs verfahren, dachte Rapp und amüsierte sich über sich selbst.

Er stieg aus und näherte sich neugierig dem erdbeerroten Stadtflitzer. Ein Peugeot 108, neuestes Modell, kein Nummernschild, aber gut gepflegt, bestens in Schuss. Auf den ersten Blick war nicht mal ein Schaden zu erkennen.

Auf den zweiten allerdings schon.

Rapp ging einmal um das »Knallbonbon« herum, wie Güschti die modernen Kleinwagen gewöhnlich nannte, und entdeckte unten an der Beifahrertür eine faustgroße Delle und einen etwa zwanzig Zentimeter langen, fingerbreiten Lackschaden. Der Wagen musste an der Stelle mit ziemlicher Wucht gegen einen Stein oder einen ähnlich harten Gegenstand geprallt sein.

Rapp ging in die Hocke, um sich den Schaden genauer anzusehen, als ihn plötzlich eine männliche Stimme rief:

»Hallo? Monsieur? Madame?«

Rapp richtete sich auf. Ein schlanker, sehniger Mann Mitte sechzig mit dünnem weißgelbem Haar und einem rot gegerbten Gesicht wie ein Seemann kam langsam auf ihn zu. Er trug eine ausgeblichene blaue Latzhose über einem kragenlosen schlammbraunen Hemd und hatte die Hände tief in den weiten Hosentaschen vergraben.

»Monsieur Lautermann?«, rief Rapp zurück.

Der Mann nickte erst, als er den Peugeot erreicht hatte, und schaute Rapp prüfend an. »Bonjour, Monsieur. Kann ich helfen?«

Rapp entschied sich für das Offensichtliche: »Ich interessiere mich für den 108er hier.« Er legte beide Hände auf die Motorhaube.

»Wollen Sie Ihren alten Wagen in Zahlung geben?« Lautermann deutete mit dem spitzen, bartlosen Kinn zu Rapps Charleston hinüber.

»Sicher«, gab Rapp zurück. »Falls wir handelseinig werden. Was können Sie mir denn über den kleinen Flitzer sagen?« Er deutete auf die beschädigte Beifahrertür und kniff demonstrativ die Brauen zusammen. »Ich sehe, er hat einen ziemlichen Schaden auf der Beifahrerseite. Ein Unfallwagen?«

Lautermann kam langsam um die Vorderseite des Peugeot herum und blickte scheinbar unbeeindruckt, geradezu gelangweilt auf die Delle und den Lackschaden.

»Ach, die Schramme.« Er zog eine Hand aus der Hosentasche, winkte ab und versenkte sie wieder. »Einen Unfallschaden würde ich das nicht nennen.«

»Sondern?« Rapp musterte ihn interessiert.

»Von einem Stein geküsst.« Lautermann verzog das gegerbte Seemannsgesicht zu einem beinharten Grinsen. »Der Wagen ist fast noch fabrikneu, der Schaden keine große Sache.«

»Aber er braucht eine neue Tür.«

Der Mechaniker kniff die Brauen zusammen. »Nicht unbedingt. Ich könnte die Delle ausbeulen und überlackieren. Dann bekommen Sie ihn für, sagen wir, achttausend.«

»Und mit neuer Tür?«

»Zehn.«

Rapp warf einen bedenklichen Blick auf den Schaden. »Darüber müsste ich noch mal nachdenken.«

Wieder zuckten Lautermanns Ellbogen.

»Die Papiere sind in Ordnung?«, setzte Rapp plötzlich hart hinzu.

Lautermann ließ sich nicht aus der Reserve locken. »Zeige ich Ihnen, wenn Sie sicher sind, dass Sie ihn wollen. Datenschutz und so.« Dazu das hartgesottene Piratengrinsen.

»Natürlich.« Rapp bedankte sich, versprach, sich in den nächsten Tagen zu melden, und ging zurück zu seinem Wagen.

Als er vom Hof fuhr, warf er einen Blick in den Rückspiegel. Lautermann stand nach wie vor unbeweglich neben dem roten Peugeot und schaute Rapps davonschaukelndem Charleston ohne jede sichtbare Regung nach. Als hätte er Eis statt Blut in seinen Adern.

Eine geradezu unheimliche Begegnung, dachte Rapp, als er die Landstraße erreichte, und spürte, wie er aufatmete.

Er fuhr die Straße zurück und sah nach einer Weile in einiger Entfernung ein kleines Fachwerkhaus, das ihm vorher nicht aufgefallen war. Ihm kamen plötzlich Jeanne und Richard in den Sinn, Rimbouts Zwillinge. Wohnte ihre Tante, Rimbouts eigenwillige Schwägerin Bernadette, nicht auch irgendwo in der Gegend? Jedenfalls erinnerte er sich, dass die Zwillinge auf einer Landstraße wie dieser nahe Winzenheim von der Gendarmerie erwischt worden waren. Am Steuer von Bernadettes ausrangierter, aber noch fahrtüchtiger Dyane.

Er fingerte sein Telefon aus der Brusttasche seines Sakkos und versuchte es auf gut Glück mit Rimbouts Nummer im Büro.

»Jean Paul.« Rimbouts Stimme klang gequält.

»Salut, François. Du, ich bin zufällig in der Nähe von Winzenheim, und da fiel mir ein, dass es hier gewesen sein muss, dass man deine Zwillinge erwischt hat. Hab mich gefragt, was daraus geworden ist.« Zumindest war es ein Anlass, Rimbout nun anzurufen.

»Danke, dass du daran denkst. Hab wirklich nur Ärger wegen der dummen Sache. Nichts als Ärger.«

»War das Jugendamt schon bei euch?«

»Nein, noch nicht. Die Schule zeigt Verständnis. Aber nach dem Fernsehbericht gestern Abend wird das Amt nicht lange auf sich warten lassen.«

»Was für ein Fernsehbericht?«

»Auf ›Salut-Alsace‹, du weißt schon, dem Privatsender. Nach dem Artikel im Courant Alsacien haben die TV-Leute Lunte gerochen, bisschen herumgeschnüffelt, und so sind sie darauf gekommen, dass es *meine* Zwillinge waren, die erwischt wurden.«

»Ach herrje.«

»Sie haben es ausgeschlachtet nach dem Motto: Polizistenkinder, Müllers Vieh geraten selten oder nie.«

»Ich dachte, der Spruch sei auf Pfarrerskinder gemünzt.«

»Dachte ich auch. Du ahnst nicht, wie viele Anrufe von allen

Seiten wir seit der Sendung bekommen haben. Marianne ist ganz verzweifelt. Gibt aber endlich ihrer Schwester statt mir die Schuld.«

»Wie das auf einmal?«

»Stell dir vor, Bernadette war so naiv, ›Salut-Alsace‹ ein Interview zu geben. Sie hat sich alles aus der Nase ziehen lassen. Natürlich auch, wer die Eltern der Zwillinge sind.«

Rapp stöhnte laut auf.

»So habe ich auch reagiert.«

»Dafür steht Marianne wenigstens wieder auf deiner Seite, François«, versuchte Rapp ihn zu trösten.

»Ja, schon. Aber ein Unglück kommt selten allein, wie man so sagt.«

»Was ist denn noch passiert?«

»Passiert ist angeblich *zu wenig*. Behauptet die Chefetage in Colmar. Man ist unzufrieden mit meiner Arbeit im Fall Wendling. Will Beweise für meine Theorie, dass Sandrine Wendling ihren Mann erschlagen hat. Ich habe natürlich darauf hingewiesen, dass die Tatverdächtige noch immer im Koma liegt. Nicht ganz einfach, sie zur Sache zu vernehmen. Jetzt verlangt man die Tatwaffe.«

Rapp hatte es kommen sehen. Aber er verkniff sich den Kommentar dazu, den hatte Rimbout schon bekommen. Er sagte: »Ihr habt das Auto, mit dem sie verunglückt ist, untersucht, richtig?«

»Selbstverständlich! Nichts darin gefunden, was nach Tatwaffe aussah, das sagte ich doch schon.«

»Mir geht es um etwas anderes, François.«

»Und zwar?« Rimbout wirkte entnervt, verständlich angesichts der Rüge aus dem Präsidium und seines privaten Ärgers, den er zusätzlich am Hals hatte.

»Ich frage mich nur«, sagte Rapp, »ob an Sandrines Wagen vielleicht Spuren eines anderen Fahrzeugs zu finden waren. Lackspuren zum Beispiel.«

»Nein, nichts dergleichen. Andernfalls hätten wir natürlich längst in der Richtung gefahndet.«

Rapp überlegte, wie er Rimbout über seine eigenen Recherchen der letzten Tage informieren könnte, als der auf die Frage einer anderen Person im Hintergrund antwortete: »Bien sûr, George.« George Sulzer, Rimbouts Assistent. »Bin gleich fertig.« Er wandte sich wieder an Rapp: »Jean Paul, ich gehe mit Sulzer um die Ecke eine Kleinigkeit essen. Vielleicht können wir uns demnächst einmal treffen, um ausführlicher zu reden?«

»Selbstverständlich, François. Bon appétit!«

ZWÖLF

Honoré schien Sehnsucht nach ihm gehabt zu haben. Er stand wie in früheren Zeiten hinter der Wohnungstür, als Rapp sie öffnete, und schwänzelte. Rapp sah nach den wunden Pfoten, alles in Ordnung, wie es schien, dann stieg er die Treppe zum Dachgeschoss hinauf und setzte sich an den Schreibtisch, um den Laptop aufzuklappen. Er gab die Namen Duboc und Winzenheim ein. Wie erwartet stieß er auf Sella Dubocs Website mit dem allerdings etwas kryptischen Namen duboc-cdc.fr. Das Kürzel ›cdc‹ stand für ›Compagnie de construction‹, also schlicht Bauunternehmen.

Rapp hatte im Augenblick keine Lust, längere Texte zu lesen, und betrachtete lieber unter der Rubrik »Projekte« der Website die von Sella Duboc realisierten Gebäude. Schon auf den ersten Blick fiel auf, dass sich der Bauunternehmer auf kleine bis mittlere Werkshallen aller Art für mittelständische Betriebe spezialisiert hatte. Ein Werksgebäude für die Choucroute-Produktion, wie er sie zusammen mit den Wendlings am Forêt geplant hatte, war noch nicht darunter. Dass es jetzt vermutlich nicht mehr dazu kommen würde, dass Sella Duboc die Halle bauen konnte, dürfte fraglos ein großer Schaden für den jungen Bauunternehmer sein, ganz wie Paulette vermutet hatte.

Als Rapp im Suchfenster der Firmenwebsite versuchshalber den Namen Joséfine, die hochsprachliche Variante von Finnla, eingab, landete er zu seiner Überraschung via Link auf einer neuen Homepage, die »Vacances-en-forêt« hieß. Um »Ferien am Wald« zu machen, wurden vier kleine Holzhäuser zu recht saftigen Mieten angeboten. Äußerlich wirkten die Häuschen wie eine missglückte Kreuzung aus Almhütten und osteuropäischen Datschen. Die eingestellten Fotos zeigten innen jedoch komfortabel und gemütlich eingerichtete Räume für zwei bis vier Personen, also für Paare und kleine Familien.

Sella Duboc, der diese Hütten vielleicht selbst konstruiert

und gebaut hatte, schien die Verwaltung der Mietangelegenheiten seiner Frau Finnla zu überlassen. Interessenten wurden gebeten, sich telefonisch oder per Mail mit Joséfine Duboc in Verbindung zu setzen.

Rapp scrollte zu der Anfahrtsskizze unten auf dem Webauftritt.

Beinahe hätte ihn der Schlag getroffen: Die Hütten befanden sich am südöstlichen Rand des Forêt de Pfaffenhoffen. Gut anderthalb Kilometer Luftlinie vom Tatort auf der nordwestlichen Seite des Waldstücks entfernt.

Rapp klappte nachdenklich den Laptop zu und stieg die Treppe hinunter, um den Hund anzuleinen, der ihn bereits erwartungsvoll ansah. Bevor er die Wohnung verließ, nahm er sein Schweizermesser und eine kleine durchsichtige Plastiktüte aus der Schublade des Küchenschranks und steckte sie in seine Jacketttasche.

Im Hof des Maison Michelberger holte er sein Fahrrad aus dem Schuppen und setzte Honoré in seinen Korb auf dem Gepäckträger.

Die Sonne stach, sie stand hoch am Himmel, ihre Strahlen bildeten einen bizarren Kranz um Wolken, deren zerfaserte Ränder blauviolett leuchteten. Es würde ein Gewitter geben am Nachmittag, aber mit etwas Glück wäre er rechtzeitig wieder zu Hause.

Eine Viertelstunde später befand er sich bereits am östlichen Ende der Wendling'schen Weißkohlfelder, dort, wo der Wald begann. Am Tatort.

Er stellte sein Fahrrad an der schotterigen Parkbucht ab, nahm Honoré aus dem Korb und spazierte mit ihm zu dem asphaltierten Waldweg hinüber, der schräg gegenüber begann und durch den Wald nach Norden führte, in Richtung Schœnwiller und Colmar.

Die Stelle mit dem starken Reifenabrieb auf dem groben Asphalt war noch immer deutlich zu sehen. Rapp war kein guter Spurenleser, aber er glaubte doch zu erkennen, dass die Reifenspuren, die nach rechts ausbrachen und zu dem beschädigten

Baumstamm führten, gegen den Sandrine mit ihrem Wagen geprallt war, nur von *einem* Fahrzeug stammen konnten. So hatte er es schon beim ersten Betrachten der Unfallstelle vor ein paar Tagen wahrgenommen.

Doch was ließ sich am Ende daraus schließen? Dass Sandrine in Panik den Unfall selbst verschuldet hatte, wegen des zuvor begangenen Mordes? Das war Rimbouts Theorie, und sie war nicht ohne Weiteres von der Hand zu weisen. Die Spuren ließen diese Interpretation zu. Aber sie musste bewiesen werden. Was bis jetzt nicht der Fall war.

Außerdem bestand nach Rapps Meinung noch eine andere Möglichkeit ...

Er machte kehrt und ging mit dem Hund zurück zu seinem Fahrrad an der Parkbucht. Honoré lief gut, auf dem grasbewachsenen Seitenstreifen zeigte sein Gang keine Auffälligkeit. Rapp warf einen Blick in den Himmel. Die Wolken schienen noch tiefer zu hängen als zuvor, sie ballten sich mehr und mehr zusammen und ließen kaum noch einen Lichtstrahl passieren. Er entschied sich dennoch, es darauf ankommen zu lassen, und ging nun noch einmal, wie schon vor ein paar Tagen, mit dem Hund den Sandweg entlang, der an den Weißkohlfeldern vorbeiführte. An der Stelle, wo es links in den Wald hineinging, folgte er dem Weg, der, wie er eben auf der Karte im Netz gesehen hatte, Richtung Südwesten führte.

Zu den von Finnla Duboc verwalteten Ferienhäuschen.

Doch von Reifenspuren konnte hier keine Rede mehr sein. Der Boden auf dem schmalen Waldweg war feinkörnig wie Wüstensand, kein Profil war darauf zu erkennen, außer vielleicht von einer Eidechse, die vor wenigen Minuten darüber hinweggehuscht war.

Es hätte allerdings, dachte Rapp, einer guten Fahrtechnik bedurft, um mit einem kleinen Stadtflitzer wie dem Peugeot 108 den zahlreichen Mulden und Steinen auf dem Sandweg auszuweichen und nicht am Ende irgendwo stecken zu bleiben. Vielleicht war diese Spur also nicht nur ein Sand-, sondern vor allem ein Holzweg, auf dem er sich befand.

Er folgte dem Weg noch ein Stück, sah jedoch mit wachsender Nervosität, dass sich der Himmel über ihm immer mehr verdüsterte. Es *würde* ein Gewitter geben. Und zwar bald. Er beschloss daher, an einer Bodenwelle umzudrehen, die nur noch wenige Meter vor ihm lag.

Es war eine Bodenwelle, hinter der ein kantiger, bemooster Granitstein lag. Den man trotz seiner Größe von etwa einer Unterarmlänge hinter dem Steuer eines davonjagenden Kleinwagens sicher erst erblickte, wenn es zu spät war.

Er ging in die Hocke und betrachtete den Stein genauer. Er sah aus wie ein urtümlicher graubrauner Klotz aus in Jahrtausenden gehärtetem Vogesengranit.

Erst aus dieser Nähe erkannte er winzige Reste roter Farbspuren an einer weit hervorstehenden Kante.

Rapp atmete voller Genugtuung durch. Dann blickte er in den dunklen Wolkenhimmel und wusste, dass er sich nun in einer Zwickmühle befand. Der unmittelbar bevorstehende Regen würde die Lackspuren mit ziemlicher Sicherheit vom Stein waschen und fortspülen, entweder teilweise oder sogar vollständig. Als Beweismittel wären sie damit womöglich verloren.

Er holte sein Handy hervor und schoss, aufmerksam beäugt von Honoré, Fotos von den Spuren am Stein, kombiniert mit den GPS-Daten für den genauen Ort der Aufnahmen. Dann steckte er das Handy wieder ein und zog stattdessen sein Schweizer Taschenmesser aus der Tasche, das er für ebendiesen Fall mitgenommen hatte: um nämlich eventuell noch vorhandene Farbreste vom Stein zu kratzen und sie in der kleinen Plastiktüte zu bergen.

Es waren letztlich nur wenige Splitter, die er hektisch abschabte und in die Tüte schob. Denn schon spürte er die ersten Regentropfen. Wenn er jetzt zurück zum Rad ginge, würde er spätestens auf dem Fahrrad frontal von Wind und Regen, die von Westen kamen, erwischt werden. Und sein Hund ebenso. Entschied er sich jedoch für die Gegenrichtung, würde er nach wenigen hundert Metern Dubocs Ferienhäuser erreichen und könnte sich dort mit Honoré unterstellen.

Er überlegte nicht lange. Unter dem Dach überhängender Baumwipfel eilte er mit Honoré den Waldweg entlang und erreichte noch halbwegs trocken nach gut zehn Minuten dessen südöstlichen Rand.

Auf einer rasenbewachsenen Fläche, halb so groß wie ein Fußballfeld, standen im Karree, mit großzügigem Abstand, vier Holzhäuschen, die er aufgrund der Fotos von Dubocs Website sofort wiedererkannte.

Vor dreien der Häuser parkten Autos. Auf der kleinen Terrasse vor dem dritten lagen deutlich sichtbar Spielsachen eines kleinen Kindes. Nur das vierte Haus, das von Rapp aus gesehen nächstgelegene, schien derzeit nicht bewohnt.

Der Wind wurde stärker und hatte hier auf der großen planen Fläche am Waldrand leichtes Spiel, den jetzt voll einsetzenden Regen vor sich herzutreiben. Rapp griff sich Honoré, klemmte ihn sich unter den Arm und eilte auf das freie Holzhaus zu. Kaum hatte er sich mit dem Hund unter das weit überragende Spitzdach des Giebels auf der Ostseite des Häuschens gerettet, zeigte die Natur, was sie draufhatte. Das Unwetter kam von Westen, hatte die Vogesen überwunden und sich, schien's, noch lange nicht ausgetobt. Der Wind wurde zu einem infernalischen Brausen und Pfeifen und trieb graue Regenfäden über die Baumwipfel in Richtung Schwarzwald. Es wurde kalt, Honoré begann zu frieren, Rapp behielt ihn unter der Achsel und rubbelte ihm das Fell, bis das Zittern aufhörte.

Es war ein imposantes Schauspiel, auch ohne Blitz und Donner. Der Himmel über ihm verdunkelte sich, während er im Osten noch metallisch goldfarben leuchtete. Über den Spitzen des Schwarzwalds hingen die Wolken inzwischen so tief, dass sie aussahen wie vom Wind zerrissene Rauchsäulen über jahrtausendealten Vulkanen, die der Sturm just wieder zum Leben erweckt hatte.

Nach gut einer Viertelstunde war es vorbei. Der Wind ließ schnell nach und hatte seinen Sklaven, den Regen, bereits weit vorangetrieben. Jetzt tropfte das Wasser von den Dächern der vier Häuser, und die Sonne trat majestätisch hinter der letzten noch verbliebenen Sturmwolke hervor wie eine triumphale Siegerin im Weltenringen.

Rapp atmete auf – und durch. Die Luft, die seine Lungen füllte, schmeckte nach Wald und Weinberg, nach kleinem Flusslauf und taufrischer Landschaft. Als er Honoré wieder absetzte und ihm dabei mit einer Hand unter den Bauch griff, entwich jedoch ein Wind ganz anderer Art, der ihm faulig in die Nase stieg. Er lachte und vergewisserte sich mit einem kräftigen Rubbeln über das Fell, dass es tatsächlich trocken geblieben war.

Dann ging er mit dem Hund ums Haus herum und warf einen Blick ins Innere durch eines der fast quadratischen kleinen Fenster. Ein Zimmer mit Couch, Tisch, zwei Stühlen und zwei schlanken Sesseln war zu erkennen. An den Holzwänden Regale und zwei schmale Schränke. Mehr ließ sich nicht einsehen. Hinten stand die Tür zu einem weiteren Zimmer einen Spaltbreit offen, Rapp meinte das Ende eines Doppelbetts auszumachen.

»Hallo, Sie! Monsieur!«, hörte er plötzlich jemanden hinter sich rufen. Er wandte sich um. Ein junger Blondschopf in Shorts und blauem T-Shirt, der ein kleines Kind auf dem Arm trug, kam barfüßig über den nassen, glänzenden Rasenteppich des Nachbarhäuschens auf ihn zu.

Honoré fing an zu knurren. Rapp konnte ihn mit ein paar Worten beruhigen, erwartete aber dennoch Ärger. Der junge Mann nahm ihn ins Visier, finster wie der Märchenwolf. Selbst das Kind auf dem Arm, mit seinen weit aufgerissenen Augen, passte auf bizarre Weise zu dieser Vorstellung.

Der junge Vater (falls er es war) wies mit der freien Hand auf Honoré. »Beißt der Hund?«

»Solange man *ihn* nicht beißt.«

Der junge Mann lächelte auf einmal.

Sein Kind auf dem Arm, ein etwa zweijähriger Junge, fragte: »Heißt der?«

Rapp verriet ihm den Namen.

»Darf Maxime Honoré streicheln?«, bat der Vater.

»Nur zu«, ermunterte Rapp den Kleinen, den sein Vater auf die krummen Beinchen gestellt hatte, und ging zur Sicherheit neben Honoré in die Hocke. Maxime streckte sein Händchen aus und fuhr ein paarmal scheu über Honorés struppiges Rückenfell. Dann hatte er genug und klemmte sich lieber an das haarige nackte Wadenbein seines Vaters, um den Hund aus sicherer Distanz still zu beobachten.

»Sie interessieren sich für das Ferienhaus, Monsieur?«, fragte der Vater.

Rapp bejahte. Und ergriff die Gelegenheit, nach den Gepflogenheiten der Vermietung zu fragen.

»Oh, ganz einfach, Monsieur«, versicherte der junge Mann. »Sie wenden sich an Madame Duboc in Winzenheim. Sie ist ein bisschen speziell, aber lassen Sie sich nicht abschrecken.« Er grinste. »Sie finden ihre Adresse und die Telefonnummer leicht im Netz.« Was Rapp innerlich nur bestätigen konnte.

»Meine Freundin und ich«, fuhr der junge Vater fort, »machen mit Maxime regelmäßig Ferien am Forêt. Eines der Häuschen ist fast immer frei. Die gewöhnlichen Touristen wohnen ja meistens im Hotel oder wollen lieber eine Ferienwohnung in den Weinorten. Aber hier kann Maxime frei herumlaufen und spielen, wenn er will, keine Straße weit und breit. Und die Häuschen stehen weit genug auseinander, dass die Nachbarn einem nicht auf den Keks gehen.« Er errötete, ein wenig verlegen geworden.

Rapp sah sich um. Der junge Mann hatte recht, die Rasenflächen um die Häuschen herum waren so großzügig bemessen, dass sicher genügend Privatheit herrschte. Andererseits standen sie dicht genug, dass noch erkennbar war, wenn sich eventuell Unbefugte auf dem Gelände bewegten. So wie er selbst im Augenblick.

Er bedankte sich bei dem jungen Mann, winkte zum Abschied auch dem kleinen Maxime, noch immer am Bein seines Vaters, und spazierte mit Honoré über den Rasen zurück zu dem Waldweg, der ihn hergeführt hatte.

Nach einer knappen Viertelstunde entspannten Wanderns durch den noch triefnassen Wald, in dem die Vögel wie zu neuem Leben erwacht um die Wette pfiffen, schrien, hämmerten und stritten, erreichte er wieder die Bodenwelle, vor der, aus dieser Richtung betrachtet, der große kantige Stein lag. Er ging ein weiteres Mal davor in die Hocke und sah, dass der Starkregen wie befürchtet Lacksplitter vom Stein gelöst hatte – aber nicht alle. Winzige Partikel hatten sich so tief in die raue Oberflächenstruktur des Granits gebohrt, dass sie noch immer hafteten. Allerdings bedurfte es wahrscheinlich nur noch eines oder zwei weiterer solcher Regengüsse, um auch sie abzulösen und in Grund und Boden zu spülen.

Er zog noch einmal sein Handy hervor und fotografierte den aktuellen Zustand des Steins. Und da er das Gerät gerade zur Hand hatte, versuchte er auch gleich, Rimbout im Büro anzurufen.

Doch der nahm nicht ab. Das Gleiche mit Rimbouts Handynummer. Entweder war Monsieur le Commissaire François Rimbout beschäftigt. Oder er hatte vorerst genug von seinem Vorgänger Rapp. Alors, dann eben später, denn ohne Erklärungen mochte er Rimbout die Fotos nicht schicken.

Nach einer weiteren Viertelstunde erreichte er wieder den westlichen Rand des Waldstücks. Sein Peugeot-Rad leuchtete cremeweiß in der Sonne und wartete wie ein braver alter Schimmel in der Parkbucht auf ihn.

Er hievte Honoré in seinen Korb und radelte gemächlich über die asphaltierte kleine Straße an den Wendling'schen Kohlfeldern zurück zum Dorf. In einiger Entfernung fuhren Arbeiter nach dem Wolkenbruch damit fort, die Ernte einzubringen. Auf dem ganzen Feld glänzten die frisch vom Regen gewaschenen weißgrünen Kohlköpfe in der Sonne wie riesige blank polierte Jadesteine, aneinandergeheftet zu unzähligen, unendlich langen Reihen.

Als er im Hof sein Rad über die jahrhundertealten klobigen Pflastersteine zum Schuppen hinüberschob, traf er Martin Michelberger, der die Hände in die Seiten stemmte und etwas besorgt in den Himmel schaute. »Noch so ein Starkregen wie eben, Monsieur Rapp, und es versaut uns die Ernte, die noch bevorsteht.«

Rapp teilte lebhaft seine Sorge. Allerdings musste er sich eingestehen, dass er dabei zuerst an den »Stein des Anstoßes« im Forêt de Pfaffenhoffen gedacht hatte.

Er wünschte Monsieur Michelberger alles Gute für die Weinernte, ließ Madame Michelberger Grüße ausrichten und ging mit Honoré ins Haus, hinauf in seine Wohnung.

Dort gab er dem Hund zu trinken, setzte sich an den Küchentisch und rief auf seinem Handy die Fotos auf, die den Stein mit den Lackspuren im Forêt zeigten. Mit einem letzten kritischen Blick darauf und dem Kommentar »Fall Wendling, Spurensicherung Forêt de Pfaffenhoffen« verschickte er sie nun an Rimbout.

Dann rief er Finnla Dubocs Nummer für die Vermietung der Ferienhäuschen an.

Auch sie nahm nicht ab. Es war jetzt früher Nachmittag, wahrscheinlich war sie noch nicht von der Schule zurückgekehrt, dachte er, während er sich die übliche sterile Automatenstimme des Anrufbeantworters anhörte. Er hinterließ die Bitte an sie, ihn zurückzurufen, und nannte seine Handynummer.

Kaum hatte er aufgelegt, rief Rimbout an.

»Salut, Jean Paul. Du schickst mir da irgendwelche Fotos von Steinen irgendwo im Wald. – Pourquoi? Wozu soll das gut sein?« Seine Stimme klang gepresst, noch weit genervter als am Vormittag.

»Erstens sind es nicht irgendwelche Fotos, François«, stellte Rapp klar, »sondern solche, die – mit meinen primitiven Möglichkeiten, versteht sich – der Beweissicherung dienen, bevor die Spuren ganz verschwinden. Zweitens geht es nur um einen *einzigen* Stein. Der es aber in sich hat. Vielmehr: *an* sich. Nicht gerichtsfest das Ganze, schon klar, aber ich will dich wenigstens auf etwas aufmerksam machen.«

»Ach ja? Und worauf, bitte schön? Ich verstehe nämlich nur Bahnhof.« Rimbout klang wirklich angefressen.

»Es geht um die roten Farbspuren an dem fotografierten Stein. Ich denke, das könnten Lackrückstände sein. Von einem Fahrzeug. Genau genommen von einem roten Peugeot 108, der mir heute auf dem Hof einer Garage aufgefallen ist. Letztlich aufgrund eines privaten Hinweises, den ich bekommen habe, Namen spielen keine Rolle. Wichtig: Der Wagen hat unten auf der Beifahrerseite einen Lackschaden, gut möglich, dass er durch den Aufprall auf den Stein verursacht wurde.«

»Bon, das denkst du also. Und wem gehört dieser Peugeot 108, der dir so verdächtig erscheint?«

»Ich vermute, Finnla Duboc. Einer guten, vielleicht aber auch gar nicht so guten Freundin von Sandrine Wendling. Deinem Unfallopfer.«

»Moment mal, Moment, Jean Paul: Du *vermutest*? Was soll das heißen?«

Rapp erklärte ihm mit dürren Worten, was er herausgefunden hatte.

»Alors, ich rekapituliere mal«, fasste Rimbout in unvermindert sarkastischem Ton zusammen, der, fand Rapp, so gar nicht zu ihm passte. »Du hast also herausgefunden, dass Sandrine Wendlings Freundin Finnla, sprich Joséfine Duboc, einen roten Peugeot 108 fährt, den sie zurzeit eben nicht fährt.«

»Richtig. Sie hat plötzlich das Radfahren für sich entdeckt, das sie bis letzte Woche noch gehasst hat.«

»Bon. Stattdessen steht Madame Dubocs Wagen auf dem Hof eines Garagisten namens Lautermann. Letzteres *vermutest* du, weil du mehr oder weniger zufällig an der Lautermann-Garage vorbeigefahren bist und dir ein typengleiches Fahrzeug aufgefallen ist: ein roter Peugeot, der, *oh, là, là*, einen Lackschaden hat.«

So wie Rimbout es aussprach, schien er davon auszugehen, dass Rapp mittlerweile einen *Dach*schaden hatte. Er hörte ihn tief durchatmen, ehe er fortfuhr: »Wenn du mich fragst, Jean Paul, ist ein Lackschaden nicht ganz überraschend für einen Wagen, der auf einem Werkstatthof steht. Alors, und nun

155

entdeckst du zudem auf irgendeinem Waldweg in der Umgebung –«

»Nicht irgendeinem, sondern in unmittelbarer *Tatortnähe*, François!« Herrgott, allmählich verlor er die Geduld mit ihm.

»Du findest also einen Stein mit roten Lackspuren«, machte Rimbout penetrant im selben Ton weiter. »In Tatortnähe. Oh, là, là! – Was erwartest du jetzt von mir, Jean Paul? Soll ich den Wagen bei Lautermann beschlagnahmen lassen? Den oder meinetwegen auch die Halterin verhaften? Den Garagisten gleich mit?«

Rapp musste vor seiner Antwort nun selbst tief durchatmen. »Ich erwarte gar nichts von dir, François. Ich erlaube mir aber, dich daran zu erinnern, dass die werte Chefetage des Commissariat in Colmar von dir konkrete Beweise für Sandrine Wendlings Täterschaft verlangt. Ganz gleich, ob sie im Koma liegt oder nicht. Beweise, die du nicht hast. Ihr habt nicht einmal die Tatwaffe gefunden. Ich liefere dir nun Hinweise für einen *alternativen* Tathergang. Der nicht zwingend erfordert, dass Sandrine Wendling ihren Mann umgebracht haben muss. Obwohl selbst das mit der Theorie vereinbar wäre.«

»Was für ein alternativer Tathergang soll das bitte sein?«

Rapp ignorierte weiter Rimbouts Sarkasmus, auch wenn es ihm schwerfiel. »Dir hat doch der Schàngi Wendling erzählt, dass Sandrine noch versucht hat, ihn am Abend des Mordes anzurufen. Oder nicht?«

»Sicher. Warum fragst du? Für ihren Anruf kann es aber viele Gründe gegeben haben.«

»Schon. Aber warum sollte sie ausgerechnet ihren Schwiegervater anrufen, just nachdem sie, wie du annimmst, ihren Mann, seinen Sohn, umgebracht hat? Das erschließt sich mir nicht.«

»Panik. Spontanes Schuldgefühl.« Rapp hörte ihn laut aufstöhnen. »Jean Paul, worauf willst du eigentlich hinaus?«

»Ich finde, François, du solltest so schnell wie möglich, das heißt, bevor der Regen alles abwäscht, den Stein hinter der Bodenwelle im Forêt de Pfaffenhoffen, den ich fotografiert habe, sichern und die daran noch haftenden Lackspuren kriminaltechnisch untersuchen lassen.« Rapp wies ihn darauf hin, dass er ihm zusammen mit den Fotos auch die GPS-Daten für den exakten Ort der Aufnahmen im Forêt geschickt hatte. Er gestand ihm, dass er vorsichtshalber einige Lackreste von dem Stein gesichert habe.

»Falls du sie brauchen solltest.«

»Vielen Dank auch.«

»De rien. Und ja«, schob Rapp mit Nachdruck hinterher, »ich finde tatsächlich, du solltest Monsieur Lautermann einen Besuch abstatten. Um wenigstens eine Vergleichsprobe des Lacks vom roten Peugeot 108 zu nehmen, der auf seinem Hof steht. Außerdem sollte Lautermann dir den oder, wie ich stark vermute, *die* Halterin des Wagens nennen können. Ich wette mit dir um ein Abendessen, François, dass es sich dabei um Finnla Duboc handelt. Sollten die Lackspuren am Stein tatsächlich vom Peugeot stammen, was kriminaltechnisch feststellbar ist, wie du weißt, bist du als Ermittler unseres schönen Distrikts ermächtigt, Madame Duboc dazu zu vernehmen, wie sie den Sachverhalt erklärt. C'est ça. Das ist alles.«

Rimbout ließ ein paar Sekunden verstreichen und schloss dann schmallippig: »Bon. Ich danke dir, dass du mir helfen willst.«

»Ich bitte dich, François, lass das Theater.« Rapp hatte es satt.

»Nein, im Ernst, ich denke darüber nach, Jean Paul«, versprach Rimbout eine Spur verbindlicher. »Aber du weißt selbst, dass ich nicht ohne Weiteres den Wagen einer Person, ihr Eigentum immerhin, untersuchen lassen darf. Auch nicht, wenn er zufällig zur Reparatur in eine Werkstatt gegeben wurde. Im Gegenteil, das macht es noch komplizierter, die Genehmigungen dafür zu bekommen.«

»Du übertreibst.« Nach Rapps Erfahrung kam es immer auch darauf an, wie viel Druck man als Ermittler auf die Justizverwaltung in Colmar auszuüben bereit war. Damit schien es bei Rimbout momentan leider nicht weit her zu sein. Vielleicht, überlegte Rapp, war sein privater Ärger daran schuld. »Für den Stein im Wald brauchst du aber keine Genehmigung, François«, erinnerte er ihn. »Der Forêt ist Staatseigentum.« »Alors, wie gesagt, ich überlege es mir.« Er stieß einen schweren Seufzer aus. »Weißt du, ich kann im Moment nicht ... Ich muss immerzu daran denken, dass ›Salut-Alsace‹ den Film über meine Zwillinge, mit der Aussage von Bernadette, meiner verrückten Schwägerin, permanent wiederholt. Der Sender hat dieses Vier-Stunden-Programm in so einer Wiederholungsschleife. Marianne ist schon ganz verzweifelt. Sie sagt, Bernadette sei *ganz entzückt* über ihren TV-Auftritt bei ›Salut-Alsace‹ und habe ihn sich schon ein Dutzend Mal angesehen. Sie hofft, dass der Film bald auch im Netz zu sehen ist. – Wenn das passiert, Jean Paul, muss ich entweder sie oder mich erschießen.«

»Oder die Macher von ›Salut-Alsace‹. Was sagen eigentlich Jeanne und Richard dazu, deine braven Zwillinge?«

»Es tut ihnen leid. Ich fürchte aber, damit meinen sie allein die Tatsache, dass sie sich haben erwischen lassen. Denn ihre verrückte Tante halten sie für – wie heißt das heutzutage? – supercool. Es ist zum Haareausreißen.«

»Zum Glück hast du nicht mehr viele davon, François«, versuchte sich Rapp an einem Witz, der Rimbout immerhin ein kleines Lachen abzwang, wie er hören konnte.

»Alors, Jean Paul. Ich melde mich.«

»Viel Glück wegen der Zwillinge. Wird schon gut gehen.«

»Merci.«

»Und denk an den Stein, François.«

»Au revoir!«

Rapp legte das Handy auf den Tisch und entschloss sich zu einer Zwischenmahlzeit. Er holte eine Brioche aus dem Brotkorb, die er heute früh nicht geschafft hatte, und machte Kaffee. Kaum hatte er sich wieder an den Tisch gesetzt, klingelte erneut das Handy. Das Display zeigte den Namen Madeleine Haertle an. Nanu?

»Madame Haertle, bonjour.«

»Waren wir nicht schon bei den Vornamen? Jean Paul, Madeleine …« Er hörte sie gurrend lachen.

»Pardon: Madeleine.« Waren sie wirklich schon beim Vornamen? Er konnte sich nicht erinnern. »Wie geht es?«

»Danke, sehr gut nach unserem Gespräch gestern!«, erwiderte sie emphatisch. »Ich hoffe, dem kleinen Patienten, Ihrem Hund, ebenfalls?«

Rapp dankte höflich der Nachfrage und wartete, was sie ihm eigentlich mitzuteilen hatte.

»Nun, ich …« Sie zögerte und senkte die Stimme: »Ich möchte Sie um einen Rat bitten.«

»Einen Rat? Inwiefern?«

»Wir sprachen doch gestern auch über meinen Vorgesetzten, Rougemont, den Chef der Presseabteilung.«

»Ja, ich erinnere mich.« Und wie er sich erinnerte! Seine Aufmerksamkeit schoss schlagartig in die Höhe.

»Der Konflikt zwischen Rougemont und den Landwirten in Pfaffenheim …«

»Ja?«

»Der hat mir keine Ruhe gelassen. Ich habe mir …« Sie zögerte erneut. Ihre Stimme war noch leiser geworden. Offenbar sprach sie vom Büro aus, wenn auch mit ihrem privaten Handy.

»Sie haben was, Madeleine?«

»Ich hatte Gelegenheit, mir ein paar Informationen zu beschaffen.« Sie flüsterte jetzt fast.

»Über Rougemont?«

»Richtig. Und ich bin mir ehrlich gesagt nicht sicher, ob ich nicht sogar die Polizei darüber informieren muss. Angesichts des Mordfalls in Pfaffenhoffen. Und überhaupt. Deshalb dachte ich, Sie könnten mir eventuell raten, was ich nun tun soll.«

»Dazu müsste ich natürlich Genaueres wissen, Madeleine.«

»Es ist so, Jean Paul, ich habe – wie soll ich sagen? – bestimmtes firmeninternes Material gefunden. Aber ich möchte nicht gerne am Telefon darüber sprechen.«

»Das verstehe ich. Wollen wir uns treffen?«

»Falls das für Sie möglich wäre?« Sie klang erleichtert. »Die Sache ist nämlich nicht ganz einfach zu erklären, ziemlich detailreich. Nun werde ich morgen Nachmittag in der Nähe von Rouffach unterwegs sein. Das ist doch Ihre Gegend, nicht?«

»Richtig.«

»Wollen wir uns nach Feierabend irgendwo dort treffen?«

»Vielleicht im Restaurantgarten Kastelberg, falls Sie das kennen?«, schlug Rapp spontan vor.

»Kastelberg? Sie meinen das ehemalige Kloster oberhalb von Pfaffenhoffen?«

»Genau. Man muss keinen Tisch reservieren, die Terrasse des Kastelberg ist ziemlich groß.« Außerdem war das Restaurant für ihn denkbar nah gelegen und erlaubte bei schönem Wetter eine wunderbare Sicht über das Rheintal.

»Très bien.«

Sie vereinbarten achtzehn Uhr als Zeit, um sich dort zu treffen.

»À bientôt, Jean Paul!«

»Bis dann, Madeleine.«

Sie legten auf, und Rapp versuchte, sich einen Reim auf das Gespräch zu machen. Er erinnerte sich, dass sie nur kurz mit dem Gedanken gespielt hatte, sich Zugang zu Rougemonts Computer bei CAB zu verschaffen, und fragte sich, was für Material sie ihm nun würde zeigen können. Über Rougemont, ihren verhassten Kollegen, und seine Beziehung zu den Wendlings oder gar zu weiteren Personen?

Während er noch Spekulationen darüber anstellte, klingelte es erneut. Das Display wies keinen Namen aus.

»Rapp?«

»Monsieur Rapp, hier spricht Joséfine Duboc. Sie sprachen auf meinen Anrufbeantworter. Sie interessieren sich für eines unserer Ferienhäuser am Forêt de Pfaffenhoffen, nehme ich an?«

Joséfine »Finnla« Duboc redete beinahe ebenso überartikuliert wie die Automatenstimme ihres Anrufbeantworters.

Rapp erklärte ihr, dass er im Netz auf ihre Website gestoßen sei. Er suche gewissermaßen vor Ort im Auftrag seines Sohns, der gern mit seiner Familie ein paar schöne Ferientage in der Nähe verbringen würde, nach einer passenden Unterkunft. »Das Interieur sieht auf den Fotos ja sehr schön aus, aber wäre es möglich, dass ich es mir einmal ansehe? Ich wohne in der Nähe, in Colmar«, log er, »und Sie wissen ja, wie das ist, wenn man Empfehlungen abgibt: Man fühlt sich stärker verantwortlich, als wenn man für sich selbst sucht.«

»Wissen Sie, Monsieur, eigentlich bieten wir keine persönlichen Besichtigungen an. Der zeitliche Aufwand ist zu hoch.« Ihre Stimme hatte einen abweisenden Tonfall angenommen. Aber wollte sie sich wirklich das Geschäft entgehen lassen? Rapp ließ sie schmoren und schwieg einfach, ohne aufzulegen.

Nach einigen Sekunden sagte sie schnarrend: »Nun, ich will mal eine Ausnahme machen. Kann bei der Gelegenheit gleich nach dem Rechten schauen, nicht wahr?«

Sie lachte, doch Rapp fragte sich, was zuletzt so lustig gewesen war.

»Was halten Sie von zwölf Uhr morgen Mittag, Monsieur ...«

»Rapp.« Er war kurz irritiert, dass sie ihm einen Termin während der Schulzeit vorschlug, sie war doch Lehrerin. Aber dann fiel ihm ein, dass die École élémentaire in Winzenheim mittwochs grundsätzlich um elf Uhr schloss. Das wusste er von Hirondelle. »Zwölf Uhr passt mir hervorragend, Madame.«

»Aber bitte pünktlich sein, Monsieur. Wie ich schon sagte, solche Besichtigungen vor Ort haben wir sonst gar nicht vorgesehen.«

»Ich werde pünktlich sein, Madame.«

»Bis dann, Monsi–« Sie drückte ihn weg, noch ehe sie seinen Namen ausgesprochen hatte.

Eine Stimme wie ein frostiger Morgen, dachte Rapp. Und er erinnerte sich an die hartkantige Gestalt der Frau vor der Pausenhalle der Schule, auf die ihn Hirondelle heute Morgen hingewiesen hatte. Seine Zweifel wuchsen, ob es ihm gelingen würde, sie bei dem fingierten Besichtigungstermin morgen aus der Reserve zu locken.

Nach dem obligatorischen Abendspaziergang mit Honoré durch die Gemeinde schaltete Rapp den Fernseher ein und setzte sich mit einem Glas Pinot gris, jung, frisch und leicht perlend, aufs Sofa. Er zappte sich zum Programm von »Salut-Alsace« durch, das er sonst praktisch nie schaute, und geriet an das Ende einer Kochsendung, die Lachsrezepte zum Besten gab, abgelöst von Werbung. Es folgten regionaler Sport, heute Radrennfahren, dann Werbung, als Nächstes aktuelle Kultur-events in der Region Grand Est, wozu auch das Elsass zählte, und wieder Werbung … Rapp schaltete in den Werbepausen auf andere Sender um, France 1 oder 2 oder ARTE, und hatte bereits keine Lust mehr, zu »Salut-Alsace« zurückzukehren, tat es dann aber doch. Endlich auch mit Erfolg!

Er landete mitten in der von Rimbout beklagten Reportage: Eine etwa fünfzigjährige Frau mit etwas wirr um den Kopf stehenden aschgrauen Haaren stand in der Tür ihres Hauses, zog an einer Zigarette und beantwortete die Fragen einer jungen Reporterin, die ihr das Mikro vorhielt.

»Weißt du, die Frage finde ich richtig süß«, sagte die ältere Frau breit lächelnd. Überraschenderweise duzte sie die Reporterin. »Natürlich konnten die beiden Auto fahren. Sie haben vorher einen ganzen Tag lang auf dem Feld dort drüben geübt.« Sie wies mit der Zigarette in die Richtung. Die Kamera schwenkte rasch herum, um ihr zu folgen. Man sah ein abgeerntetes Maisfeld, mehr nicht. Schwenk zurück auf die Frau in der Tür. »Ich meine, ich selbst habe den Zwillingen das Fahren beigebracht. Und Verkehrsunterricht hatten sie schon bei ihrem Vater, meinem Schwager, er ist Polizist, sogar bei der Kripo.« Sie blickte herausfordernd direkt in die Kamera.

»Waouh!«, rief die Reporterin aus und streckte ihren Arm mit dem Mikrofon in der Hand plötzlich noch weiter vor.

»Und Ihr … dein Schwager, arbeitet er bei der Kripo in Winzenheim?«

»Wo denkst du hin, Kindchen?« Die Frau lachte laut auf. »In dem Kaff hier gibt es doch keine Kripo. Nein, mein Schwager ist Kripochef in Rouffach. Das sollte doch reichen als Qualifikation, meinst du nicht?«

Die Reporterin lachte nun herzlich mit. Klar, denn sie wusste natürlich augenblicklich, wie dieses Statement der Schwägerin des Kripochefs voraussichtlich einschlagen würde. Rapp dagegen verschluckte sich beinahe vor Schreck und begann zu husten. Rimbouts Schwägerin Bernadette beherrschte die simple Kunst der Rufschädigung offenbar aus dem Effeff.

»Jeanne und Richard hatten die Dyane hundertprozentig im Griff, das steht mal fest«, versicherte sie. »Es war natürlich nicht okay«, räumte sie mit einem lustig anzusehenden Augenverdrehen ein, »dass die zwei die alte Dame, meine gute Dyane, still und heimlich aus der Garage geholt haben, um damit auf der Landstraße zu fahren.« Kurzer, heftiger Schwenk auf eine winzige Straße, die an Bernadettes Grundstück vorbeiführte, und wieder zurück, dass einem schwindlig werden konnte. »Aber mal ehrlich«, fuhr Bernadette unbeirrt fort, »wir kennen doch alle noch ganz andere, viel gefährlichere Leute. Diese typischen Sonntagsfahrer zum Beispiel. Die fahren tausendmal schlechter als Jeanne und Richard.« Sie setzte ein gewinnendes Siegerlächeln auf und blickte wieder direkt in die Kamera. »Ich finde, die jungen Leute trauen sich wenigstens noch was. *Ich* bin stolz auf die Zwillinge.«

Die Kamera zoomte auf ihr Gesicht. In Großaufnahme führte Bernadette ihre Zigarette zum Mund, schloss die Augen und nahm einen tiefen, tiefen Zug, den sie lange, sehr lange, in ihren Lungen behielt, ehe sie den Rauch genüsslich herausströmen ließ. Das Kameraauge nahm nun speziell die dampfende Zigarette ins Visier. Dabei handelte es sich um keinen gewöhnlichen Glimmstängel, sondern er war offensichtlich selbst gedreht und sah aus, wie Haschischzigaretten nun mal aussehen.

»War's das?«, fragte Bernadette mit überaus entspannter Miene und erneutem Blick ins Kameraauge. Es gefiel ihr mehr als offensichtlich, in diesem Streifen die Hauptrolle zu spielen. »Von uns aus ja«, antwortete die Reporterin fröhlich.

»Gerne wieder«, sagte Bernadette souverän wie eine mit allen Wassern gewaschene Politikerin am Ende eines Routineinterviews und schloss sachte die Tür.

Rapp musste an Rimbout denken. Die nächsten Wochen hindurch würden ihn sämtliche Kollegen und Kolleginnen auf seine bekiffte Schwägerin und die Zwillinge ansprechen. Er konnte sich die Sprüche lebhaft vorstellen: »Hat Bernadette noch mehr von dem Stoff auf Lager, François? Nur für meine Kinder vorm Schlafengehen.« Oder: »Kann meine Tochter auch bei Tante Bernadette Fahrstunden nehmen? Sie ist schon vier! Hahaha.« Et cetera.

Vor seiner buckligen Verwandtschaft war man bekanntlich nirgends sicher. Nicht mal im Fernsehen. Und schon gar nicht im Internet: »Ab sofort auf unserer ›Salut-Alsace‹-Facebook-Seite!«, verkündete ein Laufband unter dem Abspann der Reportage.

Armer Rimbout, dachte Rapp und schenkte sich noch einmal nach.

DREIZEHN

Mittwoch, 29. September

»Selbstverständlich habe ich das Geld schon angewiesen, Edgar!«, beteuerte Rapp ärgerlich. »Ich hatte es Isabelle versprochen. Und dir auch. Ich habe mein Wort gehalten.«

»Hm. In dem Fall war ihr Konto wahrscheinlich gedeckt. Dann dürfte das Geld schon weg sein.«

»Von mir aus. Das Geld ist für Isas Therapie. Das wolltest du doch. Und sie auch. Oder etwa nicht?«

Rapp verstand allmählich die Welt nicht mehr. Er war gerade von der ersten Morgenrunde mit Honoré zurückgekommen und saß am Frühstückstisch, als Edgar anrief. Um ihm aufgeregt von Isabelles neuem Therapeuten zu berichten und dem Honorar, das er verlange.

»Docteur Petit ist ein Spezialist, der kostet eben«, argumentierte Rapp weiter am Telefon. »Ich verstehe ehrlich gesagt nicht, warum du dich so aufregst, Junge.«

»Weil es sich nicht um Docteur Petit handelt, Papa. Maman hat sich für einen anderen Therapeuten entschieden.«

»Alors, das ist ihr gutes Recht. Freie Arztwahl, das müssen wir ihr schon zugestehen. Du bist ja strenger mit ihr als ich früher.«

»Papa. Der Typ, der Maman behandelt, ist kein Arzt.«

»Kein Arzt? Na schön, dann ist er eben ein Psychologe oder ein anderer Experte. Wäre doch auch in Ordnung, oder?«

»Der Mann ist auch kein Psychologe. Wenn du mich fragst, ist der überhaupt nicht vom Fach. Oder sagen wir, von einem sehr finsteren Fach. Hör zu, Papa: Franck hat Wind davon bekommen, dass Maman die Therapie machen will. Und ihr diesen anderen Therapeuten empfohlen.«

»Franck?« Auf einmal fühlte Rapp einen dumpfen Druck in der Brustgegend. Franck. Allein der Name klang nach Unheil.

»Ja, Papa. Franck hat Maman einen – wie hat sie gesagt? – ›guten Bekannten‹ von sich empfohlen. Ich würde es aufgeschwatzt nennen. Der Mann nennt sich Didier Doudet, keine Ahnung, ob er wirklich so heißt. Er hat eine Website, sie heißt stirb-und-werde.fr.«

»Stirb und werde? Im Ernst?« Rapp entfuhr ein erschrockenes Lachen.

»Lach nicht, Papa. Es *ist* ernst. Maman hat mir vorhin gestanden, dass sie dein Geld schon im Voraus an Doudet überwiesen hat.«

»Das ganze Honorar für Docteur Petit? An diesen ... *Bekannten* von Franck?«

»Sie nennt ihn Didier. Und ist ganz begeistert von ihm.«

»Super. Formidable. Ganz wunderbar.« Rapp musste tief durchatmen. »Ich ... ich schau mir die Website von diesem Doudet einmal an. Und dann rede ich mit ihr.«

»Merci, Papa. Und entschuldige, dass ich dir –«

»Ah, Unsinn, Edgar«, unterbrach ihn Rapp. »Ich bin dir dankbar, dass du mir Bescheid gesagt hast.«

Dann sprachen sie noch kurz über die kleine Maëlle und ihre erstaunlichen Fortschritte beim Laufen und Sprechenlernen. Doch Rapp merkte, dass er sich nicht recht konzentrieren konnte, wofür Edgar angesichts der unguten Neuigkeiten, die er seinem Vater ja selbst berichtet hatte, volles Verständnis zeigte.

Sie verabschiedeten sich und legten auf.

Rapp stieg sofort hinauf in die obere Etage, ging zum Schreibtisch und rief auf dem Laptop »stirb-und-werde.fr« auf.

Es war noch schlimmer, als er befürchtet hatte. Didier Doudet präsentierte sich auf seiner Seite als ein »Kontaktwesen der Engel« und sah aus wie ein schlecht gealterter Alice Cooper (falls das überhaupt möglich war). Doudet empfand sich als Künstler, eine Galerie seiner Bilder glich Fotografien aus dem Kohlenkeller, ohne Blitzlicht aufgenommen, monochrom schwarz. Bizarrerweise trugen sie die Titel »Hoffnung 1, 2, 3« und so fort.

Doudet verstand sich zugleich als ein »Heiler«. Er erlöste seine Patienten von »beliebigen Problemen beliebiger Wesenheiten«. Er schickte ihnen gnädigerweise verschiedene Engel, mit denen er in spiritueller Verbindung stand, an den Hals, damit sie »das alte Böse in dir töten und dich zum Licht emportragen«. Das Honorar musste »vorab und nach Vereinbarung« gezahlt werden. Wahrscheinlich brachten sich sonst die meisten seiner Opfer um, ehe sie bezahlt hatten.

Rapp konnte nicht weiterlesen. Sein Herz raste vor Wut (auf Franck) und Entsetzen (wegen dieses Fürsten der Finsternis) und echter Angst um Isabelle. Er rief sie gleich an.

»Salut, Jean Paul«, flötete sie ihm ins Ohr, als wären sie beide frisch verliebt. »Schön, dass du anrufst.«

Er kam direkt zur Sache. »Isabelle, ich habe eben mit Edgar gesprochen.«

»Schön. Solltest du öfter tun.«

Rapp ging nicht darauf ein, um sein Herzrasen nicht noch mehr anzutreiben. »Edgar hat mir davon erzählt, dass du für deine Therapie statt zu Docteur Petit zu einem Quacksalber namens Doudet gehst.«

»Didier. Und er ist kein Quacksalber, sondern wirklich ein Engel.«

»Ein *Engel*, Isa? Bist du übergeschnappt?«

»Ich meine, ein Engel im übertragenen Sinne. Er ist ein Kump… ein Bekannter von Franck.«

»Na, so ein Zufall aber auch. Ich habe mir vorhin die Website von diesem Irren angesehen. Der Mann ist ein esoterischer Spinner. Und in höchstem Maße gefährlich, wenn du mich fragst.«

»Ich frage dich aber nicht, Jean Paul. Ich entscheide selbst, zu wem ich in Behandlung gehe. Und Didier ist der Richtige, das spüre ich.«

»Das *spürst* du?«

»Ja. Er sagt, der Alkohol ist der böse Geist in mir, der nur durch einen guten Geist vertrieben werden kann. Und da hat er recht.«

»Ach, und zu dem Zweck ruft Francks Kumpel, dieser Didier, nur einmal kurz bei dem richtigen Engel an, damit der sich den Geist des Alkohols in dir einmal vorknöpft und ihn hinausboxt, oder wie?«

Sie schwieg dazu.

»Herrgott, Isa! Merkst du nicht, dass das ein dreister Betrüger ist, der den Leuten das Geld aus der Tasche zieht und womöglich noch schlimmeren Schaden anrichtet? Wenn seine Opfer vorher noch nicht süchtig waren – *nach* seiner Engelei sind sie es garantiert. Edgar sagt übrigens, du hättest dem Mann das Honorar schon im Voraus überwiesen.«

»Nein, habe ich nicht.«

»Nicht?«

»Franck hat angeboten, es Didier peu à peu zu geben.«

»Franck hat *was*?« Rapp brach vor Zorn der Schweiß aus allen Poren. »Isa, ich habe dir das Geld nicht überwiesen, damit du es deinem Pleitegeier Franck in den Rachen stopfst.«

»Aber er reicht es doch an Didier weiter! Peu à peu, wie gesagt. Es war sogar ein Vorschlag von Didier. Er meint, therapeutisch sei es besser, wenn zwischen ihm, also Didier, und mir nicht das Geld stehe. Er arbeitet eh so lange an mir, bis das Problem behoben ist. Das ist doch sehr großzügig.«

»Er will *an dir arbeiten*? Für mich klingt das nach einem programmierten Desaster, Isabelle. Dafür habe ich mein Geld nicht hergegeben. Nicht für einen Scharlatan, der sich das ergaunerte Honorar hinter den Kulissen mit deinem verfluchten Franck teilt.«

»Jetzt vergreifst du dich aber wirklich im Ton, Jean Paul.«

»Für so ein Gangsterpaar hätte ich noch ganz andere, viel passendere Ausdrücke parat, Isa.«

»Typisch Polizist. Aber na gut, wenn dir das Geld schon leidtut, bevor die Therapie losgegangen ist, bekommst du es selbstverständlich von Franck zurück.«

»Von Franck?« Rapp lachte sarkastisch auf. »Niemals. Mach dir nichts vor, Isa.«

Zwei, drei Sekunden vergingen. »Hör mal, Jean Paul«, sagte

sie dann mit der weichen, einschmeichelnden Stimme, die er so gut kannte. »Warum lässt du es mich nicht wenigstens mal versuchen mit Didier? Seitdem ich mit ihm telefoniert habe, spüre ich ganz deutlich die positive Energie, die von ihm ausgeht.«

»Das heißt, du hast dich noch gar nicht persönlich mit ihm getroffen? Nur seine *Energie* gespürt? Ausschließlich durchs Telefon?«

»Richtig, auch wenn du es nicht glauben magst, wie man hört«, gab sie trotzig zurück.

»Hast du dir mal seine Website angesehen, Isa?«

»So etwas interessiert mich nicht, Jean Paul. Ich rede mit den Menschen.«

»Bon.« Er streckte die Waffen. Ihr war nicht zu helfen. Franck manipulierte sie nach Belieben und sog sie aus wie ein Hühnerei. Zusammen mit seinem neuen Gangsterkollegen, da war Rapp sich ganz sicher. Dabei war Isabelle nicht dumm, im Gegenteil. Sie war nur allzu vertrauensselig. Vielleicht aus Verzweiflung. In der Hoffnung auf eine Liebe, die sie bei Rapp nie hatte finden können. Das wusste er, und es war zweifellos auch sein Versagen gewesen. Vor dieser bitteren Wahrheit erschien ihm das Geld, das er ihr bereits am Montag im guten Glauben an ihre Therapiechance überwiesen hatte, nur als ein weiteres Lehrgeld. Als ein neuer Beleg für die alte Erkenntnis, dass sie beide einander einfach kein Glück brachten.

Die einzige Ausnahme von dieser Regel war Edgar.

Nach dem Starkregen gestern hatte es ein paar Grad abgekühlt, und die Luft, die seitdem in einem stetigen Strom über die Vogesen hinweg in die Ebene strömte, war klar und frisch und verlieh den mittäglichen Sonnenstrahlen, die über dem Land lagen, ein kristallenes Funkeln.

Rapp fuhr mit seinem weißen Peugeot-Rad auf den dunklen Schatten des Forêt de Pfaffenhoffen zu, um der Straße auf der östlichen Seite nach Süden zu folgen. Die Baustelle, die sich dort in der letzten Woche noch befunden hatte, war laut Verkehrslagebericht inzwischen aufgehoben worden. Binnen Kurzem würde er dann das kleine Ferienhausensemble der Dubocs erreichen. High Noon: Wenige, exakt bemessene Minuten nach zwölf würde er Finnla Duboc Auge in Auge gegenüberstehen.

Nach dem extrem ärgerlichen Telefongespräch mit Isa über ihren anstehenden Höllenritt beim Fürsten der Finsternis, diesem Didier Doudet, hatte Rapp erst einmal einen langen Spaziergang mit Honoré entlang der Weinberge machen müssen. Auf dem Rückweg war er an Sylvies lachsfarbenem Haus in der Rue de Kaefferling vorbeigekommen und glaubte sogar, für einen Moment Fou Fous rostroten Schatten hinter einem der Fenster erkannt zu haben. Er hätte Fou Fous Chefin nur zu gern einen Besuch abgestattet, aber Sylvie war üblicherweise um die Uhrzeit bereits zur Arbeit ins Éco Musée gefahren, die Vorhänge waren zugezogen.

Er erreichte den westlichen Rand des Forêt. Mit einem kurzen Seitenblick zu der tristen Brache hin, wo die Choucroute-Manufaktur der Wendlings hatte entstehen sollen, erinnerte er sich daran, warum er jetzt unterwegs war.

Im nächsten Augenblick tauchte er in die grüne Lunge des Waldstücks ein. Nach gut hundert Metern bog er rechts ab, und einen guten Kilometer weiter südlich hatte er sein Ziel erreicht.

Der Forêt war auf seiner Ostseite länger als auf seiner Westseite, sodass die Form des Waldstücks insgesamt einem Rhombus glich. Für das kleine Ferienhausensemble der Dubocs war am südöstlichen Waldrand eigens eine Schneise geschlagen worden, wie Rapp erst jetzt, da er von Osten kam, klar wurde. Was ihn innerlich unwillkürlich gegen die Eigentümer einnahm. Jeder dieser alten Waldbäume trug das ehrwürdige Moos von Hunderten von Jahren auf dem grünen Buckel. Er fragte sich, wieso die Forstbehörde, oder wer immer dafür zuständig gewesen war, die Genehmigung für die Baumfällungen erteilt hatte.

Schon von Weitem sah er einen schwarzen Cactus, Citroëns SUV-Modell, neben dem freien Ferienhaus parken. Auch er

selbst folgte dem Weg aus hellen Steinplatten an dem Wohn-
areal vorbei und grüßte mit der Fahrradklingel den jungen
Vater von gestern, der den kleinen Maxime auf dem Schoß
hielt. Der Kleine angelte gerade seiner Mutter, die danebensaß,
die Sonnenbrille von der Nase. Der Vater tippte sich lässig mit
zwei Fingern an die Schläfe, um Rapps Gruß zu erwidern.
Die Gäste der beiden anderen Ferienhäuschen hatten ihn
auf seinem Fahrrad nicht einmal bemerkt. Die einen lagen auf
ihren Liegen und sonnten sich, die anderen aßen bereits zu
Mittag, wie es aussah.

Rapp stellte sein Rad neben dem schwarzen SUV der Dubocs ab, auf dem er an der Seite den Firmennamen, »Duboc
Compagnie de construction«, und die Webadresse, »duboc-
cdc.fr«, lesen konnte.

Joséfine Duboc erwartete ihn bereits auf der Terrasse des
freien Ferienhäuschens. Sie hatte die Arme vor der Brust ver-
schränkt, sodass sie zugleich ihre Armbanduhr im Blick hatte.
Sie trug eine helle Strickweste über einem rostfarbenen Flanell-
kleid und kirschrote Pumps, die sich mit der Farbe des Kleids
nicht recht vertrugen. Über der kräftigen Schulter klemmte
eine schwarze lacklederne Umhängetasche.

Aus der Nähe, fiel Rapp auf, machte ihre Gestalt einen etwas anderen Eindruck als gestern aus der Distanz. Sie wirkte
weniger kantig als vielmehr kräftig und breit. Ihr hellhäuti-
ges Gesicht, gerahmt von dünnen mittelblonden Haaren, die
ihr bis zu den Ohrläppchen reichten, wurde weniger durch
das vorstehende Kinn dominiert, das eigentlich nur im Profil
auffiel, sondern von den überaus großen kornblumenblauen
Augen, die ihn mit einer Mischung aus Ärger und Erwartung
musterten.

Madame Duboc konnte es sich nicht verkneifen, noch einmal tadelnd auf ihre goldene Armbanduhr zu schauen, ehe sie
seine Hand nahm, die er ihr bereitwillig entgegenstreckte.

Rapp war mit Absicht fünf Minuten zu spät gekommen.
Je früher und heftiger sie sich über ihn ärgerte, desto größer
die Chance, dass sie die Contenance verlor und vielleicht das

eine oder andere preisgab, das sie lieber für sich behalten hätte. Hoffte er zumindest.

»Bonjour, Madame ... Duboc, wie ich doch annehme?«

»Bonjour.« Sie sah ihn schief lächelnd an. »Aber ja, ich bin Madame Duboc, wir waren doch verabredet, Monsieur.« Sie warf einen ungläubigen Blick auf sein Fahrrad neben ihrem SUV, dem Firmenwagen ihres Mannes. »Sind Sie wirklich mit dem Rad von Colmar hierhergefahren?«

»Klingt, als läge Colmar auf dem Mond, Madame. Es sind nur sechzehn Kilometer bis hierher.«

»Ah, da sind Sie via Sainte-Croix-en-Plaine geradelt, wie?«

»Das wäre ja dumm. Sehe ich so aus, als ob ich Lust hätte, mir die Strecke mit haufenweise vorbeidonnernden Autofahrern zu teilen? Nein, ich bin selbstverständlich über Schœnwiller gefahren, an der Lauch entlang, habe im Wald dann die Thur gekreuzt. Et voilà, da haben Sie mich!« Er lachte herzhaft darüber. Sie nicht. So genau wollte sie es auch wieder nicht wissen.

»Wollen wir reingehen, Madame?«, schlug er gleich als Nächstes vor und ging bereits vor zur schmalen Eingangstür.

»Natürlich.« Ihrem Gesicht war anzusehen, dass ihr seine nassforsche Art, als wäre *er* der Eigentümer und sie die Mietbewerberin, gar nicht passte. Missmutig kramte sie den Schlüssel für das Häuschen aus der Umhängetasche, stakste, das längliche Kinn voraus, an ihm vorbei und schloss auf.

Rapp folgte ihr hinein. Drinnen fiel ihm als Erstes der angenehme Holzduft auf, der bei ihm jedoch eher Erinnerungen an entspannte Saunastunden als an frühere Ferienaufenthalte mit der Familie wachrief. Isabelle fiel ihm plötzlich wieder ein, es gelang ihm aber zum Glück, den Gedanken an sie in den Händen des Fürsten der Finsternis aus seinem Hirn zu verbannen.

Unterdessen zeigte ihm Madame Duboc routiniert und äußerlich unbeteiligt Küche, Wohnraum und Bad im unteren Bereich und die zwei Schlafzimmer in der Dachetage; sie waren über eine gewachste Holztreppe zu erreichen, ähnlich wie in seiner eigenen Wohnung.

»Elfhundert Euro die Woche, zweihundertachtzig das

Wochenende«, klärte sie ihn über den Mietbetrag auf, als sie nach diesem Schnelldurchlauf wieder hinuntergestiegen waren. »Plus Nebenkosten und obligatorische Endreinigung.«
Rapp blickte zum Fenster hinaus, zum nahen Waldrand hinüber, und ignorierte, was sie gesagt hatte.
»Monsieur? Pardon?«
Er wandte sich langsam zu ihr um und schien nachdenklich ins Leere zu blicken.
Sie wurde ungeduldig. »Sie sagten, es sei Ihr Sohn, der sich für das Haus interessierte, Monsieur?«
Er nickte abwesend. »Er und seine Familie, ja.«
»Heißt?«
»Mit Mann und einem Mädchen.«
»Wie alt?«
»Wer? Mann oder Mädchen?« Er zog seine Mundwinkel hoch.
»Das Mädchen natürlich. Wir haben zusätzlich ein Kinderbett, das wir aufstellen könnten.«
»Schön«, sagte Rapp, ohne ihr das Alter des Mädchens zu nennen. Er setzte eine Miene auf, als wäre ihm plötzlich etwas Wichtigeres, Bedenkliches eingefallen. »Sagen Sie, Madame, mein Sohn wohnt in Lyon. Er hat daher nichts von dem schrecklichen Ereignis unweit von hier, auf der westlichen Seite des Forêt, gehört.«
»Welches Ereignis?« Ihre Stirn bildete eine tiefe Spalte.
Er sah ihr an, dass sie sehr wohl wusste, worauf er anspielte. »Ich meine den Mord an dem jungen Mann, Madame. Wendling heißt er, glaube ich. Ich habe davon in der Zeitung gelesen. Er soll erschlagen worden sein. Hat man denn den Mörder schon gefunden? Wissen Sie etwas darüber? Ich meine, andernfalls liefe diese gefährliche Person ja noch frei in der Gegend herum, nicht wahr?«
»In Paris werden täglich Leute umgebracht, Monsieur. Und doch wird die Stadt von Millionen Touristen besucht.« Ihre großen blauen Augen blickten ihn kühl an. Sie spürte wohl schon, dass diese Vermietung wahrscheinlich nicht zustande

kam. Rapp hatte einmal gelesen, dass es Leute gab, die sich aus Zeitvertreib Wohnungen, auch Ferienwohnungen, zeigen ließen, ohne je die Absicht zu haben, sie auch zu mieten. Madame Duboc hatte das sicher auch schon erlebt, vielleicht ein Grund, warum sie Besichtigungen gewöhnlich nicht mehr anbot.

Zugleich hatte sie mit ihrem plötzlichen Fokus auf die Mordsstadt Paris geschickt vermieden, sich zu dem Mordfall vor Ort zu äußern. Also versuchte es Rapp aus einer anderen Richtung:

»Haben Sie denn selbst keine Angst, Madame? Wenn Sie zum Beispiel nachts in der Gegend unterwegs sind?«

»Ich wohne in Winzenheim, Monsieur«, konterte sie kühl. »Aber ich sehe auch für diese Gegend hier keine Gefahr. So wenig wie die Feriengäste, die augenblicklich die anderen Häuser gemietet haben.«

Die die Mietverträge aber vielleicht schon vor dem Mord abgeschlossen hatten, dachte Rapp. Familien planten ihre Ferien selten von einem Tag auf den anderen.

Madame Duboc zog die Mundwinkel nach unten und ließ sie dort hängen. Es war offensichtlich, dass sie inzwischen davon ausging, mit Rapp eine Niete gezogen zu haben, und ihn nun so schnell wie möglich loswerden wollte.

Doch den Gefallen tat er ihr nicht: »Ich habe gelesen, dass es sogar ein zweites Opfer gab, die Frau des jungen Mannes.«

»Sandrine«, entfuhr es ihr unwillkürlich, sie schien selbst erschrocken darüber.

»Sie kennen die Frau, Madame?«, setzte er nach und wusste sich vor gespieltem Erstaunen kaum zu lassen. Nach Paulettes Einschätzung waren die beiden Frauen sogar Busenfreundinnen gewesen.

Doch sie hatte genug von Rapp. »Monsieur, es tut mir leid, aber meine Zeit ist leider knapp bemessen. Bitte teilen Sie Ihrem Sohn und seiner Familie mit, welchen Eindruck Sie gewonnen haben. Ich hoffe, einen positiven«, schob sie tonlos hinterher, indem sie die Tür öffnete und ihn mit einem kalten Blick unmissverständlich zum Gehen aufforderte.

Rapp tat ihr den Gefallen gezwungenermaßen. Doch auf der Terrasse wartete er, bis sie abgeschlossen hatte, und deutete, kaum dass sie sich zu ihm umgedreht hatte, mit seinem Fahrradschlüssel auf den Firmennamen an dem schwarzen Citroën neben dem Haus. »Ich sehe, Sie führen auch Bautätigkeiten aus.«

Sie schritt an ihm vorbei zum Wagen. »Das betrifft nur die Firma meines Mannes. Wenn Sie einen Auftrag vergeben möchten, müssen Sie sich bitte an ihn direkt wenden.«

Sie hatte gründlich die Nase voll von ihm, das war mit den Händen zu greifen. Rapp ärgerte sich inzwischen über sich selbst, er hatte es offensichtlich mit seiner provokativen Strategie übertrieben.

Sie stakste um das Auto herum und sah ihn aus der gewonnenen Distanz fast schon wieder gleichgültig an: »Bei Interesse an dem Ferienhaus sollte sich Ihr Sohn persönlich bei mir melden. Au revoir, Monsieur.«

Sie öffnete die Tür, stieg ein, ließ den Motor aufheulen, wendete den Wagen und fuhr in forschem Tempo über den plattierten Seitenweg davon.

Als Rapp kurz darauf wieder an der kleinen Familie auf der Terrasse ihres Häuschens vorbeiradelte, winkte der junge Vater zurück und rief ihm zu: »Harter Knochen, die Dame, was? Aber die Häuschen sind super!«

»Super! Super!«, wiederholte der kleine Maxime und winkte Rapp ebenfalls zu.

Ja, dachte Rapp beim Weiterfahren, Finnla Duboc war tatsächlich ein harter Knochen. Hatte sich zu keiner persönlichen Äußerung, gleich welcher Art, hinreißen lassen. Doch eines hatte sie nicht verbergen können: Um den Besichtigungstermin mit Rapp wahrzunehmen, hatte sie mit dem Wagen ihres Mannes kommen müssen. Das passte zu Hirondelles Beobachtung. Und erhöhte die Wahrscheinlichkeit, dass der rote Peugeot 108 auf dem Hof der Garage Lautermann tatsächlich ihr gehörte. Was auch immer Rimbout damit anzufangen wusste.

VIERZEHN

Das ehemalige Kloster Notre-Dame lag wie ein Schmuckkästchen aus grauem Sandstein auf dem Kastelberg, oberhalb der Weinberge von Pfaffenhoffen. Auf der Kuppe dieses dicht bewaldeten Ausläufers der Vogesen thronte La Roche du Diable, ein »Druidentisch« aus gigantischen Steinblöcken, der dem Ganzen eine denkbar grob gehauene Krone aufsetzte.

Tagsüber kamen die Gäste des Kloster-Restaurants wegen des atemberaubenden Blicks, den sie über die hüfthohe mittelalterliche Steinmauer der Terrasse hinweg auf die Rheinebene hatten; bei klarer Sicht bis hinüber zum Schwarzwald und zu den Alpen. Abends kamen sie hauptsächlich wegen des guten Essens.

Rapp war mit Honoré den steilen Weg durch die Weinberge und dann den gewundenen Pfad durch den Wald hinaufgestiegen. Wo der Untergrund hart und steinig war, trug er den Hund, wo weich und sandig, ließ er ihm viel Zeit, seine wunden Pfoten beim Gehen zu sortieren; Honoré hatte noch immer seinen Schuh an, der den Ballen schonen sollte.

Der frühe Abendhimmel war noch lichtblau und klar, doch die Luft fühlte sich feuchtkühl an, und über die grauen alten Klosterzinnen des Kastelbergs hinweg zog ein frischer Vogesenwind ins Tal hinunter.

Rapp entdeckte Madeleine Haertle an einem der kleinen Tische im Hof, nahe der Hofmauer. Sie trug einen grasgrünen Wollmantel mit sich kreuzenden orangen und schwarzen Streifen, die ihn an ein Tapetenmuster der fünfziger Jahre erinnerten. Doch der mehr als handbreite hellbraune Ledergürtel um ihre schmale Hüfte schien diesem Eindruck bewusst widersprechen zu wollen. Madeleine Haertle, dachte Rapp, war vielleicht eine Frau, die ihre Botschaften recht raffiniert in den Details versteckte.

Sie strahlte, als sie ihn sah, und er musste zugeben, dass

er sie attraktiv fand: ihr offenes schmales Gesicht, das herzliche Lachen, als sie ihn mit Honoré herankommen sah, ihre schlanke Gestalt, als sie sich leicht erhob, um ihm zur Begrüßung sehr betont ihre Wangen hinzuhalten. Dann beugte sie sich zu Honoré hinab, tätschelte ihm die Stirn und streichelte vorsichtig seine kranke Pfote.

Rapp glaubte, eine etwas überschwängliche Reaktion des alten Schwerenöters festzustellen, und hoffte, dass das im Laufe des Gesprächs nicht noch zu Verwicklungen führte.

»Übrigens, ist Ihnen nicht zu kalt hier draußen, Madeleine?«, fragte er.

»Wir können uns ja warm reden«, erwiderte sie, etwas unsicher lächelnd, und wurde auf einmal ernst. »Ich fürchte, ich brauche die frische Luft, um meine Gedanken zu sortieren. Hoffentlich macht es Ihnen nichts aus?«

»Mais non. Hab vorsichtshalber mein Wollsakko angezogen.« In Wahrheit hatte er an seiner Flurgarderobe blind danach gegriffen.

Er setzte sich ihr gegenüber, band Honorés Leine an einem Tischbein fest und sah sich kurz um. Bis auf ein jugendliches Paar, das ein paar Tische weiter Mund-zu-Mund-Beatmung übte, waren sie die einzig verbliebenen Gäste auf der Terrasse. Es war einfach zu kühl geworden. Hinter den bodentiefen Fenstern des Restaurants sah er die festliche Beleuchtung der Kronleuchter und heimeligen Kerzenschein an sicher reichlich gedeckten Tischen.

Der Kellner kam, Rapp erkundigte sich nach Thérèse und erfuhr zu seiner Enttäuschung, dass sie heute ihren freien Tag habe. Frei hieß in Thérèses Fall höchstwahrscheinlich, dass sie im Café Faust in Rouffach arbeitete.

Madeleine Haertle bestellte einen Pfefferminztee. »Ich habe schon den ganzen Tag Magenschmerzen«, erklärte sie ihm. Angesichts dessen entschied sich Rapp statt einer Quiche Lorraine, mit der er schon geliebäugelt hatte, lediglich für einen trockenen Auxerrois, den manche für einen Pinot blanc hielten, obwohl sein Aroma, das zwischen Honig und gerösteten Mandeln changierte, nach Rapps unbescheidener Meinung eher einem Chablis glich.

Madeleine Haertle strich mit schlanken Fingern an dem filigranen Bügel ihrer randlosen Brille entlang und sah Rapp in die Augen. »Ich möchte Ihnen zunächst einmal danken, Jean Paul.«

»Danken, wofür?«

»Für unser Gespräch in Strasbourg. Es hat mir gutgetan, mit Ihnen zu reden.«

»Das freut mich, Madeleine.« Er lächelte etwas verlegen.

»Wissen Sie, ich hatte bisher eigentlich noch nie die Gelegenheit, mit jemandem über Roberts ... über Rougemonts Schikanen gegen mich zu reden. Aber seitdem ich mit Ihnen darüber gesprochen habe, ist mir klar geworden, dass ich nicht bereit bin, mich von ihm zum Opfer machen zu lassen.«

»Bravo!«

»Dass ich nicht nur das Recht, sondern die Pflicht habe, mich zu wehren. Auch als Vorbild für meine jüngeren Kolleginnen.« Sie sah ihn mit kampflustiger Miene an. »Und was nun seine Beziehungen – oder wie soll man sagen? – zu den Wendlings betrifft, besteht ja nun wirklich Handlungsbedarf, oder nicht?«

Rapp stimmte ihr lebhaft zu.

Sie wollte weiterreden, doch der Kellner kam zurück und servierte die Getränke.

»Le thé für Madame, Auxerrois für Monsieur, voilà.«

Rapp hob sein Glas und prostete ihr zu. Madeleine Haertle nippte nur leicht an dem dampfenden Glas Pfefferminztee. Dann beugte sie sich zu ihm vor und raunte, als könnten sie belauscht werden: »Ich hatte Gelegenheit, den Mailverkehr von Monsieur Rougemont einzusehen.«

»Auf seinem Computer?«, wunderte sich Rapp.

»Nein, viel einfacher. Es gibt eine Sicherheitskopie jeder ein- und ausgehenden Mail auf dem CAB-Betriebsserver. Normalsterbliche haben keinen Zugang dazu. Aber nicht ganz zufällig kenne ich die IT-Administratorin sehr gut. Genau genommen schon seit meiner Schulzeit in Sélestat, wir waren Klassenkameradinnen. Violette wartet den Server und hat das

Zugangspasswort. Und sie verabscheut Rougemont genau wie ich.« Madeleine Haertle gönnte sich ein diabolisches kleines Lächeln. »Mit Violettes Unterstützung konnte ich sehr schnell herausfischen, welcher Art die Mails waren, die Rougemont unter dem Stichwort Wendling geschrieben oder erhalten hat.«

»Sie meinen sämtliche Mails, in denen der Name Wendling fiel?«

»Richtig. Und das war wichtig. Denn Rougemont hat den Wendlings nie direkt geschrieben, sondern ausschließlich anderen Personen *über* sie. Vor allem einer Person.«

»Wen genau meinen Sie?« Er sah ihr an, dass sie zögerte, den Namen zu nennen.

»Nun, ich will niemanden unnötig in Schwierigkeiten bringen.«

»Das will ich ebenso wenig, Madeleine«, versicherte Rapp.

»Bon. Rougemont hat einen Landwirt aus Pfaffenhoffen – wie passend, dass der Ort direkt unter uns liegt, nicht wahr? –, alors, einen jungen Bauern namens Paul Forbach hat er dazu gebracht, ›ein Zeichen‹ gegen die Wendlings zu setzen.«

Rapp stutzte. Forbach? Den Namen des Bauern kannte er doch … Richtig, er war dem Mann sogar vor Kurzem noch auf Schàngis Hof begegnet. Forbach hatte sich, wie er sich erinnerte, äußerst bestürzt über das Attentat auf Laurent und den Unfall von Sandrine Wendling gegeben. Und zwar sehr glaubwürdig, da die Folgen wirtschaftlich auch ihn trafen.

»Was ist mit diesem Paul Forbach, Madeleine?«

Sie nahm vorsichtig einen Schluck von ihrem Tee, schien zufrieden damit, wie weit er inzwischen durchgezogen war, nahm einen weiteren und stellte das Glas ebenso sanft wieder ab, wie sie getrunken hatte. »Rougemont«, fuhr sie fort, »hat Forbach damit unter Druck gesetzt, dass der Schulden bei uns hatte.«

»Bei CAB?«

»Genau. Forbach hatte Pech mit den Ernten, was nach Rougemonts Lesart am Wetter, nicht am Saatgut lag. Wie auch immer, Forbach konnte seinen Kredit nicht bedienen, den

CAB ihm gewährt hatte. Die Kreditgewährung ist ein eigener Geschäftszweig von CAB, sie lohnt sich schon deshalb, weil unsere Kunden das Saatgut jedes Jahr neu kaufen müssen. Weil es ja eine Hybridsorte ist, für die CAB das Patent besitzt.«
»Verstehe. CAB streckt also das Geld vor, das die Landwirte dann peu à peu zurückzahlen müssen. Zu saftigen Konditionen, wie ich annehme?«
»Voilà.« Ihr saurer Gesichtsausdruck deutete an, dass sie persönlich damit alles andere als glücklich war.
Rapp nahm einen großen Schluck Wein. Der köstlich war, nur fast schon zu kühl, um ihn hier draußen zu genießen.
»Und wie hat Rougemont nun Forbach unter Druck gesetzt, Madeleine?«
»Er hat Forbach versprochen – was er meiner Meinung nach nur in Absprache mit der Abteilung CAB-Kredite tun konnte –, dass ihm die Kreditschulden erlassen würden, falls Forbach zu einer ›kleinen Aktion‹ gegen die Wendlings bereit sei.«
»Eine Aktion?«
»So hat er sich ausgedrückt. Verklausuliert hat Rougemont Forbach im Grunde dazu genötigt, bei Nacht und Nebel reife Kohlköpfe an den Feldrändern der Wendlings so zurechtzustutzen, dass sie quasi wie Totenköpfe aussahen.«
»Wie Kürbisse zu Halloween, meinen Sie?«
»Ja genau. Eine wirklich schwachsinnige Aktion.«
Von der Blanche, Aimées Kollegin beim Courant, bereits im letzten Jahr erfahren hatte.
»Das ist aber noch nicht alles, denn die Aktion schlug gewissermaßen ins Gegenteil um«, fuhr Madeleine Haertle fort. »Forbach hat sich zwar zu dieser schwachsinnigen Tat hinreißen lassen, mit der die Wendlings eingeschüchtert werden sollten. Und natürlich auch alle Weißkohllandwirte, die mit ihnen zusammenarbeiten wollten.«
»Eine symbolische Drohung quasi?«
»Richtig. Aber schon kurze Zeit später hat Forbach das bereut. Und sich persönlich bei den Wendlings entschuldigt.«
Rapp sah sie erstaunt an. »Wie? Forbach hat sich gegenüber

den Wendlings dazu bekannt, dass er sich an ihrem Weißkohl vergangen hat?«

Sie lachte kurz auf. »Ja, er hat sich dazu bekannt und sich damit entschuldigt, dass er sich von Rougemont dazu habe nötigen lassen, weil ihm finanziell das Wasser bis zum Hals stehe.«

»Und wie haben die Wendlings reagiert?«

»Äußerst nobel, würde ich sagen. Und sehr schlau. Denn im Gegenzug und gewissermaßen als Anerkennung für seine Ehrlichkeit hat Forbach seitens der jungen Wendlings nicht etwa eine Schadensersatzforderung kassiert – die, nebenbei, ohnehin nicht sehr hoch ausgefallen wäre – oder gar eine Strafanzeige.«

»Sondern?«

»Sondern das Angebot, statt mit CAB in Zukunft mit *ihnen*, den Wendlings, zusammenzuarbeiten!«

»Raffiniert.« Rapp konnte ein Lachen nicht unterdrücken. »Das heißt, die Wendlings haben den Spieß umgedreht und nun ihrerseits Forbach geködert?«

»Genau. Rougemont hat natürlich getobt. Jedenfalls in einer Mail, die er Forbach daraufhin geschrieben hat. Er hat ihn als kriminellen Überläufer bezeichnet und so weiter. Doch Rougemont waren jetzt die Hände gebunden. Mit Forbachs Reue und dem Coup der Wendlings hatte er einfach nicht gerechnet. Denn auf einmal war Forbach bei anderen Banken wieder kreditwürdig und unabhängig von CAB, sobald er seine Schulden zurückgezahlt hatte.«

»Klingt wie eine verlorene Propagandaschlacht im Kalten Krieg.«

Sie wurde plötzlich ernst. »Vielleicht ist daraus am Ende sogar ein *heißer* Krieg geworden.«

Er sah sie fragend an. Das klang, als wüsste sie noch mehr.

»Ich habe, vielmehr Violette hat natürlich auch Rougemonts digitalen Kalender auf dem Firmenserver einsehen können.«

»Ja?«

»Es stehen nur magere Daten und Namen darin. Aber immerhin: Rougement war am 23. September am frühen Nachmittag in Rouffach bei einem Saatgut-Zwischenhändler.«

»Der Dreiundzwanzigste, das war der Tag des Mordes an Laurent Wendling.«

Sie nickte bestätigend. »Es kommt noch besser. Oder schlimmer, wer weiß das schon? Denn anschließend hatte Rougemont laut Kalendereintrag einen Termin – in *welchem* Ort?« Sie deutete mit dem Kinn ins Tal hinunter.

»In Pfaffenhoffen?«

»In Pfaffenhoffen.«

»Bei Forbach?«

»Darüber fehlt die Angabe. Aber wer käme sonst in Frage? Die Wendlings hätten sich im Leben nicht mit Rougemont verabredet.«

»Um welche Uhrzeit hatte er den Termin in Pfaffenhoffen?«

»Geplant war siebzehn Uhr.«

Rapp überschlug die Zeitangabe rasch in Gedanken. Nur ein bis zwei Stunden vor dem Mord, hieß das, hatte dieser Rougemont ein Treffen welcher Art auch immer in Pfaffenhoffen geplant. »Gab es danach, nach dem Mordtag meine ich, noch weiteren Mailkontakt zwischen Rougemont und Forbach?«

»Nein. Nicht auf dem Betriebsserver.«

Rapp lehnte sich auf seinem Stuhl zurück und atmete durch. Jetzt verstand er, warum Madeleine Haertle so dringend seinen Rat gesucht hatte. Es ging weiß Gott nicht mehr nur um Rougemonts Verhalten ihr gegenüber im Betrieb. Vielmehr hatte der Mann aufgrund dieser Informationen als dringend tatverdächtig im Mordfall Wendling zu gelten.

Selbstverständlich musste die Polizei davon erfahren. Doch wie sollte das geschehen, ohne dass Madeleine sich dabei selbst belastete? Denn sie hatte sich die Informationen illegal betriebsintern verschafft. Und das Mindeste, was ihr – und natürlich auch ihrer alten Freundin Violette im IT-Bereich – passieren konnte, war, dass sie ihren Job verlor. Eventuell mit einer hohen Schadensersatzsumme im Gepäck.

Er beugte sich vor und sah sie direkt an. »Ich verstehe Ihr

Problem vollkommen, Madeleine, die Zwickmühle, in der Sie sich befinden. Und ich danke Ihnen für Ihr Vertrauen.« Es beschämte ihn sogar, da er umgekehrt ihr gegenüber sogar unter falschem Namen auftrat. Aber das ließ sich hoffentlich wiedergutmachen.»Ich mache Ihnen folgenden Vorschlag«, sagte er.»Sie unternehmen vorerst gar nichts. Als ... nun, als Agrarökonom könnte *ich* stattdessen ohne große Mühe mit Forbach Kontakt aufnehmen und ihn, ohne verdächtig zu erscheinen, auf Rougemont und die Wendlings ansprechen. Forbachs Reaktion wird mit Sicherheit aufschlussreich sein, was Rougemonts Rolle und vielleicht auch seine eigene in dieser furchtbaren Tragödie der Wendlings betrifft.« Bei der abschließenden Einschätzung von Forbachs Aussage, war Rapp überzeugt, würden ihm seine jahrzehntelangen Erfahrungen als Ermittler schon ausreichend gute Dienste leisten. »Sollte es nötig werden, Kontakt zur Kriminalpolizei aufzunehmen, könnte ich eine Aussage machen, ohne Sie, Madeleine, erwähnen zu müssen. Denn hält die Polizei Rougemont für verdächtig, kann sie ihn und seine Maildaten hochoffiziell überprüfen. Sollte sie meine Aussage aber irrelevant finden, wird sie Rougemont erst gar nicht verhören. In beiden Fällen wären Sie und Ihre Freundin aus dem Schneider.«

»Das wäre ...« Sie ergriff spontan seine Hände, ihre fühlten sich eiskalt an.»Das würde mich unglaublich erleichtern, Jean Paul.«

Etwas Banales wie »De rien, keine Ursache« wollte gerade über seine Lippen schlüpfen, als sie plötzlich irritiert unter den Tisch schaute.»Oh, là, là, Monsieur! Das geht mir denn doch zu weit, mein Lieber. Das ist *mein* Schuh!«

Rapp folgte erschrocken ihrem Blick. Honoré leckte gerade genüsslich einen ihrer Pumps aus, den sie vorher leichtsinnigerweise abgestreift hatte.

Rapp rief ihn scharf zur Räson, doch es half nichts, er musste ihn eigenhändig, sogar beidhändig, von seinem Lustobjekt trennen. Anschließend hielt er ihm eine Gardinenpredigt, die Honoré stoisch über sich ergehen ließ.

Madeleine schien zu frösteln. »Ich denke, ich sollte nach Hause fahren und ein heißes Bad nehmen«, sagte sie und sah sich nach dem Kellner um, der sich schon lange nicht mehr hatte blicken lassen. Auch das knutschende Pärchen war verschwunden. Sie waren die einzig verbliebenen Gäste auf der Terrasse.

Rapp schlug vor, drinnen an der Kasse zu bezahlen, um nicht noch länger in der kühlen Abendfrische auf den Kellner warten zu müssen.

Madeleine bestand darauf, ihn einzuladen. »Schließlich habe ich *Sie* zu unserem ... Rendezvous gebeten«, sagte sie und hakte sich bei ihm unter.

Kaum hatten sie die doppelflügelige Tür zum Restaurant geöffnet, als etwas Unerwartetes geschah. Honoré, den Rapp nur locker an der Leine gehalten hatte, riss sich plötzlich los und schoss wie der Blitz durch den großen Saal, in dem sie sich befanden, mit Kurs auf den angrenzenden kleinen Raum.

Rapp sah ihm verdattert nach, machte sich mit einer knappen Entschuldigung von Madeleine los und eilte seinem Hund hinterher.

Er kannte den kleinen, mit dunklem Holz getäfelten und mit verblassten Elsässer Landschaftsmotiven geschmückten Nebenraum von vielen früheren Besuchen. Einmal hatte er auch mit Sylvie hier zu Abend gegessen. Nur schien sie ihm damals mehr an der Aufklärung eines Kriminalfalls als an seiner Person interessiert zu sein. Und es kam ihm nun wie ein seltsames Déjà-vu vor, als er niemand anderes als Sylvie an einem der Tische sitzen sah, live und in Farbe. Mit Honoré neben ihrem Stuhl, dem sie gerade intensiv die Stirn kraulte. Der Hund hatte sie gewittert.

Außerdem saß dort bei Sylvie eine etwa gleichaltrige Frau Ende fünfzig, brünette Haare, rundes, freundliches Gesicht und füllige Figur; die Frau schien sich ebenfalls über den Hund zu freuen.

Die Damen waren offensichtlich schon beim Dessert, löffelten Kougelhopf glacé, einen Eisgugelhupf mit Himbeeren oder Brombeeren. Auf der blütenweißen Tischdecke funkelten neben den Desserttellern zwei flötenschlanke Sektgläser mit perlendem Crémant, wie es aussah.

In diesem Moment hob Sylvie den Kopf, und auch die fremde Frau sah zu ihm auf. Rapp steuerte auf den Tisch zu, um sie zu begrüßen, und hob Honorés Leine vom Boden auf. Er warf ihm einen tadelnden Blick zu, den der Hund registrierte und quasi zu den Akten legte.

Sylvie lachte Rapp gut gelaunt an und stellte ihn ihrer Tischnachbarin vor. »Constance, das ist Jean Paul, ein … ein Freund. Jean Paul, das ist meine liebe Kollegin Constance, die hoffentlich bald unseren dummen Chef ablösen wird.«

»Dein Wort in Gottes Ohr!«, rief Constance. Die beiden Frauen lachten und stießen mit ihren Sektgläsern darauf an.

Sylvie sah wieder zu Rapp hoch, der sich mit seinem Hund an der Leine reichlich deplatziert vorkam, und wies dann auf einen der beiden freien Stühle am Tisch. »Setz dich doch zu uns, Jean Paul. – Nicht wahr, Constance?«

»Aber ja! Mais oui.«

In diesem Moment hörte er Madeleine Haertle seinen Namen rufen und wandte sich um. Sie war an der Tür zu dem kleinen Raum stehen geblieben und warf ihm einen unsicheren Blick zu. Sie wurde ein wenig rot, da alle sie ansahen.

Sylvie streckte sich, sie wirkte überrascht und sagte sichtlich steifnackig: »Bitte, Jean Paul, willst du … willst du deine … Begleitung nicht zu uns an den Tisch bitten?«

»Mais oui, nur zu!«, wurde der Vorschlag von ihrer Kollegin Constance munter unterstützt.

Doch Madeleine blieb weiterhin an der Tür stehen, und Rapp kam sich langsam wie ein Idiot vor, als er mit Honoré an der Leine zurück durch den Raum watscheln musste, um das Problem zu lösen. Die Sache konnte noch sehr peinlich für ihn werden, falls durch irgendeine Bemerkung herauskäme, dass sein wirklicher Name Rapp und nicht Martin war.

»Der Hund hat eine Freun…, eine Nachbarin von mir erkannt, die zufällig auch hier ist«, erklärte er. »Zusammen mit einer Kollegin. Wir sind eingeladen, uns zu ihnen zu setzen. Andererseits sind die beiden schon beim Dessert. Also ...« Madeleine Haertle wagte einen scheuen Blick zu dem Tisch der beiden Frauen, nickte Sylvie mit einem kleinen Lächeln zu und wandte sich wieder an Rapp. »An einem anderen Abend gerne. Aber ich fühle mich wirklich nicht wohl«, sagte sie zu seiner Erleichterung. Sie legte wie zum Beweis ihre kalte Hand auf die seine und drückte sie sanft, wobei sie einen weiteren Blick zu dem Tisch warf und, wie ihm schien, Sylvies Augen suchte, die geradezu erstarrten.

Im nächsten Augenblick zog Madeleine ihn recht ungeniert hinaus in den großen Saal. Außer Sichtweite der Gäste sah sie ihm ernst ins Gesicht. »Ich möchte Ihnen noch einmal sagen, wie dankbar ich Ihnen bin, Jean Paul. Es wäre schön, wenn Sie mich bald anrufen würden. – Nach Ihrem Besuch bei Forbach, meine ich«, fügte sie rasch hinzu. »Die ganze Sache mit Rougemont belastet mich sehr, wie gesagt. Und sollte er nun noch in irgendeiner Weise in einen Mordfall verwickelt sein, nein, das wäre ...« Sie sprach den Satz nicht zu Ende.

Rapp kam er ohnehin ein wenig theatralisch vor. Zumal sie ihm in Strasbourg noch versichert hatte, sie traue Rougemont buchstäblich *alles* zu.

»Sie sind mit Ihrem Wagen gekommen, Madeleine?«, erkundigte er sich.

Sie nickte, und nachdem der Kellner sie an der großen Glastür zur Hofterrasse verabschiedet hatte, hängte sie sich wieder bei ihm ein und ging mit ihm zum Parkplatz vor dem Restaurant. Immer wieder spürte er dabei, wie ihre Hüfte an seine stieß, Zufall oder nicht, es irritierte ihn.

Bevor sie in ihr rotes Mazda-Cabriolet stieg, verabschiedeten sie sich mit Wangenküsschen, eine ihrer schlanken Hände lag dabei auf seiner Taille, nur federleicht, aber er fühlte sie doch.

Hinterm Steuer dezent winkend fuhr sie davon, und er eilte mit seinem Hund über den Innenhof des alten Klosters zurück zum Restaurant. Als er wieder den kleinen Nebenraum betrat, war der Tisch, an dem Sylvie mit ihrer Freundin gesessen hatte, verwaist. Der Kellner räumte soeben die Dessertteller und Sektgläser ab.

»Merde.« Rapp stieß einen ärgerlichen Seufzer aus. Das hätte noch ein lustiger Abend mit Sylvie und ihrer Freundin werden können. Später vielleicht sogar ohne ihre Freundin …

Aber was, überlegte er, als er sich zum Gehen wandte und Honoré mit der Leine ein entsprechendes Zeichen gab: Was war das eben für eine Szene mit Madeleine Haertle? Wie hatte Sylvie deren Auftritt im Restaurant empfunden? Glomm nicht eine kleine Flamme der Konkurrenz, wenn nicht gar der Eifersucht auf die zweifellos gut aussehende Frau aus Strasbourg in Sylvies Augen? War sie vielleicht deshalb so unerwartet rasch, wie er fand, mit ihrer Freundin verschwunden?

Mit dem Gefühl, dass der Abend auch glücklicher hätte verlaufen können, verließ er das Lokal.

Auf dem Heimweg, in der weit fortgeschrittenen Abenddämmerung, durch den feucht atmenden, still gewordenen Wald, hoffte er anfangs noch, die Stimmen der beiden Frauen, die kurz vor ihm das Restaurant verlassen hatten, weiter unten am Berg zu hören. Denn auf dem übersichtlichen Parkplatz vor dem Kastelberg hatte er Sylvies Wagen nicht gesehen.

Doch nein, nichts. Entweder hatten sie Constances Wagen gefahren, oder Sylvie und ihre Kollegin Constance waren zwar zu Fuß gewesen, hatten nun aber den Passweg gewählt, der zum Gehen besser geeignet war.

Zu Hause genehmigte er sich als Erstes ein Quetsch d'Alsace, Zwetschgenwasser nach dem Rezept von Irène Michelbergers Großmutter, das Irène ihm seit letztem Jahr in regelmäßigen Abständen zukommen ließ. Sie fand, wenn er schon solo war, könne er ab und zu einen Stimmungsaufheller gut vertragen.

Er saß eine Weile auf dem Sofa unterhalb der Treppe, die zur oberen Etage hinaufführte, und dachte über den Abend nach. Was Sylvie und ihre Reaktion auf Madeleine betraf, so kam er zu dem Schluss, dass ihn seine Wahrnehmung von wegen Eifersucht getrogen haben musste und auf den Markt der Eitelkeiten gehörte. Er konnte über sich selbst nur noch den

Kopf schütteln und genehmigte sich ein weiteres Wässerchen, um nicht weiter darüber nachzudenken.

Und das Gespräch mit Madeleine Haertle? Er rief sich in Erinnerung, dass die Informationen über Rougemont, die sie sich keineswegs nur aus persönlicher Rache (das auch) verschafft hatte, ein handfestes Mordmotiv darstellten: einen schwerwiegenden Grund, weshalb es zwischen Rougemont und Laurent Wendling zu einer tödlichen Auseinandersetzung gekommen sein könnte. Vielleicht hatte Rougemont Laurent richtigerweise am Bauplatz der geplanten Choucroute-Manufaktur vermutet und war zum Forêt gefahren? Womöglich zusammen mit Paul Forbach, nachdem er sich unmittelbar vorher mit diesem getroffen hatte? Dort konnte es zum offenen Streit, zu Handgreiflichkeiten und Gewalt und schließlich zu dem tödlichen Niederschlag des Opfers gekommen sein.

Doch das löste noch nicht die Frage nach Sandrine Wendlings Anwesenheit am Tatort. War sie zur selben Zeit erschienen? Oder schon vorher oder kurz nachher? War sie von einem anderen Wagen verfolgt worden? Wenn ja, von wem: Forbach oder Rougemont oder gar beiden? In dem Fall wären die Lackspuren an dem Granitstein im Wald, auf die er gestoßen war, so belanglos, wie Rimbout anzunehmen schien.

Wer auch immer an dem mörderischen Geschehen beteiligt gewesen war, seine oder ihre Schuld musste bewiesen werden. Sonst blieb alles Spekulation und damit sinnlos.

Er dachte darüber nach. Und fragte sich auf einmal, ob Sandrine gegenüber Blanche vom Courant Alsacien nebenbei nicht vielleicht auch schon den Namen Rougemont hatte fallen lassen. Ein Detail, das für Blanche dann zusammen mit allen anderen Bemerkungen von Sandrine bedeutungslos geworden war, da die Journalistin die Order bekommen hatte, sich nur um Verbraucherinformationen zu kümmern.

Spontan griff er zu seinem Handy, das neben ihm auf dem Sofa lag, und rief trotz der späten Uhrzeit Aimée Polignacs private Nummer an.

»Bonsoir ...« Sie gähnte. »Jean Paul?«, sagte sie erstaunt.

»Pardon, Aimée, wenn ich Sie geweckt habe.«

»Haben Sie nicht. Hab nur die Beine ausgestreckt.«

»Komisch. Das hat meine Mutter immer gesagt, wenn sie auf dem Sofa eingeschlafen war, schnarchend wie ein Bierkutscher.«

»Touché. Bis auf das Schnarchen. Ich schnarche nämlich nicht.«

»Woher wollen Sie das wissen?«

»Es gibt Dinge, die weiß eine Frau einfach, Jean Paul. Und ich bin sicher, Sie rufen nicht wegen meiner Schnarchgewohnheiten – Quatsch: Schlafgewohnheiten! – an. Was gibt's?«

Sie hörte sich schlagartig hellwach an.

»Mir ist vorhin etwas eingefallen. Sie haben mir doch neulich erzählt, Aimée, dass Ihre Kollegin Blanche für ihre Choucroute-Recherchen unter anderem auch Kontakt zu Sandrine Wendling hatte, dem Unfallopfer in Pfaffenhoffen.«

»Ja richtig.«

»Sie sagten, Sandrine habe ihr damals auch bereits von dem makabren Halloweenscherz mit den Kohlköpfen auf den Wendling-Feldern erzählt.«

»Mhm, ja. Was ist damit?«

»Fiel dabei auch der Name Rougemont?«

»Rougemont? Wer ist das?«

»Offiziell ein Mitarbeiter der Pressestelle von CAB-Strasbourg. Allerdings mit ziemlich unkonventionellen Methoden, die Kundschaft zu überzeugen. Gelinde gesagt. Ein Mann mit einem Faible für sinnfreie Halloweenscherze, wie es scheint.«

»Steckt er hinter dem Kohlkopf-Massaker?«

»Sieht ganz so aus.«

»Eine ziemlich halbseidene Figur, dieser Rougemont, was?«

»Leider auch eine, die man bei CAB anscheinend gewähren lässt, solange die Methoden Erfolg haben. Was bei den Wendlings offenbar nicht der Fall gewesen war.«

»He, das hört sich mordsmäßig interessant an, Jean Paul!«

»Mordsmäßig trifft es haargenau.« Rapp konnte förmlich durchs Telefon spüren, wie ihr Aufmerksamkeitspegel in die Höhe schoss.

»Mir selbst sagt der Name Rougemont nichts. Aber ich werde Blanche selbstverständlich danach löchern. Nur heute Abend wird das nichts mehr werden, falls Sie es eilig haben. Sie wollte mit einer Freundin zum Zénith, in ein Zaz-Konzert. Währenddessen schaltet sie das Handy aus. Aber spätestens morgen weiß ich mehr.«

»Merci, Aimée.«

»Offen gesagt, meine Spürnase sagt mir, dass Sie noch weit mehr über diesen Rougemont und die Wendlings wissen. Zumindest ahnen. Richtig?«

»Ihre Spürnase in Ehren, Aimée, aber ich will keine Spekulationen in die Welt setzen. Rougemont scheint kein angenehmer Zeitgenosse zu sein, und die Rechtsabteilung von CAB beschäftigt sicher gewiefte Anwälte.«

»Oh, là, là! Das klingt nach einer großen Story, Jean Paul. Noch dazu einer, die gewaltig zum Himmel stinkt. Bitte denken Sie daran, dass es einer gewissen Aimée Polignac journalistisch sehr weiterhelfen würde, wenn Sie sie rechtzeitig über Ihre Erkenntnisse informieren würden.«

»Das habe ich nicht vergessen, Aimée. Voraussetzung wäre aber wohl, dass Sie dann noch beim Courant arbeiten, oder? Apropos, haben Sie sich schon entschieden: Colmar oder Réunion?«

Er hörte sie aufstöhnen. »Inzwischen frage ich mich, ob es nicht eher eine Entscheidung zwischen René und Pierre ist.«

»Klingt wie Pest oder Cholera.« So wie sie die Namen der beiden Männer aussprach.

»Nein, nein. Es ist nur eben ... schwierig. Ich meine, ich mag sie *beide*. Und dann wieder mag ich sie beide *nicht*.«

»Hm. Haben Sie nicht noch einen Dritten zur Auswahl? Quasi als Liaison außerhalb des Wettbewerbs?«

»Schön wär's. Aber: Non, momentan nicht. Apropos, was macht denn Ihre Liaison, Jean Paul?«, schob sie listig hinterher.

»Sie werden lachen, aber heute Abend dachte ich eine gute halbe Stunde lang, gleich zwei Frauen würden sich für mich interessieren.«

»Bravo!«

»Merci. Aber nach einem abkühlenden Spaziergang durch den Wald wurde mir klar, dass das natürlich Unsinn ist.«

»Wieso denn?«

»Weil die eine vor allem meinen Rat wollte. Und die andere hat am Ende mit ihrer Freundin zusammen die Flucht vor mir ergriffen.«

»Oje, das klingt hart. Alors, dann werde ich mich bemühen, mit neuen knallharten Fakten aus Blanches Unterlagen für Licht in Ihrem tristen Leben zu sorgen. Wenn auch nicht in Ihrem Liebesleben.«

»Schade, dass mir auf die Schnelle kein ähnlich frecher Spruch einfällt.«

»Ist sicher das Alter, Jean Paul.«

»Ich fürchte auch«, erwiderte er trocken.

»Salut, Methusalem.«

»Salut, Aimée.«

Rapp behielt das Telefon noch in der Hand. Er überlegte, ob er wegen Rougemont nicht als Nächstes bei Schàngi anrufen solle. Der alte Mann hatte von seinem Sohn oder der Schwiegertochter vielleicht einiges über Rougemont erzählt bekommen. Und womöglich wusste er auch über Paul Forbachs frühere unrühmliche Rolle bei der dummen Halloweenaktion Bescheid, angestiftet durch Rougemont.

Doch er entschied sich dagegen, den Alten ins Blaue hinein anzurufen. Schàngis Sohn war erst seit wenigen Tagen tot, seine Schwiegertochter lag im Koma und wurde noch dazu des Mordes verdächtigt. Der alte Mann hatte bereits die Fragen der Polizei und sicher auch von Neugierigen aus dem Ort – oder seitens der lieben Verwandtschaft – ertragen müssen. Da musste Rapp ihm nicht auch noch auf die Pelle rücken mit Dingen, die ihn nur noch mehr aufwühlen würden und ohne Beweise neue Verdächtige schufen.

Nein, nein, er würde diskret vorgehen und sich direkt an Paul Forbach halten, wie er es sich bereits vorgenommen hatte.

FÜNFZEHN

Donnerstag, 30. September

Die Ferme Forbach befand sich etwa einen Kilometer südlich von Schàngis Hof. Das Haupthaus, vor dessen wackeligem Holzzaun Rapp sein Fahrrad nun abstellte, lag in der hellen Morgensonne. Es war eines dieser rustikalen alten Bauernhäuser ohne viel Schnickschnack, der Putz olivgrün gestrichen, die Ecken durch Granitsteine gefasst, kirschrote Klappläden vor den Fenstern, die – undenkbar für den Besitzer eines digital überwachten Smart-Homes – noch per Hand statt via Handy geöffnet und geschlossen werden mussten.

Im Vorgarten war eine blonde junge Frau damit beschäftigt, eine Zierkirsche zu beschneiden.

»Bonjour, Madame.«

Sie unterbrach ihre Tätigkeit und fuhr sich mit dem Handrücken über die schweißbedeckte Stirn. »Bonjour, Monsieur.«

Die Sonne blendete, sie hielt ihre Hand jetzt vor die Augen und musterte ihn interessiert.

»Mein Name ist Rapp«, sagte er zu der Frau. »Ich würde gerne Monsieur Paul Forbach sprechen, wenn das möglich ist.«

»Mein Mann ist auf dem Hof hinten.« Sie deutete auf den Pflasterweg, der links am Haus vorbeiführte.

Rapp bedankte sich, und sie fuhr fort mit ihrer Arbeit.

Hinter dem Haus öffnete sich ein breiter, ebenfalls gepflasterter Hof voller Fahrzeuge und Gerätschaften. Nach Osten hin wurde er begrenzt durch eine Reihe hoher Pappeln, die den Blick auf die Weißkohlfelder der Ferme Forbach freigaben; sie zogen sich wie bei den Wendlings bis zum dunklen Waldrand des Forêt hin.

Rapp fand Paul Forbach, wie neulich im Blaumann, neben einem riesigen roten Traktor im Gespräch mit einem weiteren jungen Mann, der ihm von der kräftigen Statur und auch vom rundlichen Gesicht her glich. Vielleicht Brüder, überlegte er. Er grüßte Paul Forbach mit einem Nicken, der das Gespräch unterbrach und mit einem Fragezeichen im Gesicht auf ihn zukam. Der zweite Mann schien die Unterhaltung für beendet zu halten, stieg auf den Bock des Treckers, warf den Motor an und fuhr unter einem Höllenlärm und mit einer kohlschwarzen Auspufffahne über den Hof davon zur Straße.

»Monsieur?«, grüßte Forbach mit gerunzelter Stirn, als ahnte er bereits, dass Rapps Erscheinen auf seinem Hof nichts Angenehmes verhieß.

»Bonjour, Monsieur Forbach«, bemühte sich Rapp um einen bewusst freundlichen Ton und reichte ihm die Hand. »Mein Name ist Rapp. Wir sind uns kürzlich schon begegnet. Auf Schàngi Wendlings Hof.«

Paul Forbachs Fragezeichen auf der Stirn vergrößerte sich noch. »Monsieur Rapp. Ja, ich erinnere mich. Sie sind ein Kunde der Wendlings, richtig?«

»Ein Kunde und, wenn Sie so wollen, ein Freund der Familie.«

»Hm. Bon.« Forbach kreuzte die Arme vor der Blaumann-Brust. Und was wollen Sie nun von mir?, sagte sein misstrauischer Blick.

Rapp hatte heute früh darüber nachgedacht, wie er sich Paul Forbach gegenüber verhalten sollte. Er war zu dem Schluss gekommen, dass in diesem Fall nur Offenheit angebracht war: größtmögliche Direktheit, um das Moment der Überraschung auszunutzen.

»Monsieur Forbach, ich komme zu Ihnen, weil ich Sie – um Schàngis willen – um eine Auskunft bitten möchte.«

»Eine Auskunft? In welcher Angelegenheit?«

Rapp sah ihm in die Augen und senkte etwas die Stimme. »Es geht rundheraus gesagt um einen Mitarbeiter der Firma CAB, den Sie kennen dürften. Er heißt Rougemont.«

»Rougemont?« Forbach starrte ihn erschrocken an. »Hat Schàngi Ihnen von ihm erzählt?«

Rapp ging nicht darauf ein. »Ich muss, um Schàngis willen wie gesagt, nur eines wissen und bitte Sie um eine ehrliche Auskunft: War Monsieur Rougemont aus Strasbourg letzten Donnerstag hier bei Ihnen, um mit Ihnen zu sprechen?« An dem Tag, als Laurent Wendling ermordet wurde. Aber das musste er Forbach gegenüber wohl kaum noch wiederholen. Dessen Gesicht wurde kreidebleich. Er sah Rapp sekundenlang prüfend an. Offensichtlich überrascht, dass Rapp in so engem Verhältnis zu den Wendlings stand, insbesondere zu Schàngi. Und nun auch von Rougement Kenntnis hatte.

Schließlich senkte er den Kopf und ließ die Arme hängen. »Gut, ja, wenn Schàngi das unbedingt wissen will: Es war so. Rougemont war noch einmal hier. Letzten Donnerstag.« Er seufzte ein wenig. »Ich hatte schon gehofft, Rougemont habe es sich anders überlegt, aber er kam dann doch noch, am späten Nachmittag.«

»Wieso dachten Sie, er komme nicht mehr?«

»Na ja, er hatte sich für fünf Uhr am Nachmittag angekündigt, kam dann aber erst um halb sechs. Das war typisch für ihn, er hielt sich an keine Vereinbarung, man konnte ihm kein Wort glauben. Im Grunde ist das typisch für alles, was CAB verspricht.«

»Aber, Monsieur Forbach, was wollte Rougemont zu diesem Zeitpunkt noch von Ihnen? Oder Sie von CAB?«

»Hören Sie, Monsieur, falls Sie mit Schàngi reden, sagen Sie ihm bitte Folgendes: Ich bin nicht umgefallen! Egal, was Rougemont eventuell behauptet hat. Rougemont hat, das stimmt allerdings, versucht, mich zu bearbeiten. Dass ich zu CAB zurückkehren soll. Als Saatgutkunde, meine ich, und als Weißkohllieferant für CABs Choucroute-Fabriken. Er hat natürlich auch gedroht wegen ... alors, wegen der finanziellen Dinge.«

Er sprach nicht weiter. Verständlicherweise wollte er Rapp gegenüber nicht näher auf seine Schulden bei CAB eingehen. Musste er auch nicht. Rapp wusste ja bereits durch Madeleine Haertle davon.

»Aber ich bin standhaft geblieben!«, versicherte Forbach vehement. »Der Mann blufft doch, habe ich mir gesagt. Aber Rougement war hartnäckig, mindestens anderthalb Stunden hat er mir an dem Abend zugesetzt. Aber ich *ihm* genauso! Ich wollte ihn und CAB ein für alle Mal los sein, verstehen Sie? Hab ihm gesagt, ich würde mit den Wendlings zusammen ab nächstem Jahr wieder Gewinn machen und CAB restlos auszahlen können. Rougemont ist am Ende im Streit mit mir gegangen. Keine neue Vereinbarung von mir mit CAB. Das können Sie Schàngi versichern, Monsieur. Falls er oder Sandrine, wenn sie wieder gesund wird, die Choucroute-Manufaktur doch noch bauen sollte – ich wäre nach wie vor dabei!«

Rapp signalisierte ihm mit einem Nicken, dass er ihm das glaubte. »Anderthalb Stunden Streit, sagen Sie? Dann ist Rougemont ganz schön hartnäckig geblieben an dem Abend?«

»Aber ja! Ich weiß es noch ganz genau, es war schon nach sieben, eher halb acht, als er endlich eingesehen hat, dass es keinen Zweck hat. Dass ich mich nicht mehr auf ein Geschäft mit CAB einlassen werde. Genau genommen musste ich ihn rauswerfen.« Er zog die Brauen zusammen. »Und es tut mir nicht leid. Auch wenn mich die ganze Unsicherheit, wie es weitergehen soll nach Laurents Tod und Sandrines Unfall, nicht mehr schlafen lässt. Denn mit CAB wäre ich noch schlechter dran. Sie würden mir den alten Kredit stunden, damit ich einen neuen zu noch schlechteren Bedingungen mit ihnen abschließe. *Non.*« Er schüttelte geradezu kategorisch den Kopf.

Rapp berührte ihn kurz am Ellbogen, zum Zeichen, dass er Forbachs dramatische Lage sehr wohl begriff.

»Ich verstehe Ihre Situation, Monsieur Forbach«, sagte er. »Und ich bin sicher, dass es auch Schàngi tut.«

Forbach sah ihn schweigend und mit tiefem Ernst an.

»Ich danke Ihnen sehr, Monsieur Forbach«, sagte Rapp, »und möchte Sie nicht länger aufhalten.« Er reichte ihm die Hand zum Abschied. »Au revoir. Und alles Gute.«

Forbach nahm die Hand nach kurzem Zögern. »Au revoir, Monsieur.«

Rapp wandte sich um und ging mit einem bedrückten Gefühl am Haus vorbei zurück zu seinem Fahrrad. Madame Forbach war nicht mehr im Vorgarten, auf dem Rasen lagen nur noch winzige Reste der abgeschnittenen Äste und Zweige der Zierkirsche.

Rapp schwang sich aufs Rad und fuhr weiter nördlich unter der Straßenunterführung der Route nationale hindurch nach Hause. Dort kontrollierte er noch einmal Honorés Pfoten, die sich inzwischen deutlich geschmeidiger und weniger rissig anfühlten.

Er dachte über das nach, was Paul Forbach gerade behauptet hatte. Dass Rougemont ihn letzten Donnerstag anderthalb Stunden lang traktiert hatte, das hieß zwischen halb sechs und deutlich nach sieben Uhr am frühen Abend.

Er rief Rimbout an.

»Bonjour, Jean Paul.« Rimbouts Stimme hörte sich etwas kleinlaut an.

»Bonjour, François. Hast du eine Sekunde Zeit?«

»Selbstverständlich.«

So selbstverständlich auch wieder nicht, dachte Rapp. Das letzte Mal wolltest du mich so schnell wie möglich aus der Leitung haben.

»Hör mal, François, mir geht da etwas im Kopf herum. Zum Fall Wendling.« Er hörte Rimbout tief durchatmen. Und ignorierte es einfach. »Wann genau wurde Laurents Leiche eigentlich gefunden?«

»Kurz vor neunzehn Uhr. Stand das nicht sogar in der Zeitung?«

»Kann mich nicht erinnern. Und wie lange war er da schon tot?«

»Weniger als eine Stunde, sagt der Arzt. Aber warum interessiert dich das auf einmal so genau?«

»Bloß ein Gedanke«, erwiderte Rapp lapidar. Es schien unnötig, ihn auf eine neue Spur zu setzen, nachdem diese wieder kalt geworden war. Denn wenn Forbach sich nicht geirrt oder gar gelogen hatte, schied Rougemont als Täter aus. Zwischen achtzehn und neunzehn Uhr am Donnerstag letzter Woche hatte sich CABs Mann fürs Grobe in Forbachs Haus befunden, um den abtrünnigen Landwirt für CAB zurückzugewinnen. In dieser Zeit aber war Laurent Wendling erschlagen worden. »Alors.« Rimbout schien bereits anderes im Sinn zu haben: »Es trifft sich übrigens ganz gut, dass du anrufst«, sagte er. Und schob unvermittelt hinterher: »Ich brauche dich als Zeugen.«

»Du brauchst *mich* als Zeugen?« Rapp zuckte vor Überraschung zusammen.

»Ja. In Sachen Peugeot 108, von dem du mir erzählt hast.«

»Habt ihr die Spuren am Stein gesichert?«

»Haben wir.«

»Und?«

»Die Technik sagt: eindeutig Lackspuren. Und in dem Fall ...«

»... wird Madame Dubocs Wagen wieder interessant, nicht wahr? Vor allem dessen Verschwinden.« Rapp konnte eine gewisse Genugtuung in seiner Stimme nicht unterdrücken.

»Jedenfalls werden wir nun natürlich überprüfen, ob der Wagen auf dem Hof der Garage, der dir dort aufgefallen ist, vielleicht wirklich Spuren von dem Stein im Wald aufweist. Und identisch ist mit dem von Madame Duboc, wie du glaubst.«

»Bravo, François. Aber wieso braucht ihr mich als Zeugen? Geht einfach hin zu Lautermann, fragt ihn nach der Halterin, beschlagnahmt den Wagen, vergleicht die Lackspuren, sucht nach Partikeln vom Stein am Auto. Fertig.«

»Falls der rote 108 noch bei Lautermann steht, machen wir das, Jean Paul. Aber was, wenn der Garagist ihn schon losgeworden ist? Illegal womöglich. Wenn er behauptet, es habe diesen Wagen auf seinem Hof nie gegeben? Dann bist du der Einzige, mit dem sich seine Aussage anzweifeln lässt.«

»Ja, du hast recht.« Manchmal konnte Rimbout sehr umsichtig sein, das musste man ihm lassen. »Was schlägst du also vor?«

»Falls du Zeit hast, treffen wir uns in einer Stunde vor Lautermanns Garage.«

»D'accord.«

»Ich werde mit Sulzer vor Ort sein, möchte dich aber bitten, im Hintergrund zu bleiben.«

»D'accord.«

»Am besten bleibst du in deinem Auto, bis wir dich dazuholen. Was vielleicht gar nicht nötig sein wird.«

»D'accord.«

»Musst du immerzu ›d'accord‹ sagen?«

»Aber ich bin mit allem einverstanden, François!« Rapp musste lachen. »Dir kann man es auch nicht recht machen. Bis später.«

Er wollte das Telefon schon aus der Hand legen, als ihm eine neu eingetroffene Nachricht auffiel. Sie war von Aimée: »Salut, JP. Mit Blanche gesprochen. Leider kein Hinweis seitens der Wendlings auf einen Rougemont in ihren Recherchen von damals. Der Name R. war ihr ganz unbekannt, ebenso den anderen in der Red. Bonne chance trotzdem! A.«

Kurz und bündig wie immer.

Die Spur Rougemont war nun noch kälter geworden. Aber auch noch nicht völlig auszuschließen. Je nachdem, ob man Forbach wirklich Glauben schenken konnte.

Rapp trank rasch noch einen Kaffee, machte sich im Bad frisch, wünschte dem müde blinzelnden Honoré schöne Träume und verließ die Wohnung.

Der Heiligenschein, der auf Lautermanns Garage lag, war allein der Sonne zuzuschreiben, die hoch am Himmel stand, versteckt hinter einem Band aus milchweißen Wolken. Das Streulicht lag wie ein überirdischer Schimmer, wie ein Zeichen aus einer anderen Welt, auf dem schadhaften Dach der Werkstatt aus schäbigen alten Wellblechteilen. Dabei war es die Schokoladenseite der »Garage Lautermann«, die neben dem offiziellen Firmenschild noch mit abblätternden Sprüche an der Außenfassade wie »Top« und »Auto Alsace« Kunden fangen sollte.

Rapp blieb zunächst wie mit Rimbout vereinbart am Ende

des Parkstreifens vor Lautermanns Betriebsgelände in seinem Wagen sitzen, immer noch nah genug, um zu beobachten, was vor sich ging.

Er hatte sich zuvor noch einmal von der kleinen Landstraße aus die Rückseite der Werkstatt angesehen. Und festgestellt, dass der rote Peugeot 108 nicht mehr dort stand. Darüber hatte er Rimbout informiert, unmittelbar bevor der zusammen mit George Sulzer das Werksgelände von der Route nationale aus erreichte. »Dann werden wir uns bei Monsieur Lautermann mal nach dem Verbleib des 108 erkundigen«, hatte Rimbout entschieden angekündigt.

Rapp hatte das Seitenfenster seines Charleston hochgeklappt und verfolgte jetzt die Szene vor Lautermanns Werkstatt. Rimbout klingelte soeben an der verschlossenen Tür zum Büro, das zugleich als »Entrée« zur Garage ausgewiesen war. Neben dem schlaksigen Rimbout wartete die deutlich kleinere, gedrungene Gestalt Sulzers darauf, dass jemand öffnete.

Doch nichts geschah.

Rimbout entschloss sich offenbar gerade, um die Werkstattfront herumzugehen, als die Tür doch noch geöffnet wurde. Rapp erkannte die große hagere Gestalt in dem ölverschmierten schiefergrauen Overall sofort wieder. Lautermann trat mit demonstrativer Gelassenheit nach draußen, ließ die Tür hinter sich zuklappen und nickte den beiden Beamten zu. Die langen Orang-Utan-Arme hingen unbewegt, die nackenlangen gelbgrauen Spagettihaare wehten im Wind, der lange Kiefer bewegte sich mahlend hin und her, Lautermann schien Kaugummi zu kauen und ruhig abzuwarten, was die Männer von ihm wollten.

Rimbout griff in seine Manteltasche und zeigte Lautermann seinen Dienstausweis. Der Garagist prüfte ihn ohne jede äußere Regung in seinem krebsroten Gesicht und sah dann unbeeindruckt zwischen Rimbout und Sulzer hin und her, ohne ein Wort zu sagen.

Dafür redete nun Rimbout, flankiert von den hektischen Bewegungen seiner Arme, die Rapp an ihm kannte.

Lautermann zuckte kaum merklich mit den Schultern.

Sulzer meldete sich zu Wort, indem er in seiner gewohnten Art mokant das gepolsterte Kinn vorschob.

Lautermann sah ihn nur an. Keine Regung.

Rimbout versuchte es erneut, deutete auf das Entrée, den Vordereingang zur Werkshalle.

Lautermann schüttelte langsam den Kopf.

Rimbout machte eine unwirsche Bewegung mit der freien Hand (seinen Dienstausweis immer noch in der anderen) und kehrte Lautermann unvermittelt den Rücken, um ein paar Schritte hin zum Parkplatz zu gehen und Rapp in seinem Wagen Zeichen zu geben.

Jetzt fiel auch Lautermann Rapps Charleston auf. Rapp stieg aus und nahm ihn mit einem langen Blick ins Visier. Und zum ersten Mal ging durch den Meister der Mimikkontrolle, Monsieur »Klabautermann«, etwas wie eine Reaktion, die Andeutung einer Bewegung durch den hageren Körper.

Rapp näherte sich den drei Männern vor dem Entree der Werkstatt mit entschiedenen Schritten und ließ Lautermann dabei nicht aus den Augen. Doch der hielt seinem Blick mit kalter Ruhe stand.

»Das ist Monsieur Rapp, ein Zeuge«, erklärte Rimbout an Lautermann gewandt, sobald Rapp die drei erreicht hatte. Und an Rapp: »Monsieur Lautermann behauptet, auf seinem Hof habe sich schon seit Monaten kein roter Peugeot 108 befunden.«

Rapp musterte Lautermann, der weiter sein Kaugummi kaute, als wäre nichts geschehen. »Alors, ich kann bezeugen, dass ein roter Peugeot 108 noch am Dienstag auf dem Schrottplatz hinter der Werkstatt stand.«

»Was heißt da Schrottplatz?«, empörte sich Lautermann überraschend, und Rapp musste innerlich lachen, dass er ihn ausgerechnet damit aus der Ruhe gebracht hatte.

»Ich kann notfalls beeiden«, bekräftigte Rapp gewissermaßen offiziell gegenüber Rimbout, »dass der Wagen dort stand. Monsieur Lautermann hat ihn mir höchstpersönlich zum Kauf angeboten. Vorher wollte er allerdings noch einen Schaden auf der Beifahrerseite beseitigen.«

»Dann hat er ihn schon verscherbelt, oder der Peugeot steht noch in der Werkstatt«, warf Sulzer in die Runde, unklar, wen er genau ansprach.

»In meine Werkstatt lass ich keinen rein«, gab Lautermann ihm schroff Bescheid. »Unfallschutz.« Er setzte das Raubtiergrinsen auf, das Rapp schon von ihm kannte.

Rimbout drehte sich zur Seite und lächelte Rapp süffisant an. »Was Monsieur Lautermann noch nicht weiß«, sagte er, indem er endlich seinen Ausweis zurück in die Innentasche seines Mantels steckte und stattdessen ein gefaltetes Dokument herauszog, »ist, dass wir bereits einen Durchsuchungsbeschluss für seine Werkstatt erwirkt haben.« Er faltete das Papier sorgsam auseinander und hielt es Lautermann vors Gesicht.

Chapeau!, dachte Rapp und zog anerkennend die Brauen hoch. Rimbout hatte diese Aktion sorgsam vorbereitet. Rapp wusste nur zu gut noch, wie mühsam es sein konnte, vom zuständigen Untersuchungsrichter einen solchen Beschluss zu erhalten.

»Da wir keine Genehmigung für Ihr Büro haben, Monsieur Lautermann«, fuhr Rimbout fort, »begnügen wir uns damit, Ihre Werkshalle direkt, durch den Haupteingang, zu betreten.« Er faltete das Dokument wieder zusammen und sah den Garagisten unmissverständlich an: »Allez, Monsieur, Sie gehen voran!«

Lautermann hatte sichtlich Mühe, sich von seiner Überraschung zu erholen. Er hatte längst aufgehört, sein Kaugummi zu bearbeiten, jetzt spuckte er es wütend aus, um Haaresbreite sauste es an dem Gesicht des erschrockenen Sulzer vorbei, um kläglich auf dem brüchigen Beton des Hofs zu enden.

Auf der Längsseite seiner Werkstatt öffnete der Garagist die linke Hälfte eines extrabreiten grünen Schiebetors und betrat die Halle mit der finsteren Miene eines gefangenen Generals, gefolgt von der Wachmannschaft des feigen, aber siegreichen Feinds.

Die Halle war von Oberlichtern und dem schmutzigen künstlichen Licht verstaubter Röhrenlampen erleuchtet. In der Werkstatt befanden sich zwei Hebebühnen, an denen jeweils zu zweit gearbeitet wurde. Lautermanns Mechaniker stoppten ihre Arbeit und sahen den Chef inklusive feindlichen Gefolges verwundert eintreten.

Rapp schaute sich um. Rechts wurde an einem cremeweißen Mazda gearbeitet, links stand ein grasgrüner Peugeot 108 ohne Nummernschilder auf der Bühne.

»Arbeit sofort einstellen!«, brüllte Sulzer den Mechanikern zu. Vollkommen überflüssig, da die Männer ohnehin keinen Finger rührten und Sulzer deshalb jetzt wie versteinert anstierten.

Rapp verdrehte genervt die Augen.

Rimbout deutete mit dem Finger auf den aufgebockten grünen Peugeot und wandte sich an Lautermann. »Sie haben doch behauptet, keinen Peugeot 108 in Reparatur zu haben, Monsieur.«

»Keinen *roten* 108«, korrigierte Lautermann und sah mit feixendem Gesichtsausdruck in die Runde. »Falls Sie rotgrünblind sind: Der 108 da ist grün.« Er deutete vage mit dem Kinn zu der linken Hebebühne hinüber.

»Ich wette, der Wagen ist frisch gespritzt«, erwiderte Rimbout.

»Lack abkratzen dürfen Sie aber nicht. Nicht mit dem Wisch in Ihrer Tasche.«

Rimbout schwieg betreten, auch Sulzer schien mit seinem Latein bereits am Ende zu sein. Was ihnen jetzt fehlte, war juristisch gesehen ein konkreter, nachweisbarer Anhaltspunkt für eine Straftat in Zusammenhang mit genau diesem Peugeot. Erst dann durften sie ihn beschlagnahmen und untersuchen lassen.

Rapp sah sich erneut in der Halle um. Links hinter der Arbeitsbühne befand sich die Tür zum Büro. An den rückwärtigen Wänden waren Regale mit Werkzeugen. Hinter den beiden Bühnen lagerten Ersatzteile. Er drehte sich weiter um.

Entlang der Wand neben dem Haupteingang, durch den sie eingetreten waren, standen große rechteckige Metallwannen, in denen sich Schrott- und andere Teile zum Entsorgen befanden, soweit sich das erkennen ließ.

»Un moment«, sagte Rapp, ging zu der Reihe mit den ölverschmierten Wannen hinüber und warf jeweils einen Blick hinein. Tatsächlich sahen deren Inhalte nach Metall- und Elektroschrott aus. In der zweitletzten Wanne machte er jedoch eine interessante Entdeckung.

Er schlenderte lächelnd zurück und beobachtete beim Näherkommen Lautermanns nervös zuckendes Gesicht. Er zog Rimbout beiseite und setzte ihn flüsternd über seinen Fund in Kenntnis. Dann riet er ihm: »Ruf in der Zentrale an, François, und lass dir die Kfz-Nummer von Joséfine Duboc aus Winzenheim durchgeben. Und sie sollen sich verdammt noch mal damit beeilen.«

Rimbout rief Sulzer zu sich und forderte ihn auf, Notizbuch und Stift bereitzuhalten. Dann nahm er sein Handy aus der Tasche und rief in der Colmarer Zentrale an. Es dauerte keine Minute, und er konnte Sulzer die Nummer leise diktieren.

»Du gehst jetzt zu der zweitletzten Kiste drüben an der Wand, George, und suchst nach Kfz-Schildern mit dieser Nummer.«

Sulzer machte ein betretenes Gesicht. »Die Schilder sind sicher dreckig, Monsieur le Commissaire«, wandte er entrüstet ein und zeigte demonstrativ seine sauberen Hände mit den adrett gereinigten Fingernägeln.

Rimbout deutete auf die Mechaniker, die mit wachsendem Staunen das Geschehen verfolgten. »Die Herren werden dir anschließend sicher zeigen, wie du deine Hände wieder blitzblank scheuern kannst, George.«

Sulzer zog die Mundwinkel nach unten und machte sich auf seinen schmutzigen Gang nach Canossa.

Rapp und Rimbout – und im Hintergrund auch Lautermann mit unruhigem Gesicht – sahen nun zu, wie Sulzer sich ächzend über die Wanne beugte, indem er sich mit den Knien an deren Rand abstützte, und seine sauberen Bürohände in die Wanne voller Nummernschilder tauchte, um scheppernd darin herumzufuhrwerken.

Minuten später tauchten sie mit zwei Nummernschildern wieder daraus hervor. Lustlos trottete Sulzer damit zu Rapp und Rimbout zurück. Seine Hände sahen noch immer recht sauber aus, nur an seiner hellgrauen Flanellhose zeichneten sich in Kniehöhe zwei daumenbreite Ölspuren ab, die er sich am Wannenrand geholt hatte. Rapp machte ihn jetzt lieber nicht darauf aufmerksam. Die Hose konnte er zukünftig wohl nur noch im Garten anziehen.

»Das sind sie«, sagte Sulzer so leidenschaftslos, wie es sich für einen Beamten des mittleren Dienstes ohne Aussicht auf weitere Beförderung in den nächsten zehn Jahren gehörte.

Rimbout nickte zufrieden und zitierte nun Lautermann herbei, dessen Gesicht während der ganzen Prozedur lang und länger geworden war. Er deutete auf die Nummernschilder, die Sulzer in seinen Händen hielt:

»Monsieur Lautermann, wir haben dieses Kennzeichen gerade überprüft und wissen, dass es zu dem auf den Namen Joséfine Duboc angemeldeten roten Peugeot 108 gehört. Wollen Sie sich dazu äußern?«

Lautermann verzog den Mund. Und schwieg.

»Bon. Wie Sie wollen, Monsieur. In dem Fall bin ich berechtigt, das Fahrzeug dort drüben, den Peugeot 108, zu beschlagnahmen.«

Lautermann fiel buchstäblich die Kinnlade herunter. Er machte Anstalten zu protestieren, doch Rimbout ließ es nicht dazu kommen:

»Verdunkelungsgefahr heißt der Tatbestand. Sie können sich gerne beschweren. Und den Wagen später gegebenenfalls zurückerhalten. Nachdem wir ihn untersucht haben.«

»Das wird sich die Kundin aber nicht gefallen lassen. Ist 'ne harte Nuss, die Dame.« Er bleckte die langen gelben Zähne.

»Madame Duboc werden wir kontaktieren, Monsieur Lautermann, keine Sorge«, entgegnete Rimbout. »Aber Sie und

Ihre Männer rühren das Fahrzeug vorerst nicht mehr an.« Er wandte sich an Sulzer. »Du kontaktierst die Spurensicherung in Colmar, George, und veranlasst hier alles Nötige, bis die Kollegen da sind. Mach denen Dampf. Es soll schnell gehen.« Sulzer schritt haarscharf an Lautermann vorbei, wie an einer Puppe, die im Weg steht, und deutete mit den Nummernschildern in der Hand auf die Mechaniker neben der linken Hebebühne. »Alors, Messieurs!«, brüllte er wie ein Boxtrainer am Ring. »Weg von dem Fahrzeug, vite, vite, vite!« Rapp konnte darüber nur den Kopf schütteln. Sulzer sollte der zuständigen Abteilung in Colmar Dampf machen, nicht den Mechanikern. Er hielt es nicht mehr aus und verließ die Werkshalle.

Rimbout hatte, ehe er Rapp nach draußen folgte, noch ein liebes Wort zum Abschied für den mittlerweile sichtlich angeschlagenen Lautermann: »Hoffen Sie für sich, Monsieur Lautermann, dass der Wagen nicht wirklich für eine Straftat benutzt wurde.«

Rapp hatte schon sein Handy parat und Finnla Dubocs Telefonnummer aufgerufen, als Rimbout sich vor der Werkstatt wieder zu ihm gesellte. Rapp tippte mit dem Zeigefinger auf das Display: »Madame Duboc arbeitet als Lehrerin in der Schule in Winzenheim, François. Das hier ist die Nummer des Sekretariats.«

Rimbout entschied sich jedoch, es zuerst mit ihrer Handynummer zu versuchen, die Rapp ebenfalls gespeichert hatte. »Fehlanzeige.« Nun probierte er es doch mit der Nummer des Schulsekretariats. Rapp hörte ihn mit der Sekretärin sprechen: »Bonjour, Madame. Mein Name ist Rimbout. Ich möchte mit Madame Duboc sprechen. Sie arbeitet als … Ja genau. Es ist dringend … Mag *sein*, dass das alle sagen, Madame, aber … Ja, hm, na schön. Dann teilen Sie Madame Duboc bitte mit, dass sie mich umgehend unter folgender Nummer anrufen soll.« Er nannte ihr seine Handynummer. »Sagen Sie ihr bitte, dass es wirklich … So ist es. Merci, Madame. Au revoir.«

Rapp musste lachen. »Du warst so rücksichtsvoll, nicht zu

erwähnen, dass du von der Polizei bist. Hoffen wir, dass Finnla Duboc deinen Anruf ernst nimmt.«

»Ich will die Lehrerin ja nicht gleich diskreditieren. Madame Duboc befindet sich noch in der Schulklasse, sagt die Sekretärin. In zehn Minuten ist Pause. Ich habe ihr deutlich gemacht, dass Madame Duboc mich umgehend zurückrufen soll.« Rimbout musste heftig durchatmen, die ganze Aktion an diesem Vormittag schien ihm stärker zuzusetzen, als er bisher gezeigt hatte. »Am besten, wir vernehmen sie gleich heute noch. Sofort.«

»Gute Entscheidung«, bekräftigte Rapp. »Denn in einem Punkt hat Lautermann recht: Finnla Duboc *ist* eine harte Nuss. Ich habe sie kennengelernt. Es empfiehlt sich, sie zu überraschen. Am besten gleich doppelt.«

Rimbout sah ihn verwirrt an. »Wie meinst du das?«

Rapp hatte sich bereits seine Gedanken gemacht und erläuterte Rimbout, wie Finnla Dubocs Vernehmung ein Erfolg werden könnte.

Rimbout wiegte skeptisch den Kopf, schien Rapps Plan erst noch eine Zeit lang in seinem Hirn hin und her bewegen zu müssen. Eine Weile standen sie so schweigend nebeneinander. Plötzlich sah Rimbout erschrocken auf das Display seines Handys. »Dieu, die zehn Minuten sind längst vorbei. Aber Madame Duboc? Ruft mich nicht an. Na wunderbar!«

Er drückte die Wiederholtaste seines Telefons. »Ja, Madame, Rimbout hier. Wir sprachen vorhin miteinander. Ist Madame Duboc jetzt zu … Wie?« Rimbouts Gesicht lief krebsrot an. »Alors, dann sagen Sie ihr gefälligst, dass *Commissaire* Rimbout sie zu sprechen wünscht. Und zwar tout de suite!« Er stieß einen wütenden Schnaufer aus, während er wartete, und sagte mehr zu sich selbst als zu Rapp. »Von wegen Diskretion! Mir reicht es jetzt. – Ja, bonjour, Madame Duboc. Mein Name ist Rimbout, Commissariat Rouffach. Ich … Ja, das verstehe ich, aber … Ja. Bitte … Ja … Bitte, hören Sie mir zu … Nein …«

Rapp musste sich abwenden und entfernte sich ein paar Schritte. Er wusste nicht, ob er lachen oder weinen sollte.

Finnla Duboc führte Rimbout schon am Telefon derart vor, dass der kaum zu Wort kam. Wie sollte das erst in der Vernehmung werden?

Es dauerte ein paar Minuten, ehe Rimbout das Gespräch beenden konnte und mit tief gefurchter Stirn auf Rapp zukam.

»Schweres Stück Arbeit, was?«

»Kannst du laut sagen.« Rimbout war sichtlich gebeutelt von dem Telefonat. »Ich habe sie aber so weit bekommen, dass sie bereit ist, sich von uns abholen zu lassen, um im Commissariat ihre Aussage zu machen. Hab sie in dem Glauben gelassen, dass es um möglicherweise illegalen Autohandel durch Lautermann geht.«

»Très bien.« Eine klassische Nebelkerze. Das hielt sie zwischen Hoffen und Bangen. Rapp nickte.

»Gleich wird auch die Spurensicherung da sein. Dann werden Sulzer und ich Madame zur Vernehmung nach Rouffach kutschieren. Hochoffiziell, damit ihre Nerven schon mal anfangen zu flattern.«

Mach dir nur nicht zu viel Hoffnung, Madame ist knochenhart, dachte Rapp.

Kurz darauf sahen sie die Fahrzeuge der Spurensicherung von der Route nationale herannahen und mit hoher Geschwindigkeit auf Lautermanns Grundstück einbiegen.

SECHZEHN

Rouffach war die Nebenstelle des Commissariat Colmar, diesem aber formal gleichgestellt. Dass die Wirklichkeit mit dem Anspruch keinesfalls Schritt hielt, war unter anderem daran zu ersehen, dass es in der Colmarer Zentrale selbstverständlich moderne Vernehmungsräume mit Einwegglasscheiben gab, in Rouffach jedoch nicht. Es wurde erwartet, dass Vernehmungen, besonders bei Kapitalverbrechen wie Mord und Totschlag, sämtlich in Colmar durchgeführt wurden. Doch alle wussten, dass dies nicht praktikabel war, weil solche Vernehmungen stets angemeldet werden mussten, um sicherzugehen, dass die Räume dafür nicht zufällig bereits belegt waren. Außerdem war jedes Mal ein erheblicher Fahraufwand für die Vernehmungsbeamten, Zeugen und Tatverdächtigen aus Rouffach nötig. Deshalb wurde es stillschweigend geduldet, dass das Nebenkommissariat solche Angelegenheiten vor Ort durchführte.

Rapp wartete daher nun in einem kleinen Raum neben Rimbouts Büro darauf, dass er als »Zeuge« hereingerufen wurde. Er stand am Fenster und schmunzelte darüber, dass sich an den alten Gepflogenheiten in all den Jahren nichts geändert hatte.

Zerstreut ließ er den Blick vom Hexenturm, auf dem ein Storchenpaar thronte, über die Place de la République bis zur Längsseite von Notre-Dame gleiten. Es war gegen zwölf, vergleichsweise wenige Menschen waren unterwegs (vermutlich zum Mittagstisch zu Hause oder in einem Restaurant), die Sonne legte herbstlich gelbes Licht auf die roten Ziegeldächer des Örtchens und brachte sie zum Leuchten.

Plötzlich wurde die Tür in seinem Rücken aufgestoßen. Sulzer, der sich sonst wo in dem jahrhundertealten Gebäude aufgehalten hatte, steckte seinen Rundkopf durch den Spalt.

»Ihr Auftritt, Monsieur.«

Rapp nickte Sulzer zu und ließ sich von ihm betont förmlich über den Flur in Rimbouts Büro führen, dessen Tür bereits halb offen stand.

Finnla Duboc fielen beinahe die blauen Kuhaugen aus dem Kopf, als sie Rapp hereinkommen sah. In einem hellgrauen Jackett, die Ärmel kampfbereit fast bis zu den Ellbogen hochgekrempelt, die große schwarze Ledertasche auf dem Schoß, saß sie Rimbout an dessen kleinem Schreibtisch frontal gegenüber. Rimbout hatte Finnla gut platziert, fand Rapp, die Sonnenstrahlen fielen ihr direkt ins Gesicht und blendeten sie ein wenig.

Bevor Sulzer verabredungsgemäß wieder verschwand, schob er für Rapp von seinem eigenen Schreibtisch einen Stuhl hinüber, sodass der nun seitlich zwischen Rimbout und Finnla Duboc saß.

So weit alles wie abgesprochen. Was ihn störte, war lediglich ein seltsam muffiger, geradezu käsiger Geruch im Raum, an den er sich jedenfalls von früher her nicht erinnern konnte.

»Madame Duboc«, eröffnete Rimbout die neue Runde der Vernehmung, »das ist Monsieur Rapp. Ich denke, Sie kennen ihn bereits.«

Finnla starrte Rapp, dann wieder Rimbout an. »Was zum Teufel …« Es verschlug ihr die Sprache, den vermeintlichen Interessenten für ihr Ferienhäuschen, Monsieur Rapp, plötzlich als Zeugen im Commissariat präsentiert zu bekommen.

»Monsieur Rapp ist von uns als Zeuge geladen worden, Madame«, erläuterte Rimbout, »damit wir zusammen mit Ihrer Aussage die Spur Ihres Wagens, des roten Peugeot 108, nachvollziehen können.«

»Was heißt hier: Spur meines Wagens?«, fuhr ihn Finnla Duboc unwirsch an. »Ich verstehe das nicht. Sie wissen doch, wo sich der Peugeot befindet. Ich sagte schon, dass das Auto eine Macke an der Seite abbekommen hat. Ein Schlagloch vermutlich, das ich übersehen habe, ich weiß nicht mehr. Und dass ich Monsieur Lautermann beauftragt habe, den Schaden zu reparieren, habe ich ebenfalls schon erwähnt. Mit seinen übrigen Geschäften, sollten sie illegal sein, habe ich nichts zu schaffen.«

»Sie haben den Wagen umspritzen lassen, Madame.«

»Ich habe Lautermann gebeten, es zu tun, ja. Ist nicht verboten, oder?« Sie warf den kantigen Kopf zu Rapp hinüber, der ruhig abwartend danebensaß. »Was Monsieur Rapp damit zu tun haben soll, erschließt sich mir ganz und gar nicht.«

»Deshalb haben wir ihn geladen, Madame. Damit er es Ihnen gegenüber erläutern kann. Wir können den Vorgang aber auch getrennt behandeln, dann müsste ich Sie allerdings ein weiteres Mal vorladen. Würden Sie das wirklich vorziehen, Madame?«

Finnla Duboc winkte genervt ab.

Rimbout sah Rapp zufrieden an. »Monsieur Rapp, wenn Sie bitte Ihre frühere Aussage für Madame Duboc wiederholen würden?«

»Bien sûr, Monsieur le Commissaire.« Rapp berichtete nun bereitwillig, dass er nach einer Besichtigung eines Ferienhäuschens der Dubocs am südwestlichen Rand des Forêt de Pfaffenhoffen, auf dem Rückweg durch den Wald, einen großen Stein mit auffälligen roten Lackspuren entdeckt habe.

Finnla Duboc wurde blass. Schaffte es aber dennoch, ein hartes Lachen auszustoßen. »Ich verstehe nicht, Commissaire«, wandte sie sich an Rimbout, »was irgendwelche zufällig von diesem Herrn im Wald entdeckten Farbspuren mit meinem Wagen zu tun haben sollen. Das ist doch lächerlich!«

»Nicht ganz so lächerlich, wie Sie es darstellen, Madame«, widersprach Rimbout. »Denn der Waldweg, den Monsieur Rapp erwähnte, führt von Ihrem Ferienhausensemble in direkter Linie zu dem Ort des Mordes an Laurent Wendling! In dessen Nähe auch Sandrine Wendling mit ihrem Wagen verunglückt ist.«

Finnla Duboc zuckte bei Erwähnung des Namens unwillkürlich zusammen.

»Davon wissen Sie selbstverständlich«, setzte Rimbout nach, »da Sie mit dem Opfer Laurent Wendling und besonders mit dessen Frau Sandrine eng befreundet sind. Oder waren. Nicht wahr?«

Finnla Duboc saß wie erstarrt. Und schwieg.

»Aus diesem buchstäblich *naheliegenden* Grund«, fuhr Rimbout fast schon spöttisch fort, »war Monsieur Rapp – nebenbei bemerkt früher selbst im Polizeidienst tätig – sofort alarmiert, als er die Lackspuren an dem Stein im Wald sah. Er hat nur eins und eins zusammengezählt. Und aus demselben Grund haben wir seinen Hinweis darauf sogleich sehr ernst genommen.«

Rapp verkniff sich jeden Kommentar dazu, auch wenn es ihm schwerfiel, seine Gesichtsmuskeln zu kontrollieren. Zumal ihn Finnla Duboc jetzt mit einem seltsamen, schwer zu deutenden Blick bedachte.

»Wir haben Proben von den Lackresten an dem Stein genommen«, fuhr Rimbout fort, »und werden sie nun mit denen Ihres Wagens vergleichen, Madame. Dazu reicht uns der rote Lackanstrich im Innenraum Ihres Peugeot. Den hatten Lautermanns Männer dankenswerterweise noch nicht überstrichen. Das Ergebnis der chemischen Analyse wird eine Art genetischer Fingerabdruck der Lackfarbe sein, Madame. Zusammen mit der Untersuchung des ausgebesserten Blechschadens wird uns das sagen können, ob sozusagen Stein und Wagen zusammenpassen«, erklärte ihr Rimbout das weitere Vorgehen wie ein Arzt vor einer Routine-OP.

Finnla Duboc presste ihre Handtasche so fest mit beiden Händen zusammen, dass das Leder knarrte. »Moment mal! Geht es hier also gar nicht um Lautermanns Geschäfte, sondern ... um ... um den Mordfall? Und Sie, Commissaire ... Sie haben die Stirn, mich angeblich nur deshalb herzuzitieren, weil Lautermann krumme Geschäfte macht?«

Sie hatte das Spiel durchschaut.

Und gab sich empört.

Schien aber auch irritiert: »Wieso wussten Sie überhaupt davon, dass ich meinen Wagen zu ihm in Reparatur gegeben hatte?«

»Polizeiarbeit, Madame. Reine Routine.« Rimbout setzte die Miene eines bescheidenen Malochers auf, zufrieden nach getaner Arbeit.

Finnla Dubocs Panik wegen der unheilvollen Wendung, die ihre Vernehmung nun doch noch genommen hatte, war mit den Händen zu greifen. Aber wenn Rimbout gehofft hatte, dass sie nun endgültig ihre Deckung verließ, so sah er sich getäuscht. Fieberhaft suchte sie nach einem Ausweg aus der Falle, das war ihr anzusehen.

»Wenn ich es recht überlege, Commissaire«, sagte sie etwas nuschelnd nach kurzem Schweigen, »dann erinnere ich mich jetzt wieder: Es war tatsächlich der Waldweg, auf dem mein Wagen von dem dummen Stein geküsst worden ist.« Sie verzog die dünnen, rotviolett geschminkten Lippen zu einem eisigen Lächeln.

›Von einem Stein geküsst‹ war auch die Formulierung gewesen, die Lautermann gebraucht hatte, erinnerte sich Rapp. Das Copyright darauf hatte vermutlich Finnla Duboc.

Doch Rimbout bohrte weiter. »Wann, an welchem Tag, Madame Duboc, wurde Ihr Wagen von dem Stein beschädigt?«

›Ich denke, es war letzten Freitag. Ja, so muss es gewesen sein. Hab vor Schulbeginn noch rasch einen Kontrollbesuch bei unserer Ferienhausanlage gemacht, dachte, ich kürze den Weg ab, fahre durch den Wald – und voilà, der Steinschlag. Den Schaden habe ich erst später bemerkt und den Wagen dann zu Monsieur Lautermann gebracht.«

›Das ist Ihnen jetzt aber ziemlich plötzlich eingefallen, Madame«, wandte Rimbout ein.

Finnla Duboc bedachte ihn mit einem kalten Blick. »Wissen Sie, Commissaire, wenn Sie täglich eine Horde von Schülern bändigen müssten so wie ich, dann würden Sie irgendwelche Reparaturen an Ihrem Wagen auch nicht mehr erinnern, das garantiere ich Ihnen. Außerdem gebe ich nichts auf Autos. Ich fahre lieber Rad. Schon immer.«

Rapp hatte Mühe, seine bereits zuckenden Mundwinkel zu kontrollieren. Er dachte an Hirondelles Worte über Finnla Dubocs Autobegeisterung, ihre höhnischen Bemerkungen über seine Fahrradtouren – bis sie plötzlich selbst mit dem Rad zur Schule gekommen war.

Pack sie bei dem, was sie verschweigt, François!, rief er Rimbout im Geiste zu. Nicht bei dem, was sie behauptet.

Doch Rimbout wirkte auf einmal unsicher. Er spürte, dass diese Frau nicht nur nicht umfiel, sondern ihre Fassung von den Zehen bis zu den Haarspitzen zurückgewonnen hatte. Den Mord an Laurent Wendling, den Rimbout vorhin erwähnt hatte, und den Unfall ihrer Freundin Sandrine (sofern es denn eine Freundschaft *war*) hatte Finnla Duboc bisher mit keinem Wort kommentiert. Rimbout schien ratlos, mindestens aber unschlüssig, wie er diesen Eisblock zum Schmelzen bringen sollte.

Es war jetzt an der Zeit, fand Rapp daher, die zweite Stufe der Vernehmung zu zünden, auf die sie sich vorher verständigt hatten. Mit Sandrine Wendling, der großen Unbekannten, als Joker in diesem vertrackten Spiel.

Er warf Rimbout einen eindringlichen Blick zu. Der verstand und legte wie nebenbei einen Finger auf sein Handy, um Sulzer unbemerkt das schon vorbereitete Zeichen zu schicken.

Sekunden später klopfte es an der Bürotür. Sulzer, der die ganze Zeit davor gewartet hatte, kam mit wichtiger Miene herein (etwas übertrieben, wie Rapp fand), in der Hand einen Notizzettel, den er Rimbout reichte.

Dessen Miene erhellte sich schlagartig, nachdem er einen Blick darauf geworfen hatte. »Madame«, rief er hocherfreut aus, »ich darf Ihnen eine Mitteilung machen, die Sie ohne Zweifel freuen wird! So wie alle Angehörigen und Freunde der Familie Wendling.«

Finnla Duboc starrte ihn verständnislos an. »Was für eine Mitteilung?«

»Ihre Freundin Sandrine Wendling, lese ich hier, ist aus dem Koma erwacht. Die Meldung ist noch nicht offiziell, aber ...«

Rimbout musste den Satz nicht mehr beenden. Finnla Duboc schlug bereits die Hände vor das Gesicht, ihre Schultern begannen zu zucken, ihr ganzer Körper geriet förmlich in Aufruhr, und sie begann, laut zu schluchzen.

Manche Menschen beginnen zu weinen, wenn eine schlimme Befürchtung sich in Luft auflöst, ein schon sicher geglaubtes Unglück ausbleibt. Doch darum ging es hier nicht, wie Rapp sogleich ahnte. Finnla Dubocs Reaktion, ihr plötzlicher Gefühlsausbruch, konnte kaum für bare Münze genommen werden. Sie erschien ihm weder als wirkliche Erleichterung über die unerwartete Genesung ihrer Freundin noch als das Gegenteil, als Zusammenbruch und Ankündigung eines Geständnisses ohne Netz und doppelten Boden.

Rapps Eindruck war vielmehr, dass Finnla noch immer beherrscht genug war, um hinter der Maske von ein paar wohldosierten Krokodilstränen eine neue Strategie einzuschlagen: »Es war mein Fehler«, sagte sie tonlos und ohne Überleitung, nachdem sie sich recht theatralisch mit einem Taschentuch die Tränen vom Gesicht getupft und die Nase geputzt hatte. »Ich hätte mich nicht wieder auf Laurent einlassen dürfen.«

»Auf ihn *einlassen*? Das heißt, Sie hatten ein Verhältnis mit Wendling?«, fragte Rimbout erstaunt.

»Seit drei Jahren ungefähr. Aber ich habe vor ein paar Monaten mit ihm Schluss gemacht. Sandrine, mit der ich schon viel länger befreundet bin, hatte mir ganz geknickt erzählt, dass Laurent es mit seinen Flirts endgültig zu weit treibe. Er habe sogar angefangen, sich an die Frauen auf dem Epona-Hof heranzumachen. – Epona ist so ein ökologisches Saatgutdingsbums, mit dem Sandrine und Laurent seit Kurzem zusammenarbeiteten. Sie war stinksauer auf Laurent. Und ich auch.«

»Wusste Sandrine davon, dass Sie ein Verhältnis mit ihrem Mann hatten?«

»Nein. Zumindest hatte ich das angenommen. Erst recht, nachdem sie mir scheinbar arglos von Laurents Don-Juan-Allüren bei den Epona-Frauen geklagt hatte. Heute frage ich mich allerdings, ob sie mir nicht sogar mit Absicht davon erzählt hat: eben *weil* sie von Laurent und mir wusste.«

»Das verstehe ich nicht«, erwiderte Rimbout und sprach damit auch Rapp aus dem Herzen, den Finnla Duboc vollkommen zu ignorieren schien. Sie konzentrierte sich voll und ganz auf Rimbout, das war offensichtlich.

»Ich schätze, Sandrine wollte mir damit zu verstehen geben: ›Siehst du, Finnla, Laurent betrügt jede Frau. Auch dich, falls du was mit ihm hast.‹ Sie war sich aber wohl nicht vollkommen sicher, was Laurent und mich betraf.« Sie lachte sarkastisch auf. »Dummerweise hat Sandrine damit das glatte Gegenteil bei mir bewirkt. Ich dachte: Das wollen wir doch mal sehen!«

»Klingt wie ein Spiel«, warf Rimbout ein.

Eher wie ein Wettbewerb, dachte Rapp.

»Mag sein«, antwortete Finnla leidenschaftslos. »Aber wenn es ein Spiel war, dann eins mit mir selbst.«

»Sie wollten sich etwas beweisen?«

»Vielleicht wollte ich es vor allem Sella beweisen.«

»Sella, Ihrem Mann? Wie meinen Sie das?«

»Sella ist …« Sie stöhnte auf. »Er ist ein sehr erfolgreicher Unternehmer, keine Frage. Und ja, ich liebe den Wohlstand, den wir dadurch haben. Aber Sella steht zunehmend unter Druck. Der ständig wachsende Terminstress, die Verantwortung für seine Projekte, die finanziellen Risiken, die dabei auch entstehen, und so weiter. Seine Gedanken kreisen Tag und Nacht um seine Arbeit. Es ist, als wäre er mit seinem Beruf verheiratet, nicht mit mir. So haben wir uns … immer mehr … auseinandergelebt. Und was *das* angeht: Ich brauche nicht mal alle Finger einer Hand, um aufzuzählen, wie oft wir im letzten Jahr Sex miteinander hatten.« Sie deutete ein Kopfschütteln an. »Das Verrückte ist, dass Sella gleichzeitig enorm eifersüchtig ist. Aber dass ich ausgerechnet mit seinem guten Freund Laurent was hatte – die beiden kannten sich ja schon ewig –, das …« Sie stockte. Rapp hatte den Eindruck, dass sie an einer, vielleicht *der* entscheidenden Stelle angekommen war.

Doch was dann folgte, war ein typischer »Rimbout«. Der, anstatt direkt auf den Punkt zu kommen, wie es nun genau zu dem Mord an jenem Abend gekommen war, offenbar glaubte, die *Vorgeschichte* dieser fatalen Liaison erfragen zu müssen. Gewissermaßen der Vollständigkeit halber. Es war zum Aus-der-Haut-Fahren. Denn infolgedessen schilderte Finnla Duboc nun detailliert die verschiedenen Stationen ihres Verhältnisses mit Laurent Wendling: vom ersten Flirt zum ersten Kuss, dem ersten heimlichen, noch ein wenig schuldbewussten Treffen der beiden, der anfänglichen Angst, entdeckt zu werden (was jedoch dem Sex eine zusätzlich prickelnde Note verlieh, wie Finnla mit einem Glitzern in den Augen unterstrich), bis hin zu einer gewissen Routine im Fremdgehen mit der Zeit.

»Wir trafen uns schließlich immer dann, wenn das Ferienhäuschen, das letzte in der Reihe, dicht am Forêt, frei wurde. Damit mich die anderen Gäste nicht gleich an meinem Auto erkannten, stellte ich es stets auf der anderen Seite des Forêt, in der Nähe der Brache, ab, wo später die neue Choucroute-Manufaktur entstehen sollte. Vor Baubeginn war dort noch gar nichts los, Sandrine arbeitete meist im Büro oder im Hofladen, und Sella hatte auf anderen Baustellen zu tun. Der Einfachheit halber parkte auch Laurent seinen Wagen dort am Feldrand, und gemeinsam spazierten wir die kurze Strecke den Waldweg entlang zum Ferienhäuschen. Wir waren meist schon ziemlich aufgeladen, Laurent und ich, wenn wir endlich durch die hintere Tür in das Häuschen schlüpften und ... voilà.« Sie spitzte den Mund und überließ den Rest Rimbouts Phantasie.

»Was ist nun aber an dem Abend des Mordes an Wendling geschehen, Madame Duboc?«

Rapp atmete auf. Rimbout kam endlich zum Punkt.

Finnla Duboc wurde leichenblass. »Ich ... hatte Laurent am Abend vorher ...«

»Mittwochabend also?«

»Ja, Mittwochabend. Da hatte ich Laurent eine Nachricht geschickt, dass das Ferienhäuschen am folgenden Tag wieder mal frei sei, weil Gäste abgesagt hatten. Ich schrieb ihm auch, dass kein Risiko dabei sei, weil Sella auf einer neuen Baustelle in Winzenheim sei. Wie gewöhnlich bis zum späten Abend. Doch in dem Fall hatte ich mich getäuscht. Kurz bevor ich am Donnerstagabend zu dem Rendezvous mit Laurent losfahren wollte, kam Sella bereits heim. Sein Polier war krank geworden, erfuhr ich später von ihm, daher fiel irgendein Arbeitsschritt aus, und Sella hatte unverhofft Feierabend. Ich hatte ihn aber nicht bemerkt, weil ich gerade im Bad war. Dummerweise fand er das Prepaidhandy, mit dem ich Laurent immer anrief oder schrieb. Laurent hatte ebenfalls ein zweites Handy, Prepaid, das er sich ironischerweise auf den Namen seines Vaters angeschafft hatte, damit Sandrine nichts von seinen Affären mitbekam. Jedenfalls …« Sie griff sich an die Stirn. »Jetzt weiß ich leider nicht mehr, was …«

»Sie haben geschildert, wie Ihr Mann Ihr Prepaidhandy fand«, erinnerte sie Rimbout.

»Ja. Das Handy lag zu dem Zeitpunkt, als Sella nach Hause kam, auf der Kommode im Flur. Ich hatte es dort abgelegt, um nicht zu vergessen, es für alle Fälle mitzunehmen, vollkommen sorglos, weil ich ja gar nicht mit Sella gerechnet hatte. Er wunderte sich wohl darüber, öffnete es und fand prompt meine neueste Nachricht an Laurent und dessen Antwort, die aktuelle Verabredung für den Donnerstagabend. Ich kam aus dem Bad, da stand Sella plötzlich vor mir, weiß vor Wut im Gesicht, weil er inzwischen auch die früheren Nachrichten von Laurent und mir entdeckt hatte. In der einen Hand hielt er mein Prepaidhandy, in der anderen bereits den Schlüssel für meinen Wagen. Ich brachte kein Wort heraus. Er starrt mich also voller Hass an, dann dreht er sich plötzlich um und verschwindet. Von der Haustür aus konnte ich sehen, dass er mit meinem Peugeot davonraste.«

Finnla Duboc senkte den Kopf. Aus Scham, Schuldgefühl oder Kalkül, wer wusste das schon?

Rapp, für den mit Händen zu greifen war, was dann geschehen war, hoffte, dass Rimbout sie nicht wieder entgleiten ließ: Mach endlich den Sack zu, François!, schoss es ihm durch den Kopf.

»Warum«, fragte Rimbout schließlich, »hat Ihr Mann Sella nicht seinen eigenen, sondern Ihren Wagen genommen, Madame Duboc, den Peugeot 108?«

»Sella hat mit mir nicht darüber gesprochen«, erwiderte Finnla. »Auch später nicht, nachdem es ... passiert war. Ich glaube aber, dass er Laurent möglichst bis zum letzten Augenblick in dem Glauben lassen wollte, *ich* würde aus dem Wagen steigen. Um ihn vor Ort zu überraschen, zu überrumpeln. Was ihm weniger geglückt wäre, wenn Laurent schon von Weitem Sellas Wagen gesehen hätte.«

»Warum haben Sie Wendling nicht gewarnt?«, wollte Rimbout wissen. »Sella mochte in seinem Zustand nicht daran gedacht haben, aber Sie hätten Laurent Wendling doch immer noch mit Ihrem üblichen Handy auf seinem Prepaid anrufen können.«

Eine gute Frage, fand Rapp. Denn sie betraf Finnlas Mitverantwortung an dem Mord. Er war gespannt auf ihre Antwort.

»Ich *habe* Laurent gewarnt!«, versicherte sie vehement. »Hab ihm gesagt, dass Sella alles wisse und mit meinem Wagen zum Treffpunkt komme. Er solle sofort verschwinden.« Sie atmete plötzlich schneller. »Aber ich schätze, genau das war der Fehler. Laurent war der Typ Mann, der glaubt, die Dinge am einfachsten direkt, gleich an Ort und Stelle, klären zu können.«

»Hat Laurent das zu Ihnen gesagt? Dass er mit Sella reden wolle?«

»Ja, das hat er. Er hatte nur leider nicht mit Sellas unglaublicher Wut gerechnet. Vor der ich ihn aber ausdrücklich gewarnt habe!«

Rapp erkannte jetzt deutlich ihre Verteidigungsstrategie: ihr Mann, außer sich vor Wut, quasi unzurechnungsfähig zum Tatzeitpunkt. Und sie selbst die machtlose Mahnerin und Warnende gegenüber dem Opfer. Sie musste sich diese Strategie für den Fall der Fälle schon vorher zurechtgelegt haben. Was auch immer man gegen diese Frau vorbringen mochte, dumm war sie nicht.

»Hm. Was geschah dann, Madame Duboc?«, fragte Rimbout mit skeptischer Miene.

»Ich saß natürlich wie auf heißen Kohlen. Sella kam nach etwa einer Stunde zurück. Völlig verstört und außer sich. Mein Wagen, der Peugeot, den Sella gleich in unsere Garage gefahren hatte, hatte unten auf der Beifahrerseite eine tiefe Delle im Blech und einen Lackschaden. Ich fragte ihn, was geschehen sei, ob er sich mit Laurent eine Verfolgungsjagd geliefert habe. Ich war wütend, aber ich hatte auch Angst. Sella sagte …« Sie schluckte. »Er sagte: ›Ich habe Laurent getötet. Mit einem Feldstein, der jetzt hinten im Kofferraum deines Peugeot liegt.‹ Er habe den Stein mitgenommen, um keine Spuren von sich zu hinterlassen. Auch Laurents Prepaidhandy habe er an sich genommen. Er sagte, er werde alles entsorgen, die Prepaidhandys von Laurent und mir und den Stein, mit dem er ihn …«

»*Wie* wollte er die Sachen entsorgen?«, wollte Rimbout wissen.

»Na, wegwerfen, verstecken, zerstören, keine Ahnung, ich habe ihn nicht danach gefragt. Nicht fragen *können*! Ich war außer mir, wusste nicht, was ich machen sollte. Meinen Mann anzeigen? Das hätte ihn ins Gefängnis gebracht. Wir wären damit finanziell ruiniert gewesen, alle beide. Wir hätten alles verloren, was wir uns in den letzten Jahren aufgebaut hatten. Außerdem …« Sie stockte.

»Außerdem wäre vor Gericht herausgekommen«, führte Rimbout ihren Gedanken fort, »*warum* Ihr Mann seinen Freund Laurent Wendling getötet hat. Weil Laurent Ihr Liebhaber war. Nicht wahr, das wollten Sie sagen, Madame Duboc?«

»Gott, ja!« Sie warf die Hände in die Luft und ließ sie zurück in ihren Schoß fallen. »Laurent war der Mann meiner Freundin. Der Freund meines Mannes. Mein Ruf wäre ruiniert gewesen. – Aber das hätte ich ausgehalten. Vielleicht würde man nicht nur Sella anklagen, sondern auch mich, dachte ich.«

»Jetzt wird das auf jeden Fall geschehen, Madame Duboc«, sagte Rimbout ohne rechten Schwung. »Sie haben die Polizei in die Irre geführt. Haben versucht, Beweismittel zu vernichten.«

Rimbout hatte den Punkt getroffen, dachte Rapp mit Genugtuung. Finnla Duboc war nach dem Mord an ihrem Geliebten keineswegs passiv geblieben. Sie hatte nicht einfach nur geschwiegen, sondern ihren »Unfallwagen« zu Lautermann gebracht, um ihn mit dessen Hilfe verschwinden zu lassen.

»Am Tatort ist aber nicht nur Laurent Wendling ums Leben gekommen«, erinnerte sie Rimbout, »sondern beinahe auch seine Frau Sandrine. Ihre – angebliche – Freundin. Wie kam es dazu?«

»Ich *weiß* es nicht!« Finnla verzog ihr Gesicht zu einer gequälten Grimasse, die echt wirkte. »Glauben Sie mir, Commissaire, ich weiß das nicht! Sella saß – *danach*, meine ich, saß er wie betäubt an unserem Küchentisch. Jammerte, er habe Laurent auf dem Gewissen. Und Sandrine! Die sicher alles beobachtet habe. Er habe ihren Wagen erst bemerkt, als sie davonfahren wollte. Er sei panisch hinter ihr hergefahren. So sei es zu dem Unfall gekommen, ohne dass er ihren Wagen auch nur touchiert habe. Er dachte, sie wäre sofort tot gewesen. Dass sie überlebt hatte, schwer verletzt, haben wir erst hinterher erfahren. Aus der Presse und vom alten Schàngi selbst, am Tag danach, als Sella in der Lage war, bei ihm anzurufen.«

»Und die Delle und der Lackschaden an Ihrem Peugeot? Wie hat Ihnen Ihr Mann das erklärt?«, wollte Rimbout wissen.

»Sie seien entstanden, weil er sich zu einem anderen Fluchtweg als über die Straße entschlossen habe. Über den Waldweg, wo er nur leider mit einem Stein kollidiert sei.«

»Sie behaupten also, nicht zu wissen, warum Sandrine am Tatort oder jedenfalls in seiner unmittelbaren Nähe war?«

»Nein, Monsieur le Commissaire! Ich habe keine Ahnung. Aber das kann Sandrine Ihnen ja nun direkt beantworten, nicht wahr?«

»Ah ja?«, fragte Rimbout mit einem so naiven Gesichtsausdruck, dass Rapp schon innerlich die Hände rang. »Ach so, natürlich! Weil sie aus dem Koma aufgewacht ist, meinen Sie.« Rimbout hüstelte in die Faust, wiederholte pflichtgemäß, dass diese Information noch nicht offiziell bestätigt sei – und wechselte rasch das Thema: »Wo, Madame Duboc, befindet sich Ihr Mann im Augenblick?«

»Auf einer neuen Baustelle in Winzenheim, nehme ich an.«

»Ihre bloße Vermutung, Madame Duboc, hilft uns leider nicht. Bitte rufen Sie Ihren Mann jetzt an. Fragen Sie ihn, ob er sich tatsächlich auf dieser Baustelle befindet.«

Finnla Duboc nahm ihr Handy aus der Tasche und schaltete es ein. Rimbout hatte sie vorher darum gebeten, es während der Vernehmung auszuschalten, da er keine Störung wünsche.

Nachdem sie es hochgefahren hatte, erschien sogleich der Hinweis im Display, dass ihr Mann in der Zwischenzeit zweimal versucht hatte, sie anzurufen.

»Rufen Sie ihn zurück!«, forderte Rimbout.

Doch seltsamerweise nahm jetzt Sella Duboc nicht ab.

»Er geht nicht ran, Monsieur le Commissaire, tut mir leid.« Sie zuckte mit den Achseln und steckte das Handy zurück in ihre Tasche, als wäre der Fall damit erledigt.

Doch Rimbout schien genug von ihrer Masche zu haben. Er sah sie entschlossen an. »Sie fahren mit uns zu der Baustelle, wo Sie Ihren Mann vermuten, Madame Duboc. Sollte er vor Ort Schwierigkeiten machen, mit aufs Präsidium zu kommen, erwarte ich Ihre Unterstützung für die Polizei, Madame. Könnte sich auszahlen, wenn ich es vor Gericht später erwähne.«

Sie nickte betreten.

Rimbout sprang auf und rief Sulzer herein, damit der ein Einsatzkommando plus Fahrzeug für die Festnahme von Marcel Duboc in Winzenheim organisierte. Sulzer ging mit wichtiger Miene zu seinem Schreibtisch und begann sofort zu telefonieren.

Rimbout wandte sich an Rapp. »Ich danke dir, Jean Paul«, zischelte er ihm hastig ins Ohr. »Den Rest erledigen wir selbst. Salut.« Er drückte ihm flüchtig die Hand und winkte Finnla Duboc zu sich, die nun reichlich verloren und mit bleichem Gesicht hinter Rimbouts Schreibtisch stand: »Kommen Sie, Madame! Wir haben keine Zeit zu verlieren.«

Rapp sah Rimbout mit der inzwischen ziemlich verstört wirkenden Frau den Raum verlassen. Sie schien begriffen zu haben, dass es nun um alles oder nichts ging. Ebendeshalb hatte Rapp kein gutes Gefühl. An Rimbouts Stelle hätte er die Frau nun aus dem Spiel gehalten. Sie wirkte alles andere als verlässlich.

In diesem Moment beendete Sulzer einen Anruf wegen des Einsatztrupps zur Festnahme Sella Dubocs und zog seine Schreibtischschublade auf. Darin kam ein halb gegessenes Sandwich zum Vorschein, mit welken Salatblättern, die an den Rändern die Ohren hängen ließen, und fingerdicken Scheiben Münsterkäse. Das Sandwich schien mindestens eine Woche alt. Der Geruch war so stark, dass man es als chemischen Kampfstoff hätte anmelden können. Was Sulzer nicht davon abhielt, herzhaft hineinzubeißen.

SIEBZEHN

Rapp hatte bereits auf der kurzen Rückfahrt von Rouffach nach Pfaffenheim ein schlechtes Gewissen: Honorés mittägliches Gassigehen war mehr als überfällig. Doch als er zu Hause ankam, räkelte sich sein Hund entspannt in seinem Korb, rollte sich auf den Rücken und schwänzelte leicht. Das Wetter hatte restlos aufgeklart, als sie kurz darauf den Weg unterhalb der Weinberge entlangspazierten. Der Himmel war unwirklich blau, die wenigen weißen Wolkenfasern wirkten dünn wie Pappelflaum. Honoré nahm sich heute noch mehr Zeit für das Markieren seines Reviers als sonst und hielt oftmals schnuppernd die Nase in den leichten warmen Wind, der aus Südwesten kam; es sah aus, als träumte er mit halb geschlossenen Augen. Mit dem Alter hatte er einen Zustand tiefster Entspannung erreicht, um den ihn buddhistische Mönche beneiden mussten.

In Höhe der Rue de Kaefferling gerieten Rapps Gedanken auf Abwege, als er vom Hang aus das lachsfarbene Fachwerkhaus, in dem Sylvie wohnte, in der Sonne dösen sah. Doch ehe er sich romantischen (oder lüsternen) Gedanken hingeben konnte, klingelte sein Telefon, er spürte das Vibrieren in seiner Sakkotasche. Auf dem Display erschien Rimbouts Name. Dessen Büro er doch erst vor anderthalb Stunden verlassen hatte. Rapp hoffte inständig, dass Rimbout ihm lediglich die erfolgreiche Festnahme und womöglich auch schon das Geständnis von Sella Duboc mitteilen wollte.

»Jean Paul, entschuldige, dass ich dich schon wieder ...«
Rimbout klang atemlos und geradezu panisch.

»Was ist denn los?«

»Es ist so: Wir befinden uns bei den Ferienhäusern am Forêt de Pfaffenhoffen.«

»Wer ist wir, François? Du und das Einsatzteam?«

»Richtig.«

223

»Und sprichst du von dem Ferienhausensemble der Dubocs?«

»Richtig, genau.«

»Was zum Teufel macht ihr denn dort? Ich dachte, ihr wolltet Duboc festnehmen. An der Baustelle in Winzenheim!«

»Er war nicht dort. Ein Mitarbeiter sagte, er sei kurz vorher mit seinem Wagen fortgefahren. Ganz plötzlich. Ohne Kommentar. Nachdem er vergeblich seine Frau auf dem Handy angerufen hatte, ist er wohl misstrauisch geworden und hat es in der Schule probiert. Die Sekretärin hat ihm dummerweise gesagt, dass seine Frau von der Polizei abgeholt worden sei. Madame Duboc meinte daher, Sella sei bestimmt nach Hause gefahren. Sie hat versucht, ihn anzurufen. Er ging nicht ran. Also sind wir hin. Sie hatte recht, er ist dort gewesen. War aber schon wieder fort, als wir ankamen.«

»Woher will sie so genau wissen, dass er in der Zwischenzeit zu Hause war?«

»Weil der Waffenschrank mit seiner Jagdausrüstung offen stand. Er ist Hobbyjäger. Das Jagdgewehr fehlte.«

»Dieu!«, entfuhr es Rapp. »Und was macht ihr nun am Forêt? Du und das Einsatzkommando?«

»Madame Duboc hatte so eine Ahnung, dass ihr Mann zu dem Ferienhäuschen gefahren sein könnte, wo sie sich immer mit Wendling getroffen hat. Um sich in der Vorstellung zu suhlen, was dort geschehen ist, meint sie.«

»Das sieht ihr ähnlich.«

»Was sieht ihr ähnlich?«

»Dass sie das gesagt hat.«

»Was gesagt?«

»Vergiss es, François. Sag mir, was dort los ist.«

»Duboc ist tatsächlich hier. Und will aus der Ferienhütte, in der er sich verschanzt hat, nicht herauskommen.«

»Aber warum rufst du *mich* jetzt an, François? Was kann ich tun, was ihr nicht selber könnt?«

»Duboc will nicht mit seiner Frau reden.«

»Kann ich ihm nicht verdenken.«

»Er will auch mit keinem Polizisten reden, keinem Psychologen, Pfarrer, Arzt, was weiß ich. Ich dachte daher, *du* könntest es vielleicht versuchen.«

»Wieso ich?«

»Du kennst ihn doch. Hast du mir jedenfalls gesagt.«

»Moment mal, François, ich habe Sella Duboc bisher nur einmal in meinem Leben gesehen. Und auch bei der Gelegenheit nur kurz mit ihm gesprochen.«

»Wenigstens das. Wir haben im Augenblick keine Alternative zu dir.«

»Super.« Er schickte ein kleines Seufzen durchs Telefon.

»Bon, ich komme, bin in einer halben Stunde bei euch. Aber erwarte dir lieber nicht zu viel davon.« Zumal er keine Vorstellung hatte, in welcher Rolle er dort hilfreich sein konnte.

ACHTZEHN

Rapp näherte sich dem Ferienhausensemble von Süden her, über eine der Querverbindungsstraßen zwischen der Route nationale und der Autobahn weiter im Osten. Er hatte Honoré zurück in die Wohnung gebracht (wegen der Eile mehr getragen als gezogen), war zu dem Carport auf der anderen Seite des Maison Michelberger gestürmt und losgefahren. Jetzt schaukelte sein Charleston über das schadhafte letzte Stück der Landstraße, bevor sie in das weitläufige Gelände mündete, auf dem die Dubocs ihre vier Ferienhäuser im exakt bemessenen Rechteck vor dem Waldrand des Forêt verteilt hatten.

Schon ein gutes Stück vorher traf er auf eine Straßenabsperrung, vor der sich breitbeinig ein junger Gendarm aufgebaut hatte. Sogleich nahm er seine beiden Hände aus der Koppel und signalisierte Rapp unmissverständlich, dass er umkehren solle.

Rapp parkte seinen Wagen auf dem Grasstreifen neben einer Reihe junger Birken und rief Rimbout an, der auch sofort abnahm.

»Jean Paul, wo bist du?«

»Quasi in Rufweite. Und ich würde ja gerne zu euch stoßen, wenn man mich durch die Absperrung ließe. Wenigstens zu Fuß.«

»Ja natürlich. Weißt du, wir haben schnellstens alle Feriengäste evakuiert und das Gebiet abgesperrt. Duboc befindet sich im letzten Ferienhaus vor dem Waldrand, aber Vorsicht ist die Mutter der Porzellankiste, und seine Flinte reicht weit. Ich schicke dir jemanden, der dich abholt.«

»Merci, François.«

Es war Fabienne Haller von der Gendarmerie Rouffach, die ihn an der Absperrung begrüßte und an ihrem jungen, stoisch dreinblickenden Kollegen vorbei aufs Gelände führte.

»Dass wir uns unter diesen Umständen wiedersehen, Monsieur Rapp«, sagte sie kopfschüttelnd.

Mit schnellen Schritten gingen sie an den evakuierten Holzhäusern vorbei, vor denen verwaistes Spielzeug auf dem Rasen lag und die Gartentische auf den Terrassen noch mit Töpfen und Geschirr für das Mittagessen bestückt waren.

Sie näherten sich dem letzten Holzhaus vor dem Waldrand im Sichtschatten eines weißen Peugeot-Transporters, hinter dem sich Rimbout, Sulzer, verschiedene Gendarme und Scharfschützen mit den Gewehren im Anschlag verschanzt hatten. Eine Armlänge neben Rimbout stand auch Finnla Duboc, die ihre großen Augen so weit aufgerissen hatte, als wollte sie eine irregewordene Frau aus einem alten Stummfilm kopieren. War das gespielt oder echt?, schoss es Rapp durch den Kopf.

Er dankte Fabienne mit einem Nicken, als Rimbout auch schon vor ihm stand, das Gesicht voller hektischer roter Flecken, in der Hand ein Megafon. »Duboc hat schon seit einer Viertelstunde nicht mehr mit uns gesprochen«, erklärte er mit unverkennbarer Panik in der Stimme.

Nicht gut, dachte Rapp und nahm ihm wortlos das Megafon ab. Gar nicht gut.

Er schritt an der ihn wie einen Heilsbringer anstarrenden Finnla und zwei Gendarmen vorbei, stellte sich rechts neben das Heck des Transporters und legte die Flüstertüte an die Lippen.

»Sella!«, rief er. »Monsieur Duboc! Hier spricht Jean Paul Rapp. Wir kennen uns von unserer Begegnung vor ein paar Tagen auf Schängi Wendlings Hof. Sie erinnern sich bestimmt daran. Ich habe eine Nachricht von Schängi für Sie, Sella. Aber …« Aber was? Im nächsten Moment hörte er sich sagen: »Aber nicht über das Megafon. Das ist zu persönlich. Ich komme jetzt zu Ihnen und verschwinde wieder, sobald wir gesprochen haben. In Ordnung? Merci beaucoup.«

Rapp drückte dem sichtlich überforderten Rimbout, der sich eilig neben ihn gestellt hatte, das Megafon in die Hand und setzte sich, aus einem plötzlichen Impuls, in Bewegung.

Schon nach zwei Schritten befand er sich in Sella Dubocs Zielbereich. Er verbot sich jedoch jeden weiteren Gedanken daran und marschierte entschlossen über den sanft federnden Rasen in gerader Linie auf das datschenähnliche Häuschen zu, in dem sich Duboc verschanzt hatte.

Rimbouts entsetzte Protestrufe in seinem Rücken, die Warnung, dass es lebensgefährlich sei, was er da vorhabe, ignorierte er. Sella Duboc, sagte er sich, war jetzt sicherlich verzweifelt, er mochte Laurent Wendling in einem Anfall eskalierter Eifersucht getötet haben. Aber Duboc war kein Killer, der wahllos auf Menschen schoss. Und für einen Amokschützen hatte er bisher viel zu kontrolliert gehandelt.

Hauptsache, dachte Rapp, ihr habt seine Frau im Griff. Finnla Duboc schien nahe daran, den Verstand zu verlieren und womöglich blank ins Verderben zu rennen. Sofern das Ganze nicht ein Schauspiel von ihr war.

Rapp ging es nun darum, Sella Duboc zu signalisieren, dass von ihm keine Gefahr für ihn ausgehe. Dass er eine Botschaft vom alten Schàngi für ihn habe, war ein spontaner Einfall gewesen. Im Moment hatte er noch keine Ahnung, worin diese Botschaft bestehen könnte. Er musste sich eben wie früher in solchen Situationen auf seine Intuition verlassen, um spontan zu entscheiden, welche »Botschaft« am ehesten zur Entschärfung der Lage, zu Sellas Beruhigung beitragen konnte.

Die Warnrufe von Rimbout und anderen in seinem Rücken hatten aufgehört. Sie schienen Rapps Entschlossenheit zu begreifen und sahen jetzt sicher gebannt zu, was geschehen würde.

Er erreichte die Terrasse des Häuschens, ohne dass Duboc irgendetwas von sich hatte verlauten lassen, und blieb einige Schritte seitlich neben der Eingangstür stehen.

»Sella, ich bin es: Jean Paul Rapp«, sagte er bestimmt, ohne laut zu werden. »Ich bin allein und unbewaffnet. Ich werde jetzt die Tür öffnen und zu Ihnen hereinkommen. Was ich Ihnen von Schàngi mitzuteilen habe, ist nicht für fremde Ohren bestimmt. Sondern nur für Sie. Bitte, richten Sie die Waffe, falls

Sie sie in der Hand haben, nicht direkt auf mich. Sie könnte versehentlich losgehen«, fügte er noch hinzu.

Dann drückte er vorsichtig die Klinke.

»Tür auflassen! Ich will sehen, ob Ihnen jemand folgt!«, brüllte eine schrille männliche Stimme, die er im ersten Moment nicht Duboc zugeordnet hätte.

Sella Duboc saß auf einem Stuhl, die Hand auf dem Abzug seines doppelläufigen Jagdgewehrs, das er neben sich auf dem Tisch abgelegt hatte. Die Mündung wies haarscharf an Rapp vorbei auf das kleine Fenster neben dem Eingang.

Der wohlige Saunaholzgeruch im Innern der Hütte, der Rapp in die Nase strömte, wollte partout nicht zu der buchstäblich explosiven Situation passen.

Duboc signalisierte Rapp, der instinktiv die Hände gehoben hatte, sich an die Kopfseite des Tisches zu setzen, also mit dem Rücken zur Eingangstür, die nun weit offen blieb. Duboc hatte dadurch jeden im Blick, der sich dem Haus von dieser Seite nähern wollte.

Rapp musterte sein Gegenüber mit einem schnellen Blick. Duboc schien im Vergleich zum ersten Mal, als sie sich begegnet waren, um mindestens zehn Jahre gealtert. Das knochige Gesicht war fahlgrau, die Lippen zitterten, er sog heftig Luft durch seine lange Nase ein und stieß sie ebenso heftig wieder aus. Jacke und Hose seines dunkelblauen Anzugs waren verschmutzt, er musste draußen vor Aufregung gestürzt sein, seine lockigen Haare waren zerwühlt und platt gedrückt wie ein Wildschweinnest.

Seine rechte Hand lag zittrig am Gewehr, der Finger krümmte sich bereits um den Abzug. Es bedurfte nur eines kleinen Schwenks der Flinte, um die Mündung frontal auf seinen Körper zu richten, realisierte Rapp. Eine Millisekunde später hätte er ein Loch im Bauch, durch das man einen Basketball werfen könnte.

Sella fixierte ihn mit rot unterlaufenen Augen. Sein Blutdruck hätte beim Hau-den-Lukas ganz sicher den ersten Preis gewonnen.

»Also, was lässt Schàngi mir sagen?«

Duboc sprach jetzt ruhiger. Und Rapp meinte trotz der verzweifelten Lage, in der sich der Mann befand, einen Funken Hoffnung in seinem Blick zu erkennen. Nicht die Hoffnung auf Verzeihung durch den alten Schàngi, Laurents Vater. Sondern die Hoffnung auf Verstehen. Ohne zu entschuldigen, was er Laurent angetan hatte.

Wenn ich jetzt den geringsten Fehler mache, irgendetwas Falsches sage ..., schoss es Rapp durch den Kopf. Er fühlte sein Herz hämmern, musste sich mit der Hand den Schweiß von der Stirn wischen, der ihm bereits in die Augen rann. Worauf hatte er sich da nur eingelassen?

Er zählte stumm bis drei und atmete tief durch. Es half.

»Schàngi«, tastete er sich vorsichtig voran, »ist natürlich unendlich traurig, dass es so weit hat kommen können.«

»Und?« Dubocs Hand zuckte gefährlich am Gewehr. Rapps Puls schnellte in die Höhe.

»Alors, Schàngi möchte Ihnen zunächst sagen, wie sehr ihm das alles leidtut.«

»Gut.« Sellas Augen weiteten sich, es sah aus, als bräche er gleich in Tränen aus. »Weiter«, sagte er mit erstickter Stimme, um eine Härte bemüht, die er zumindest in diesem Moment nicht ausstrahlte. Was besonders gefährlich war, weil er drohte das letzte bisschen Selbstkontrolle zu verlieren, das er noch hatte.

»Schàngi«, begann Rapp von Neuem und um einen warmen Ton bemüht, »trauert sehr um Laurent. Natürlich tut er das, er ist schließlich der Vater. Und gerade als Vater weiß er, dass Laurent ...« Rapp stockte. Was um Himmels willen musste er sagen, damit Duboc sich beruhigte?

»Ja?« Duboc riss erwartungsvoll die Augen auf. »Was weiß Schàngi als Vater, he? Was?« Es klang beinahe höhnisch.

»Dass auch Laurent seinen Anteil, eine gewisse Mitschuld an dem tragischen Ende, trägt.«

»Seinen *Anteil*?«, stieß Duboc bitter hervor. »Eine *Mitschuld*? Laurent hat es mit meiner Frau getrieben! Seit Langem schon. Hier in dieser verfluchten Hütte. Die ich selbst konstruiert und gebaut habe. Dieu, wir waren Freunde, Laurent und ich. Auch Sandrine und Finnla waren doch befreundet. Laurent ...« Duboc brach plötzlich ab.

Rapp spürte, dass das Reden zwischen ihnen nicht abreißen durfte, bis Duboc seine Wut herausgewürgt hatte. »Es war ein Schock für Sie, Sella, als Sie von dem Verhältnis zwischen Ihrer Frau und Laurent erfuhren. Das weiß der Schàngi.«

»Ein Schock?« Duboc musste kurz überlegen. »Ja. Schock. Und die ... Wut. Ich wollte ihn stellen, genau dort, wo sie sich verabredet hatten. Dort, wo ich für ihn und Sandrine die neue Manufaktur bauen sollte. Deswegen bin ich hin.«

»Mit dem Wagen Ihrer Frau.«

»Ich wollte sein Gesicht sehen, wenn er denkt, Finnla steigt aus dem Wagen. Aber Finnla musste ihn inzwischen angerufen haben. Klar, sie hatte ihn gewarnt. Sie hatte mich schon wieder betrogen. Mich verraten an diesen Schuft.«

»Das hat Sie noch wütender gemacht.«

»Natürlich! Laurent war kein bisschen überrascht, dass nicht Finnla, sondern ich aus dem Peugeot stieg. Sein guter alter Freund Sella. Das sollte seine scheinheilige Miene wohl sagen. Mit dessen Frau er es in weniger als einer halben Stunde wieder mal hatte machen wollen. Nachdem er es schon viele Male mit ihr getan hatte. Über Jahre. Ich bin gleich auf ihn los. Das Schwein hat ja auf mich gewartet. Also wollte er es so. Erst in dem Moment merkte er, dass er einen verdammten Fehler gemacht hatte. Einen zu viel, verstehen Sie? Dreht sich um, der Feigling, und will sich vom Acker machen. Hehehe. Vom Acker. Wortwörtlich.« Er lachte mit verzerrtem Gesicht. Das im nächsten Moment wieder einen todernsten Ausdruck annahm. »Dann sah ich den Stein liegen. Aufheben, ausholen, ihn gegen Laurents Schläfe hämmern, während er sich wegducken will, alles in einer einzigen Bewegung.«

»Er ging gleich zu Boden?«

»Sackte auf seine Knie, ja.« Dubocs Augen glitzerten triumphal und zugleich auf eine irre Weise bei der Erinnerung an den Moment. »Hab ihm sogar einen Moment lang dabei zugesehen, wie er ins Leere starrte. Und ihm dann den zweiten Schlag verpasst. Er lag da wie eine Flunder, mit glasigem Blick. Ende, aus, fini.«

Plötzlich hörte Rapp Rimbouts verzerrte Stimme durch das Megafon. »Jean Paul! Alles in Ordnung?«

Dieu, François, du Rindvieh!, dachte Rapp voller Entsetzen, als er die Wirkung auf Sella Duboc sah.

»Sie *kennen* sich?« Duboc fixierte ihn auf einmal voller Misstrauen und beinahe schon Hass in seinen Augen. »Der Polizist hat Sie beim Namen genannt. Beim Vornamen! Sie sind deren Mann!«

»Alles in Ordnung!«, schrie Rapp über die Schulter hinweg nach draußen, weil er fürchtete, Rimbout könnte andernfalls zum Sturm auf das Holzhaus blasen, wenn er nicht rasch genug antwortete.

Dabei ließ er Duboc nicht aus den Augen. Hoffte, die Szene, Rimbouts idiotischen Zwischenruf, einfach ignorieren zu können. »Ich verstehe, wie es passieren konnte, dass Sie Laurent getötet haben, Sella«, versuchte er an das anzuknüpfen, was Duboc gesagt hatte. »Und ich denke, nein, ich bin sicher, auch Schàngi wird verstehen, wie es dazu kommen konnte.«

Tatsächlich lockerte sich Dubocs Finger am Abzug seines Gewehrs wieder etwas.

»Was ich nur nicht verstehe, Sella«, fuhr Rapp daher mit betonter Nachdenklichkeit fort, in etwa so, als ginge es um ein kompliziertes Schachproblem, »was sich auch der Schàngi seitdem fragt, ist, wie es zu Sandrines Unfall kommen konnte.«

Duboc ließ für eine Sekunde den Kopf hängen, hob ihn dann aber gleich wieder und umfasste auch sein Gewehr kräftiger. »Sandrine? Sie ... muss schon vor mir dort gewesen sein. Ihr Wagen stand verdeckt hinter den Sträuchern am Ende der kleinen Straße, die von Norden kommt, von Schœnwiller. Ihr Standort war vom Feldrand aus nicht einsehbar. Aber sie hatte umgekehrt durch die Sträucher alles sehen können, was auf dem Feld passiert war. Nachdem Laurent ... das Schwein bekommen hatte, was es verdiente, hörte ich einen Wagen, der startete. Ich rannte wie ein Irrer ein Stück in die Richtung. Da sah ich Sandrines Auto, den weißen Fiat Panda. Sie versuchte verzweifelt zu wenden und tippte gleichzeitig mit einer Hand wild auf ihrem Handy herum. Ich wollte zu ihr hinlaufen, aber sie entdeckte mich, warf das Telefon auf den Beifahrersitz und schaffte es irgendwie, zu wenden.«

»Also sind Sie zu Ihrem Wagen gerannt, den Stein immer noch in der Hand, richtig?«

»Ja. Weiß auch nicht, wieso ich den Stein die ganze Zeit in der Hand gehalten hatte. Hab ihn dann auf den Rücksitz geworfen, zusammen mit dem verfluchten Handy. Das hatte ich schon vorher an mich genommen. Es war dem Schweinehund schon nach dem ersten Schlag aus der Tasche gefallen.«

»Sind dann hinter Sandrine hergejagt.«

»Ja. Ihr nach …«

»Was hatten Sie vor?«

»Was ich *vorhatte*, verdammt?«, schrie Duboc ihn plötzlich an. »Keine Ahnung, was ich vorhatte, Mann! Ich bin eben hinter ihr her, hab sie verfolgt. Sie hatte womöglich alles gesehen. Aber ich wollte sie nicht umbringen, falls Sie das denken. Ich wollte ihr *gar nichts* tun, verflucht noch mal. Doch nicht Sandrine. Sie war genauso betrogen worden wie ich. Ich … wollte mit ihr reden. Wenigstens das, mit ihr reden. Mehr weiß ich nicht.« Er griff sich plötzlich mit der freien Hand an die Stirn. »Aber sie gab Gas, als wäre der Teufel hinter ihr her. Ich versuchte, sie zu überholen, sie zum Halten zu zwingen. Plötzlich passierte es dann. Sie muss die Kontrolle verloren haben, ihr Wagen scherte nach rechts aus und krachte gegen den Baum am Straßenrand.«

»Haben Sie nach ihr gesehen?«

»Ja natürlich! Halten Sie mich für ein Monster, oder was? Ich habe sofort gebremst, bin raus aus dem Auto, hab in ihren Wagen geschaut, sah ihren blutenden Kopf und war mir … war mir *sicher*, dass sie tot ist. Nichts mehr zu machen. Ich … ich war in Panik. Du musst hier weg, dachte ich. Weg. So schnell

wie möglich. Aber nicht über die Straße. Was, wenn dir jemand entgegenkommt. Und den Wagen erkennt, der direkt vom ...«
Vom Tatort kommt, wollte er sagen, dachte Rapp. »Deshalb nahmen Sie den Waldweg? Den Weg hierher?«
»Den Waldweg, ja klar.«
»Aber es lief nicht alles glatt, oder?«
»Der verfluchte Steinklotz, den ich auf dem Waldweg hinter der Bodenwelle erwischt hatte. Ich hörte es krachen und quietschen, dachte schon, der Wagen bleibt mir stehen, aber er fuhr weiter und ... das war's!«
Rapp musterte Duboc. Der Mann kam ihm nun weniger aggressiv und verzweifelt vor als vielmehr verwirrt. Vielleicht war jetzt der Moment, um ihn zum Aufgeben zu bewegen? Ihn zu überzeugen, dass es ihn erleichtern würde, die Waffe aus der Hand zu geben?
Das war, was Rapp durch den Kopf ging, als etwas geschah, das jedes weitere Wort überflüssig machte: Duboc erstarrte plötzlich, als er zur Tür hinblickte, und hob sofort sein Gewehr an.
»Sella!«, drang auf einmal Finnla Dubocs hysterische Stimme von draußen an sein Ohr. Sie schien noch ein gutes Stück entfernt, war aber dennoch zu verstehen. »Sella, es tut mir so leid«, schrie sie.
»Madame Duboc, nicht! Bleiben Sie stehen!«, war gleich darauf Rimbouts schrille Stimme zu hören.
Rapp warf den Kopf herum und sah Finnla Duboc über den Rasen in chaotischen Schlingerlinien auf die Eingangstür des Hauses zulaufen. Im selben Augenblick explodierte ein infernalischer Knall neben seinem Kopf, dessen Wucht ihn rücklings von seinem Stuhl schleuderte und zu Boden stürzen ließ.
»Finnla!«, hörte er noch Dubocs wütende Stimme, jedoch schon wie aus weiter Ferne. Er schaffte es nur noch, den Kopf eine Handbreit zu heben und durch die offene Tür hinauszublicken. Finnla Duboc lag reglos auf der Terrasse, mit dem blutenden Kopf nach unten, die Arme weit von sich gestreckt.

Mit verschwommenem Blick sah er Sella Duboc in sein
Blickfeld treten. Er hob die Flinte an und hielt sich die doppelte
Mündung direkt vor das Gesicht.

Dann krümmte sich der Finger am Abzug, und er drückte
ab.

Rapp verlor das Bewusstsein, noch ehe Rimbout und seine
Kollegen das Häuschen erreicht hatten.

NEUNZEHN

Samstag, 9. Oktober, früher Nachmittag

In der Vernehmung von Finnla Duboc war Sandrine Wendlings angebliches Erwachen noch eine Finte gewesen. So inszeniert, dass Finnla sich davon hatte bluffen lassen, und gleichzeitig so vage formuliert, dass man Rimbout später daraus keinen Strick drehen konnte. Zu der erfreulichen Ironie der Geschichte gehörte jedoch, dass Sandrine knapp eine Woche nach den dramatischen Ereignissen, die mit Sella Dubocs Selbstmord geendet hatten, *tatsächlich* das Bewusstsein wiedererlangte. Die Ärzte hatten diese Entwicklung zwar erhofft, jedoch nie einen konkreten Zeitraum dafür nennen können.

Sandrine war am Dienstag aus dem Koma erwacht, und wie sich herausstellte, hatte das Unfalltrauma zwar Schwierigkeiten mit dem Sprechen und der Koordination von Bewegungen zur Folge, aber keine wesentlichen Erinnerungslücken. So hatte die Kriminalpolizei Rouffach, in Gestalt ihres Dienststellenleiters Rimbout, für den heutigen Samstag zum ersten Mal die ärztliche Erlaubnis erhalten, mit Sandrine Wendling zu sprechen.

Allerdings bestand die behandelnde Ärztin darauf, dass während des Gesprächs zur Sicherheit nicht nur sie selbst, sondern als beruhigende Maßnahme noch eine weitere, Sandrine vertraute Person anwesend sein sollte. Das erwies sich als Problem. Schàngi kam schon aufgrund seiner Gebrechlichkeit, aber auch wegen seiner eigenen Betroffenheit in dem Fall nicht dafür in Frage. Und Sandrines Mutter war in Portugal noch immer nicht ausfindig gemacht worden. Doch vermutlich wäre sie (abgesehen von Finnla) die Letzte gewesen, die Sandrine in dieser Lage hätte sehen wollen.

Daher wurde Rapp – von Schàngi und Rimbout gleichermaßen – gebeten, sich für diese Mission ohne genaue Aufgabenbeschreibung zur Verfügung zu stellen. Die Bitte leuchtete ihm durchaus ein: Sandrine kannte ihn von seinen regelmäßigen Besuchen auf dem Hof und wusste auch, dass er mal Kripobeamter gewesen war.

Für seine Anwesenheit im Krankenhaus Louis Pasteur in Colmar wurde er sogar erneut dienstverpflichtet, genau für diesen einen Tag.

Rimbout nutzte dies, um den verdutzten Sulzer vor der Zimmertür der Patientin auf dem Flur der Unfallstation zu postieren.

Rapp war sehr zufrieden mit Rimbouts Vorsichtsmaßnahme, denn Sulzer war jederzeit zu einer Taktlosigkeit oder einem anderen Fauxpas fähig, selbst gegenüber einer kaum genesenen Patientin wie Sandrine Wendling.

Er erschrak jedoch zutiefst über ihren Anblick, nachdem sie in Begleitung der leitenden Ärztin das Krankenzimmer betreten hatten. Sandrine schien nicht um Jahre, sondern um Jahrzehnte gealtert. Wo die Kopfverbände ihr Gesicht freigaben, war ihre Haut entweder geschwollen und noch blutunterlaufen oder grau, fahl und schlaff. Die Augenlider hingen tief wie bei einer Betrunkenen, und ihre breitknochigen Arme lagen infolge des Muskelschwunds unbewegt wie tote Äste auf dem blütenweißen Bettbezug.

Sie reagierte zunächst kaum auf die Begrüßung und die erklärenden Worte der Ärztin. Erst als sie Rapps vertrautes Gesicht erkannte, der zur Begrüßung seine Hand auf ihren eiskalten Unterarm legte, hob sie die Lider ein wenig und nickte ihm zu. Rapp meinte sogar, ein Lächeln wahrzunehmen.

Die Ärztin, die von nun an im Hintergrund blieb, erlaubte allerhöchstens fünfzehn Minuten, »eher weniger«, um mit Sandrine zu sprechen. Rimbout entschied sich, in dieser kurzen Zeit den Fokus darauf zu richten, warum Sandrine ihrem Mann am Abend des Mordes überhaupt zum Tatort gefolgt war.

Rapp war klar, warum er das tat. Rimbout ging es darum,

Sandrines Mitverantwortung für den Mord, eventuell sogar ihre Komplizenschaft mit Sella Duboc zu ergründen – Komafolgen hin oder her.

Nach einigen einleitenden Fragen zu ihrem Befinden begann Rimbout vorsichtig mit der Vernehmung. »Hatten Sie eine Ahnung davon, Madame Wendling, dass Ihr Mann sich an diesem Abend mit Finnla Duboc treffen wollte?«

Sie nickte kaum merklich.

»Sie wussten von dem Verhältnis?«

»Ja.« Sandrines Stimme war schwach, aber dennoch zu verstehen. »Von ... Sella.«

»Sella Duboc?«

»Er hat mich an...gerufen. Am Donn...erstag. Wegen Laurent und ... Finnla.«

Durch Rimbout ging ein Ruck. »Er hatte also davon erfahren, dass die beiden ein Verhältnis hatten! Von wem?«

»Rouge...mont.«

»*Robert Rougemont?*«, schaltete Rapp sich ein, ganz und gar nicht darauf vorbereitet, diesen Namen aus Sandrines Mund zu hören.

Sie nickte. »Rougemont hat ihn an...gerufen. An dem Donn...erstag.«

Rapp wurde mit einem Mal klar, dass Sella Duboc an diesem Abend nicht zufällig früher nach Hause gekommen war, wie Finnla Duboc angenommen hatte. Vielleicht, überlegte er, hatte Sella seine Frau nach Rougemonts überraschender Denunziation zur Rede stellen wollen. Doch das war gar nicht mehr nötig gewesen, nachdem er ihr Handy im Flur entdeckt hatte und die Nachrichten, die sie mit Laurent ausgetauscht hatte.

»Was genau hat Sella zu dir gesagt, Sandrine?«, sagte Rapp so sanft wie möglich.

»Dass Laurent und ... Finnla sich regelmäßig ... treffen. Am Forêt.«

»Und das wollte Sella von Rougemont erfahren haben?«, wunderte er sich.

»Ja. Rouge…mont hätte überall rumge…fragt. Bauern haben …« Sie schloss die Augen, und die Ärztin stand bereits besorgt auf, als Sandrine die schweren Lider schon wieder hob und mühsam fortfuhr. »Bauern haben die beiden … früher schon …« Sie brach ab.

»Du meinst, Laurent und Finnla sind hin und wieder zusammen gesehen worden? Am Forêt?«

Sie nickte.

So viel zur Vorsicht angesichts der Leidenschaft, dachte Rapp.

»Als Ihr Mann sich am Donnerstagabend plötzlich vom Hof machte«, schaltete sich Rimbout wieder ein, »sind Sie ihm mit dem Wagen heimlich gefolgt? Um zu sehen, ob es stimmte, das mit Laurent und Finnla Duboc?«

»Ja«, flüsterte sie. »Ja.« Ihr fielen die Augen zu, und noch ehe Rimbout nachsetzen konnte, rannen ihr die Tränen über die Wangen.

Die Ärztin war sofort zur Stelle. »Schluss jetzt, Commissaire! Ich wollte, ich hätte Ihnen die Genehmigung zu dieser Marter gar nicht erst erteilt.«

»Welche Marter? Wir tun alle nur unsere Pflicht«, verteidigte sich Rimbout.

Die Ärztin hörte gar nicht mehr hin, sondern wandte sich ihrer Patientin zu.

»Au revoir, Sandrine, werd rasch wieder gesund!«, wünschte Rapp und dirigierte Rimbout, der sich noch sperrte, hinaus auf den Flur.

»Ich werde in den nächsten Tagen mit ihr sprechen *müssen*«, betonte Rimbout im Beisein von Sulzer, der sich über die Kürze der Vernehmung wunderte. »Wenn Sandrine Wendling durch Duboc über ihren Mann und Finnla Bescheid wusste, ist ihre Tatbeteiligung noch weniger auszuschließen als ohnehin schon.«

»Wie stellst du dir das vor, François?«, erwiderte Rapp verärgert. »Soll Sandrine Sella den Feldstein überreicht haben, mit dem er Laurent erschlagen hat?« Er begriff auf einmal, dass

Rimbout seine Tätertheorie nur zur Hälfte aufgegeben hatte: Wenn Sandrine schon nicht die Mörderin war, dann wenigstens die Komplizin.

»Ich will ihre Aussage«, beharrte Rimbout, und Sulzer pflichtete seinem Chef mit wichtiger Miene bei.

Fin

Sonntag, 17. Oktober

Der Tisch, den Rapp reserviert hatte, befand sich an einem Fenster auf der Südwestseite des Restaurants. Von dort blickte man hinaus auf die Terrasse des Kastelberg, die um diese Uhrzeit, kurz nach acht, bereits im abendlichen Dämmerlicht lag. Jenseits der steinernen Brüstung des alten Klosterhofs schaute man tagsüber weit hinaus ins Rheintal, jetzt nur bis zu den nebelverhangenen Baumspitzen des Forêt de Pfaffenhoffen.

Sylvie trug ein schwarzes ärmelloses Kleid und eine rosafarben schimmernde Perlenkette. Sie hatte ihr rötlich blondes Haar an den Schläfen kürzen lassen, was nach Rapps unmaßgeblicher Meinung ihr hübsches schmales Gesicht und ihr hinreißendes spitzbübisches Lächeln noch mehr zur Geltung brachte.

Er hatte für das Rendezvous einen dunklen Anzug und eine bordeauxrote Krawatte zum weißen Hemd ausgewählt. Und hoffte, damit ebenso klassisch elegant zu wirken wie Sylvie.

Monsieur Honoré trug wie üblich sein struppiges weißes Fell mit den schwarzen und braunen Flecken. Er lag unter dem Tisch, die Schnauze wie gewöhnlich auf Rapps rechtem Schuh abgelegt, leise schnarchend, nachdem er vom frischen Wasser aus der Metallschale gekostet hatte, die Thérèse ihm hingestellt hatte.

Rapp freute sich, dass Thérèse heute Abend im Kastelberg bediente, es passte zu dem besonderen Anlass. Für sie war es sicher weniger angenehm, denn das Lokal war bereits gut besucht, es konnte ein stressiger Abend für sie werden.

Nach dem kürzlich eher peinlich verlaufenen zufälligen Zusammentreffen mit Sylvie im Kastelberg, zusammen mit Madeleine Haertle an seiner Seite, war Rapp Sylvie kurz darauf ebenso zufällig beim Einkaufen im Hypermarché erneut über den Weg gelaufen. Sie hatte in ihrer Mittagspause rasch ein paar Sachen eingekauft und war in Rapps Einkaufswagen hineingerannt. Die Überraschung, sich so unverhofft gegenüberzustehen, ließ erst gar keine Peinlichkeiten aufkommen. Sie lachten, erkundigten sich gegenseitig nach dem werten Befinden von Katz und Hund und vereinbarten spontan, endlich ihr Choucroute-Essen nachzuholen. Wenn auch vorerst auf neutralem Boden, in einem Restaurant. Als Rapp wagte, das Kastelberg vorzuschlagen, war Sylvie sofort einverstanden.

Eine kleine Spitze konnte sich Sylvie dennoch nicht verkneifen. »Ich verzichte diesmal auf meine liebe Kollegin Constance«, schlug sie vor. »Und du auf Madame ... Wie heißt sie gleich?«

»Schall und Rauch, glaube ich. Hab's vergessen«, antwortete er.

Damit war ihr neuer Anlauf zum Rendezvous im Kastelberg abgemacht. Und hier waren sie nun!

Madame Schall und Rauch, besser bekannt unter dem Namen Madeleine Haertle, hatte sich interessanterweise einen Tag darauf bei Rapp gemeldet. Mit einer Einladung »aus gegebenem Anlass«, wie sie in ihrer Nachricht schrieb, zu einem Theaterabend in der »Choucrouterie« in Strasbourg. Reizvoll, keine Frage, fand Rapp. Das Théâtre de la Chouc' bot Kabarett, elsässisches und französisches Theater, Konzerte und Shows. Doch er hatte das unbestimmte Gefühl, dass Madeleine Haertle persönliche Erwartungen an ihn hatte, die er weder erfüllen wollte noch konnte. Und er mochte ihr keine Enttäuschungen zumuten, das hatte sie nicht verdient. Momentan sei es ihm leider zeitlich nicht möglich, hatte er ihr daher zurückgeschrieben. Auch wenn ein Theaterabend in der Choucrouterie natürlich immer verlockend klinge. ›Merci bien und alles Gute!‹ Die guten Wünsche für Madeleine bezogen sich vor allem auf den betriebsinternen Kampf mit ihrem Intimfeind Rougemont.

In dieser Hinsicht sah es vermutlich nicht schlecht für

Madeleine aus. In der heutigen Sonntagsausgabe des Courant Alsacien hatte Rapp einen langen Hintergrundartikel gelesen, der sich mit dem »Mord- und Skandalfall Wendling« befasste. Autorin war keine Geringere als eine gewisse Aimée Polignac. Schon der Titel ihres Artikels »Choucroute mortelle«, »Tödliches Sauerkraut«, war ein genialer Einfall!

In dem Zeitungstext hatte Aimée nicht nur die privaten Hintergründe des Mordes an Laurent Wendling durch Sella Duboc auf sehr subtile Weise nachgezeichnet. Rapp hatte sie, wie versprochen, außerdem noch detailliert mit den inzwischen bezeugten Machenschaften eines Rougemont bekannt gemacht. »Monsieur R., offiziell ein Pressemitarbeiter bei CAB«, hatte Aimée auf dieser Grundlage geschrieben, »war nach Ansicht gut unterrichteter Kreise in Wahrheit der Mann fürs Grobe in der Strasbourg-Dépendance des Konzerns. Eine Art Rammbock, um abspenstige Geschäftspartner, Kleinbäuerinnen und -bauern aus dem Elsass einzuschüchtern. R. soll nach Ansicht von Insidern, die aus Angst vor Repressalien des Konzerns anonym bleiben möchten, auch vor persönlichen Denunziationen sowie hinterhältigen Attacken auf die Felder und Ernten der Landwirte nicht haltgemacht haben. Falls sie nämlich vorhatten, sich von dem Hybridsaatgut des Konzerns unabhängig zu machen. Denn«, fügte sie erklärend hinzu, »aus Hybridpflanzen lässt sich kein eigenes neues Saatgut gewinnen. Und ganz nebenbei: Sie sind kulinarisch eine Katastrophe. Hybride Pflanzen sind häufig wässrig und schmecken – nach nichts. Man muss schon sehr lange suchen, um in ihnen Vitamine und/oder andere gute Stoffe zu finden. Gesund wächst anders. Lecker auch.«

Dieser Artikel, davon war Rapp überzeugt, würde für einen Aufschrei unter den Choucroute-Liebhabern im Elsass sorgen. Und bei CAB würden hoffentlich zusammen mit »Monsieur R.« auch all jene ihren Hut nehmen müssen, die von dessen illegalen Aktionen gegen Bauern wie die Wendlings oder die Forbachs in Pfaffenhoffen wussten – wenn sie sie nicht sogar befördert hatten.

»Was leider nicht bedeutet«, hatte Aimée am Ende geschlossen, »dass CAB nunmehr sein Geschäftsmodell aufgibt, minderwertige Pflanzen zu züchten, kleine landwirtschaftliche Produzenten von sich abhängig zu machen und auf diese Weise riesige Gewinne einzufahren. Doch wir alle können dazu beitragen, dass damit bald Schluss ist. Indem wir andere Erzeugnisse kaufen und essen, Sürkrüt zum Beispiel, gewonnen aus der traditionellen Elsässer Weißkohlsorte Quintal d'Alsace. Bon appétit.«

»Wie geht es übrigens Aimée?«, fragte Sylvie, der er nun von dem Artikel erzählt hatte und die ihm mit ihrem Weißweinglas zuprostete. »Du kennst sie doch mittlerweile auch persönlich recht gut, oder?«

Sylvie hatte ihren Choucroute-Schmaus beendet. Sie hatte eine vegetarische Variante mit Kartoffeln, Zwiebel, geräuchertem Tofu und Gemüsewurst verspeist, Rapp sich an die klassische Variante mit fünf Sorten Fleisch und Würstchen gehalten. Von den überbordenden Tellern hatte er nicht mal die Hälfte essen können, Sylvie kaum ein Drittel.

»Aimée«, nahm Rapp Sylvies Frage auf, »hat sich für Colmar entschieden. Und für René, scheint's, ihren aktuellen Geliebten. Jedenfalls gegen Réunion und Pierre, ihren Ex.«

»Aha, warum das?«

»Sie hat ihrer Zeitung von dem Jobangebot aus Réunion berichtet und sie vor die Wahl gestellt: Entweder ihr bezahlt mich besser – zumindest besser als diesen Jungschnösel, den ihr mir vor die Nase gesetzt habt –, oder ich bin weg.«

»Offensichtlich haben sie gespurt.«

»Es stellte sich heraus, dass ihr Vorgesetzter beim Courant, Leiter der Redaktion ›Reportagen aus dem Elsass‹, gesundheitliche Probleme hat und vorzeitig in Rente gehen will. Die Geschäftsführung hat Aimée, um sie zu halten, dessen Posten angeboten. Sie hat …« Rapp musste lachen. »Aimée hat sich eine ganze Woche Bedenkzeit ausgebeten! Und den Job schließlich angenommen. Nachdem sie noch einen zusätzlichen Gehaltszuschlag gefordert – und bekommen hat.«

»Chapeau!« Sylvie schmunzelte. »Hoffen wir, dass auch René die richtige Wahl ist.«

»Falls nicht, gibt es ja noch mehr Männer im Elsass.« Sylvie funkelte ihn an. »Vielleicht steht sie ja auch auf ältere Herren.«

»Das Thema hatten wir schon, Sylvie. Leider nicht«, fügte er trocken hinzu.

Sie lachte und stieß erneut mit ihm an, als auch schon Thérèse herbeieilte, um das Dessert zu servieren. Crème brûlée nach Art des Hauses für Rapp, Vacherin glacé mit Vanille und Himbeeren für Sylvie.

»Wie geht es übrigens der kleinen Maëlle und ihren Vätern?«, fragte Sylvie, der nach dem Kosten ihres Desserts nun ein winziger Himbeerrest im Mundwinkel hing – was bei Rapp zu einer kleinen lüsternen Phantasie führte.

»Wenn ich Edgar und Julien am Telefon richtig verstanden habe«, sagte er, sich am Riemen reißend, »ist vor der kleinen umherrasenden Maëlle nichts mehr sicher in der Wohnung. Weshalb die beiden anscheinend jede Ecke doppelt gepolstert und Steckdosen fünffach abgedichtet und gesichert haben.«

»Bravo!«

»Ja, alles prima mit Maëlle. Edgar macht sich momentan eher Sorgen um seine Mutter.«

»Isabelle. Sie lebt wieder in Colmar, oder?«

»Richtig. Sie hat eine Alkoholtherapie angefangen.«

»Super!«

»Im Gegenteil.« Rapp stieß einen Seufzer aus. »Ich bin wie Edgar der Meinung, dass sie an einen Scharlatan geraten ist. Dieser selbst ernannte Therapeut namens Doudet hat keinerlei Qualifikation vorzuweisen als die, dass Franck, Isabelles Neuer, ihn empfohlen hat. Doudet sieht aus wie der Fürst der Finsternis. Aber Isabelle? Findet ihn großartig.«

»Spricht nicht zwangsläufig gegen diesen Doudet«, wandte Sylvie vorsichtig ein.

»Vielleicht nicht. Aber dass sie jetzt mehr trinkt als vorher, schon. Edgar sagt, jedes Mal, wenn er in den letzten Tagen mit ihr telefoniert hat, klang sie sternhagelvoll und hat von Doudet geschwärmt.«

»Oje. Und nun?«

»Da sie inzwischen kein Geld mehr hat, um es Doudet – und damit Franck, der im Hintergrund die Hand aufhält – in den Rachen zu werfen, nehme ich an, dass sich der feine Fürst schnell aus der Affäre ziehen und verschwinden wird.«

»Nur, dann wird Isabelle erst recht einen Therapeuten brauchen.«

Rapp zuckte frustriert mit den Achseln. »Es dürfte jedenfalls schwierig für sie werden. Selbst starke Naturen wie Paulette, die Frau meines Mechanikers Güschti in Winzenheim, werden rückfällig.«

»Paulette? Du hast sie zwar schon erwähnt. Aber nicht, dass sie trinkt.«

»Tut sie auch nicht. Nicht mehr als du und ich jedenfalls. Prost übrigens.« Sie hoben ihre Gläser und funkelten sich über die Ränder hinweg an. »Aber Paulette hat bis vor Kurzem geraucht wie ein Schlot in Lothringen früher. Und kürzlich hat sie versucht aufzuhören.«

»Versucht?«

»Hab neulich mit ihr telefoniert. Nachdem sie mir eine Rechnung ohne Betrag zugeschickt hatte. Vorher hatte sie angekündigt, ich bekäme gar keine Rechnung. Ich sagte, ich würde trotzdem gerne den fälligen Betrag bezahlen. Sie müsse ihn mir nur nennen. Paulette sagte, *ebendeshalb* habe sie wieder angefangen zu rauchen.«

»Wie?« Sylvie runzelte die Stirn. »Weshalb jetzt?«

»Weil ich gar keine Rechnung hätte bekommen sollen! Aber unter dem Nikotinentzug habe sie keinen klaren Gedanken mehr fassen können. Im Büro habe sie alles Mögliche falsch gemacht: Dinge zu spät, zu früh oder unvollständig erledigt. Seitdem sie wieder qualmt, sagt Paulette, komme sie zwar kaum noch die Treppe hinauf in ihre Wohnung, die über dem Büro liegt. Aber sie könne wenigstens wieder klar denken, meint sie. Und wenn Paulette etwas feststellt …«

»Muss es stimmen, voilà.«

»Was Paulette außerdem Freude bereitet«, fuhr Rapp genüsslich fort, »genauso wie ihrem Güschti, ist der Schlamassel, in den sich Lautermann hineingewirtschaftet hat.«

»Lautermann?«

»Güschtis Konkurrent, er betreibt eine Autowerkstatt in Winzenheim, direkt vor Güschtis Nase. Aber durch den schmierigen Deal, den Lautermann mit Finnla Duboc gemacht hatte, sind der Polizei nun auch seine anderen Geschäfte aufgefallen. Die Kollegen von der Wirtschaftskripo in Colmar wühlen sich gerade durch seine sämtlichen Unterlagen, sagt Rimbout. Und alle Fahrzeuge, die derzeit auf seinem Hof und in der Werkstatt stehen, werden gecheckt. Seine übliche Kundschaft aus dem Halbwelt-Milieu macht derzeit sicher einen Riesenbogen um Lautermann. Güschti rechnet fest damit, dass er demnächst Konkurs anmeldet.«

»Glaubst du das auch?«

»Wegen der Autoschiebereien vielleicht. Aber für seine dubiose Rolle im Wendling-Fall wird man ihn kaum drankriegen können.«

»Meinst du, er wusste Bescheid?«

»N-nein, eigentlich nicht. Lautermann wird von seiner Kundschaft dafür geschätzt, dass er keine Fragen stellt, was es mit den Fahrzeugen auf sich hat, die ihm auf den Werkstatthof gestellt werden. Hauptsache, sie verschwinden von der Bildfläche. Weil sie gestohlen wurden oder das Ergebnis von Versicherungsbetrügereien sind, was weiß ich. Selbst wenn Lautermann wüsste, dass damit jemand vorsätzlich überfahren wurde, wäre ihm das egal. Er könnte stets abstreiten, von irgendetwas gewusst zu haben. Auch im Fall Wendling.«

»Man spürt, dass du ihm auch in Zukunft alles Gute wünschst, Jean Paul.«

Sie lächelte ihn an. Ihre Augen senkten sich in seine, ihm wurde plötzlich heiß, vom Kopf bis hinunter zu den Füßen, auf denen Honoré noch immer seine Schnauze parkte.

»Eine gute Nachricht gibt es nun aber in jedem Fall, oder?«, sagte Sylvie, als wollte sie die entstandene Verlegenheit überspielen. »Wenigstens ist Sandrine aus dem Koma erwacht!«

»Ja, ihre Gesundheitswerte scheinen stabil seitdem, wenn auch noch nicht optimal.«

»Hat sie sich eigentlich schon zu der schrecklichen Sache, dem Mordfall, äußern können?«

»Können und auch *müssen*! Rimbout war ziemlich hartnäckig, was Sandrine betraf.«

»Offen gesagt, verstehe ich Rimbout«, entgegnete Sylvie. »Ich begreife Sandrines Rolle immer noch nicht ganz.«

»Alors, manches hat sie Rimbout bereits bei ihrer ersten Vernehmung schildern können.« Er berichtete ihr die Einzelheiten und vergaß auch nicht den Anteil, den Rougemont an der fatalen Entwicklung der Ereignisse hatte: »Rougemont hatte lange genug mit der Nase im Dreck gewühlt, um herauszufinden, dass Laurent sich als unwiderstehlichen Charmeur sah. An dem Donnerstag, als Rougemont wieder vor Ort war, muss er Andeutungen über Laurent und Finnla erfahren haben. Nicht von Forbach, den hat er erst später an dem Tag getroffen, sondern von anderer Seite, von wem genau, ist unklar. Doch das Gerücht über Laurents Verhältnis mit Finnla Duboc, der Frau des Bauunternehmers, kam ihm gerade recht, um damit Streit und Misstrauen unter den wichtigsten Beteiligten des Choucroute-Projekts zu säen: dem Ehepaar Wendling und Sella Duboc. Fatal, dass Rougemont mit dem Gerücht ins Schwarze traf und Laurent sich bereits an diesem Abend mit Finnla zu einem neuen Rendezvous verabredet hatte.«

»Woher weißt du das eigentlich alles so genau?«, wunderte sich Sylvie. »Man könnte meinen, du wärst bei der Vernehmung im Krankenhaus dabei gewesen.«

Er gab es zu.

»Ein Krankenhaus-Cop. Interessant.« Sie lachte.

»Zum Glück nur für einen Tag«, sagte er trocken. »Weitere Details«, fuhr er fort, »hat Sandrine in der späteren Vernehmung preisgegeben, die ich mir von Rimbout habe schildern lassen. Manches muss man sich allerdings noch hinzudenken.

Doch letztlich fügt sich alles plausibel zusammen, wenn man ihre Perspektive einnimmt: Als Laurent an dem bewussten Abend ohne Vorankündigung und ohne Erklärung plötzlich davonbrauste, ist Sandrine ihm in ihrem Wagen bis zum Ortsausgang gefolgt. Sie sah dann, dass er an den Feldern entlang zum Forêt fuhr, wo die Straße an dem geplanten Baugrundstück endet. Um sich nicht lächerlich zu machen, falls sie ihm am Ende doch grundlos eifersüchtig gefolgt und entdeckt worden wäre, nahm sie den kleinen Umweg, die Schleife über Schœnwiller. Sie kam dann aus der Gegenrichtung und folgte dem asphaltierten Sträßchen durch den Wald bis fast zum Ende. Sie stellte ihren Wagen hinter den dichten Sträuchern ab, sodass Laurent ihn nicht entdecken konnte. Sie stieg aus und sah Laurent neben seinem Citroën Berlingo stehen und offensichtlich auf jemanden warten. Im nächsten Moment tauchte auch schon Finnlas roter Peugeot auf. Den Rest kennen wir: Statt Finnla steigt Sella aus dem Auto, stürmt wütend auf Laurent los, der will plötzlich weg, doch Sella hat bereits den Feldstein in der Hand und –«

Sylvie hob eine Hand. »Merci, Jean Paul. Reicht.«

»Pardon.« Rapp ergriff plötzlich ihre Hand, sie war warm und fühlte sich samtig weich an.

Sie überließ sie ihm kurz und entzog sie ihm wieder. Beugte sich aber weit zu ihm vor.

»Weißt du, was ich nicht verstehe«, sagte sie leise, sodass es in dem Geräuschpegel der Gespräche an den anderen Tischen beinahe unterging. »Warum konnte Sandrine Sella nicht entkommen? Sie hatte doch einen erheblichen Vorsprung vor ihm.«

»Schon«, sagte Rapp, dem das Geschehen nach dem Mord wieder klar vor Augen stand, so lebendig, wie Duboc es ihm in der Holzhütte geschildert hatte. »Aber Sandrine stand unter Schock, geriet in Panik, wollte zur selben Zeit wegfahren und Schàngi, die Stimme ihres Schwiegervaters, hören. Der Ruf nach sofortiger Hilfe, eine Panikreaktion. Nur nicht sehr hilfreich, wenn man ein schnelles Wendemanöver mit dem Wagen hinbekommen muss, um einem Verfolger zu entkommen. Sella war dagegen voll mit Adrenalin. Ich bin sicher, er hat bei der Verfolgung ihren Unfall nicht nur in Kauf genommen, sondern provoziert. Er war wie im Rausch und wollte sie stoppen, egal wie. Dass er sie für tot gehalten hat, kann man ihm glauben. Oder nicht. Ich persönlich kaufe es ihm ab.«

»Dass Sandrine als Erstes auf den Gedanken kam, den Schàngi anzurufen«, sagte Sylvie nachdenklich, »zeigt mir aber, dass sie ein viel besseres Verhältnis zu ihrem Schwiegervater gehabt haben muss, als dein Rimbout anfangs unterstellt hat.« Sie nahm noch einen Schluck Wein. »Beziehungen deuten gehört nicht gerade zu seinen Stärken, oder?«

»Rimbout lag gleichzeitig falsch und richtig. Der Gedanke kam mir aber erst später«, gab Rapp ehrlicherweise zu. »Der Auslöser für den Mord war tatsächlich ein Ehekonflikt zwischen Sandrine und Laurent Wendling. Aber ganz und gar nicht so kompliziert, wie Rimbout vermutet hatte. Vor allem der alte Schàngi und seine angebliche Koalition mit seinem Sohn gegen die Schwiegertochter wegen ihrer Neuerungswünsche auf dem Hof, das alles spielte in Wahrheit keine Rolle.«

»Sondern das uralte Thema: Liebe und Eifersucht.«

»Eher wohl Sex und Eifersucht«, sagte Rapp. »Die schließlich mit perfider Unterstützung eines Gemüsekonzerns, zumindest eines seiner Mitarbeiter, zur finalen Gewalttat eskalierten. Schon aus Imagegründen wird CAB Rougemont vor die Tür setzen müssen. Aber vermutlich lassen sie ihn durch die Hintertür wieder herein, als Sicherheitsmann oder Hausdetektiv.« Rapp zog vielsagend die Brauen hoch.

»Und Finnla? Was wird nun aus ihr?«

»Zumindest gesundheitlich soll es ihr gut gehen, meint Rimbout. Der Streifschuss am Kopf, den ihr Sella mit seiner Flinte beigebracht hat, hat sie zwar umgeworfen, aber sie ist mehr aus Schreck und Panik gestürzt und erst durch den Aufprall mit der Stirn auf die Fliesen der Terrasse ohnmächtig geworden.«

»Auch eine Form, dem Schicksal die Stirn zu bieten.«

Rapp lachte auf. »Dafür wartet nun aber die Gerichtsverhandlung wegen ihres Verhaltens nach dem Mord auf sie. Ich schätze aber, die Strafe wird gering ausfallen. Sella war ihr Mann, das gibt mildernde Umstände, obwohl sie ihn auch zu ihrem eigenen Vorteil schützen wollte.«

»Rimbout kann trotzdem zufrieden sein, non? Trotz seiner falschen Annahmen ist der Fall doch gelöst. Oder hält er Sandrine immer noch für mitschuldig?«

»Nein, nach der zweiten Vernehmung nicht mehr. Es gibt nicht nur keine Beweise gegen sie, Sandrine konnte auch alle Details plausibel und lückenlos erklären.«

»Die Lorbeeren für die Aufklärung bekommt nun wieder mal Rimbout. Nicht du. Unglücklicherweise warst du ja nur der Krankenhaus-Cop.«

»Die Lorbeeren gönne ich ihm«, entgegnete Rapp. »Er hat privat momentan genug zu leiden.«

»Wegen der Zwillinge?«

»Genau. Andererseits ...« Rapp musste lachen. »Jeanne und Richard können es ihrem Vater auch nur schwer recht machen. Sie wurden inzwischen wegen der Sause mit Bernadettes Dyane von einer nicht allzu strengen Jugendrichterin zu Sozialstunden in einer Suppenküche für Obdachlose in Thann verdonnert. Das war's.«

»Prima Urteil. Und damit hat Rimbout ein Problem?«

»Nein, damit im Grunde nicht. Nur hatte er sich erhofft, dass die Strafe – wie soll ich sagen? – erzieherisch wirkt. Dass die beiden die anstrengende Arbeit in der Suppenküche auch tatsächlich als Strafe *empfinden*.«

»Das tun sie nicht?«

»Im Gegenteil. Sie scheinen sich dort pudelwohl zu fühlen, vernachlässigen ihre Hausaufgaben mit dem Argument, sie könnten andernfalls ihre Stunden in der Suppenküche nicht ableisten.«

Sylvie lachte laut auf. »Irgendwo habe ich mal gelesen, dass sich so etwas Dialektik nennt.«

»Oder wie mein Großvater sagte: Alles hat eben immer zwei Seiten«, fügte Rapp amüsiert hinzu.

Er war gerade wieder so recht in Schwung gekommen, dass er bereits drauf und dran war, Sylvies Hand zurückzuerobern und am besten die ganze schöne, kluge, gut gelaunte Frau. Doch in diesem Moment rief irgendjemand quer durch den Saal seinen Namen!

Es war Thildi.

Rapp kannte sie vom Pétanque-Club Pfaffenhoffen, in dem er früher aktiv gewesen war. Das war vor seinem Fahrradunfall und den fatalen Folgen für seine Handsehne gewesen. Mit der ganzen fröhlichen Spielerschar – Lüwi, Gritla, Seppi, Lisel, Marki und wie sie alle hießen, auch der alte Schàmpatiss war dabei – hatte Thildi das Restaurant betreten und segelte nun mit ausgebreiteten Armen und alarmrotem Gesicht auf den Tisch zu, an dem Rapp mit Sylvie saß. Und unter dem sein Hund nun aus dem Schlaf des Altersgerechten geweckt wurde.

»Jean Paul!«, rief Thildi noch einmal lachend und so laut, als wäre er noch einen Pétanque-Wurf entfernt.

Dann nahm sie Sylvie ins Visier. »Madame Printemps, oh, là, là, sieh mal an, mein Bester.« Sie klopfte Rapp anerkennend auf die Schulter. Ein gar nicht mal dezenter Alkoholdunst ging von ihr aus, wie Rapp feststellen musste.

»Jean Paul!«, riefen nun auch die anderen Pétanqueisten und grüßten ihn und Sylvie so lautstark wie eine lange getrennte Affenhorde.

»Wisst ihr was«, rief Marki, ein stämmiger Mittfünfziger, »wir stellen noch zwei Tische dazu, und dann wird gefeiert.«

»Was wird gefeiert?«, wagte Sylvie zu fragen.

»Jean Pauls Volltreffer heute Abend!«, rief der lange Lüwi, einer der unbegabtesten Pétanque-Spieler, die Rapp kannte.

»Auf den Cochonnet!«, grölte der dicke Marki.

Die Truppe brüllte vor Lachen.

»Thérèse!«, donnerte auf einmal Seppis gewaltige Stimme durch den Saal, er war Hauptmann bei der freiwilligen Feuerwehr und in seinem Zivilberuf Polier am Bau. »Thérèse!«

Die arme Thérèse eilte erschrocken aus einem der kleineren

Nebenräume des Restaurants herbei. »Seppi«, grüßte sie ihn und nickte auch den anderen Neuankömmlingen freundlich zu.

»Noch zwei Tische, Thérèse. Es gibt was zu feiern!«

»Eine Feier, aha«, entgegnete Thérèse mit unsicherem Blick zu Rapp und Sylvie, die wie paralysiert an ihrem Tisch saßen. »Mal sehen, was sich machen lässt.« Auf einmal sah sie irritiert nach unten. »Du hast da was am Bein, Gritla«, sagte sie zu der scheuen kleinen Frau mit den blinzelnden Äuglein.

»Ich weiß«, sagte Gritla vergnügt. »Er ist sicher gleich fertig.«

Alle sahen jetzt hin. Auch Rapp. An Gritlas stockdünner Wade klammerte Honoré. Die ganze Truppe wieherte erneut. Noch lauter als vorher.

Rapp sah entnervt in Sylvies süßsauer lächelndes Gesicht. Dieser Abend ist gelaufen, dachte er.

Doch darin sollte er sich täuschen.

À propos

Die vom landwirtschaftlichen Kollektiv »Epona« angewandte
Methode zur Zucht von Seitlingen unter Verwendung von
Kaffeesatz ist inspiriert von der »Kasseler Bunkerpilz«-Ini-
tiative, die im Februar 2021 in der Fernsehsendung »herkules«
des Hessischen Rundfunks vorgestellt wurde.

Die »Samstagskolumne ›Sproochkischt‹ des Courant Alsacien« ist angeregt durch eine Ausgabe der Kolumne »Uf
Elsassisch« der Zeitung L'Alsace; darin enthalten auch der
Hinweis auf ein Buch mit »Gschicht' uff Baselditsch« ein-
schließlich des kritischen Seitenhiebs auf die Behandlung
der Regionalsprachen in Frankreich. Am Ende bleibt in dem
Sprachschätzchen nur noch die Frage offen, was der Autor
Jean-Christophe Meyer aus Bleschwiller mit »nùndebùckel«
meint.

Merci beaucoup

… dem gesamten Emons-Team, besonders unserer Lektorin Christiane Geldmacher sowie Dirk Meynecke et encore une fois à Marie!

Suzanne Crayon
MORD ELSÄSSER ART
Broschur, 240 Seiten
ISBN 978-3-7408-0502-9

Der Bürgermeister eines kleinen Ortes an der Elsässer Weinstraße wird tot in seinem Büro aufgefunden, die Polizei geht von einem Raubmord aus. Doch Jean Paul Rapp, seit einem Jahr nicht mehr Commissaire im District Colmar-Rouffach, glaubt nicht daran. Unterstützt von seiner Nachbarin, der Deutsch-Französin Sylvie Printemps, ermittelt er wie in früheren Zeiten: beharrlich, klug und mit untrüglichem Instinkt. Und die Stille im Weinberg scheint ihm der Schlüssel zur Lösung des Falls zu sein.

»Sommer-Bestseller!« Buchkultur

Suzanne Crayon
GEHEIMNISSE ELSÄSSER ART
Broschur, 256 Seiten
ISBN 978-3-7408-1114-3

Der Direktor des Stadtmuseums von Rouffach im Elsass ist tot, versenkt in einem idyllischen Weiher südlich von Colmar. Das ruft Ex-Commissaire Jean Paul Rapp auf den Plan, der das Ermitteln einfach nicht lassen kann. Ihn erwartet ein äußerst heikler Fall, denn das Mordopfer galt nicht nur als engagierter Museumsleiter, sondern auch als ausgesprochener Charmeur, der sich durch seine Affären zwar viele Freundinnen, aber kaum Freunde gemacht hat. Rapp entdeckt neben kleinen intimen Geheimnissen auch höchst brisante Spuren, die das gesamte Elsass in Aufruhr versetzen könnten.

www.emons-verlag.de